福妻無雙 3

文創風 467

暖日晴雲 著

目錄

第五十七章

眾人往山裡走，進了林子。

寧寶珠只顧著看稀罕，不過，這次她找到能一起說話的人，倒是不用煩寧念之了。

「這樹葉是紅色的，和楓葉很像啊，不過看著不像楓樹。」

「妳看妳看，那邊的花兒是不是很好看？不知道是什麼花，回頭我讓御花園的人多種一些。」

原東良轉頭看寧念之。「得往裡面走一點。這附近住著人，雖然侍衛早已請他們暫避，但別說野獸了，連隻兔子都找不到。」又道：「若妳累了就說一聲，咱們在原地休息一會兒。」

寧念之一邊騎馬跟著原東良，一邊聽寧寶珠跟八公主說話，聽著聽著，覺得有些不對勁，眉頭一皺，拽緊韁繩，馬兒便停住了。

原東良時刻關注著自家妹妹，趕忙過來問道：「可是累了？」

八公主哈哈大笑。「我都沒累呢，寧姊姊居然先累了，是不是證明我的騎術比寧姊姊好得多？」

「不是，早上沒吃飽。」寧念之捂著肚子道，衝原東良眨眼。小時候，他們兩個橫行白水城，聯合打遍無敵手，私底下自有一套自己的暗語。

寧念之用手捂著肚子，手指轉了轉。

原東良迅速明瞭，伸手拿了繫在馬上的包裹，先給她一塊餅，接下來給太子。

「這是我特意吩咐廚房做的肉餡餅，太子殿下也嚐嚐？」

太子想搖頭，剛吃完早飯，這才進了林子深處，連隻獵物都還沒打著，吃什麼餅啊？但對上原東良的眼神，便察覺有異了。

和寧念之靠著老天爺的賞賜來趨吉避凶不一樣，太子長在深宮，上面又有已經參政的能幹兄長，小小年紀便聰敏過人，將到了嘴邊的拒絕迅速嚥下去，轉頭招呼身後的侍衛。

「你們也過來，咱們先吃點東西墊墊肚子。」

八公主從小嬌養，不明緣由，笑嘻嘻地取笑太子。「還沒開始打獵呢，咱們就先吃東西，吃完了可怎麼辦？中午得餓肚子了。」

藉著給餅子吃，太子將幾位姑娘攏在一起，侍衛們分成兩隊，一隊護著太子、一隊護著姑娘們。

這下，不光三公主和寧寶珠看出不對勁，就是隱藏的刺客也明白自己被發現了。

瞬間，羽箭從暗處射出來。

寧念之迅速抬手。「大哥！」

原東良盯著寧念之的手指，見她往哪兒指，迅速彎弓搭箭，手一放，箭箭無虛發，隨即有三個人從樹上摔下來，一身黑衣，帶著武器，絕對是刺客。
「保護太子！」侍衛行動起來，有人衝上前，有人放響箭求援。
刺客也不隱藏行蹤了，一個個自林子裡撲出來，直奔太子。
八公主頭一回遇見這樣的陣仗，嚇得臉色都白了，哆哆嗦嗦地往太子身邊靠。
「太子哥哥，有刺客，咱們怎麼辦？嗚嗚嗚……我怕，我不想死……父皇、母后，你們在哪兒啊？」
太子要躲避暗箭，還得安慰自家妹妹。「別怕，妳看，寧家姑娘都沒害怕呢。有太子哥哥在，肯定會保護妳。瑤華是大孩子了，不能害怕知道嗎？」
三公主知道這會兒情勢緊張，伸手道：「殿下，把八妹給我，她那馬兒太小了，跑不快，我帶著她。」
但太子年紀小，抱不起八公主，八公主又被嚇著，死摟著馬兒不願意下來。
三公主正要再開口，旁邊的侍衛抬手便將八公主拎起來，直接放到三公主身前。
這一下，驚得八公主都忘記哭了。
另一邊，寧念之繼續喊道：「大哥，這邊！」
原東良拉弓就射，有刺客從後面繞過來，想先解決了他，但寧念之守在他身後，見有人來襲，便直接拎起掛在馬兒身邊的長槍挑去。
幸好，昨兒她瞧見自家老爹的馬馱著這個，心裡羨慕，今天也帶著了。

可寧念之到底沒真正上過戰場，又是頭一次殺人，經驗不足，只顧著身前和身後，忽略了兩邊，有刺客貓著身子過來，她卻沒發現。

但寧寶珠一直擔心地看著自家兄姊，瞬間尖叫。「大姊，小心！左邊左邊！」

那個人一晃，身子一翻，躲過寧念之刺來的長槍。

寧念之見狀，將長槍橫劃而過，直挑左邊，這次真扎著，那刺客瞬間見血。

寧念之也害怕了，第一次對上真正的敵人，槍尖扎到肉裡和鮮血噴出來的感覺，簡直噁心得讓人忍不住想吐。

但這會兒不是吐的時候，她強忍著噁心，一邊警覺地掃視四周，一邊凝神聽著動靜。

刺客有備而來，不光是出來行刺的人，還有躲著的弓箭手。

只是，那些人不動，寧念之就聽不大清楚，因為周圍雜音太多，有八公主的哭聲、寧寶珠的叫聲、三公主讓太子趕緊走的催促聲，相比之下，弓箭手的呼吸聲便太弱了些。她又要留意周圍的動靜，實在有點力不從心。

這時，不知從哪兒射出一枝箭，直接扎在太子手臂上，八公主的哭聲猛地拔高了。

不能讓太子出事，他們是和太子一塊兒出來的，若太子有個萬一，哪怕最後查明寧家和這些刺客沒關係，但也免不了護主不力的罪名，被皇帝遷怒。

寧念之盯著太子手臂上的長箭，深吸一口氣，索性閉上眼睛，不去看周圍動靜，只專心搜尋樹間的弓箭手。

隨即，她抬手就點。「這邊！」

原東良連猶豫都沒有，迅速挽弓，一箭射出，又中一個，這是第六個了。

太子瞧見，立刻喊侍衛：「護著寧姑娘！」

得了侍衛保護，寧念之更是心無旁騖，閉著眼睛靜靜傾聽，接二連三點出幾個方向。有些刺客的動作比較快，在她點過去時就躲開了，但原東良的動作也不慢，總會射中幾個。

原以為刺客只有二、三十個，但沒想到，倒下一批，又來一批，接二連三，竟是來了三、四批人。

「咱們必須走！」三公主著急，摟住八公主，催促太子。「殿下安危為重，聽姊姊一句話，咱們快走！」

太子抿著唇搖頭，他們這邊只有三十來個侍衛，卻有四位姑娘要保護，即便寧念之不需要，也不能拋下寧寶珠不管，他又丟不下八妹。這一走，勢必得帶走大部分的侍衛，那原東良和寧念之撐得下去嗎？

再者，他也不知道出了這裡，別處會不會有埋伏，這兒有原東良能抵擋一會兒，萬一到別處再遇上刺客呢？這次扔下原東良和寧念之，那下次扔下誰？

扔到最後，是不是就只剩下他了？

「殿下，咱們邊打邊退！」侍衛頭領見太子不願意丟下他們，心裡感動，一邊跟周圍的刺客拚殺，一邊引太子往後退。

太子點頭，把幾位姑娘擋在身後，隨著侍衛走，又招呼原東良。「原東良，往這邊。」

能跟隨太子的侍衛，都是皇帝精心挑選的，身手自然不弱，就算只有二、三十人，也成功地擋住了前兩批的刺客。直到第三撥，才開始有人受傷。

但這會兒，不光太子他們著急，刺客也著急。之前侍衛讓人放出響箭，怕是再過一會兒，太子這邊的援軍就要到了。機會難得，這次沒能殺了太子，下次不知要等什麼時候。

刺客頭子想著，拿出哨子吹了幾聲。

這下子，寧念之找不著方向，耳朵裡全是尖銳哨聲，更是難以捕捉弓箭手的呼吸了！正著急，卻聽見原東良悶哼一聲，寧念之迅速睜眼，就見他的胳膊正橫在她身前，肩頭上扎著一枝箭。

「大哥，你沒事吧?!」寧念之又驚又怒。

原東良搖頭，舉槍將寧念之身後的刺客刺死。

「別擔心，妳靜下心聽著。」

寧念之分得清輕重，當務之急，是先將刺客殺退，遂忍住心裡的痛恨，再次閉上眼睛，仔細聽著。

小半個時辰後，援軍才來。領頭的是寧震，看見原東良受傷，寧念之滿臉蒼白，臉色立刻變了，顧不上給太子行禮，立即帶著人撲殺過去。

有了援軍，不到一炷香工夫，刺客就被收拾得差不多。剩下被擒的，沒等寧震讓人審問，便一個個咬破嘴裡的毒藥自殺了。

「太子殿下可有受傷？」瞧兒子跟閨女都還活著，寧震一邊擔心，一邊去問太子的傷勢。

太子搖搖頭。「本殿沒事，寧將軍先看看寧姑娘和原東良吧。寧姑娘到底是女兒家，怕被嚇著了，得多安撫一下。」

寧震忙應了聲，過去和原東良說話。「傷得如何？有沒有傷到筋骨？」

「沒有，就是妹妹有些嚇著了。」原東良忙說道，伸手點了點寧念之的耳朵。

寧震和馬欣榮知道自家閨女比別人聽得更遠的事，見寧念之臉色發白地趴在原東良懷裡，難得地沒看他不順眼，只抬手摸了摸閨女的額頭，點頭道：「是嚇著了，回去要喝些安神的藥才行。」

他又問寧寶珠，寧寶珠才是真被嚇著的那個，好不容易見到親人，也忘了平日是怎麼害怕寧震的，撲過去便嚎啕大哭，哭得寧震無奈。

「沒事了，大伯在這兒呢，定會護你們周全。快別哭，給人看笑話了。」

他翻來覆去就是這麼幾句，虧得太子正在哄著的八公主也是這樣，才沒讓寧寶珠更丟臉。

兩個姑娘正哭著，皇帝也趕過來了。他憂心太子，不顧勸阻，硬要跟來，但騎射功夫比不上寧震，落後一些。

這會兒，林子裡已經收拾得差不多，該帶回去安慰的，帶回去安慰；該帶回去診治的，帶回去診治。

皇帝和寧震留在原地，臉色微微猙獰。

「查！給朕查個水落石出！今兒敢下手行刺朕的太子，明兒是不是就該行刺朕了?!寧震，這事交給你，若是辦得好，將功補過！」

若是辦不好，寧震還真脫不了罪責。圍場的防護是他安排的，如今刺客混進來，自然是他的失職。

寧震趕緊領命，一臉鬱悶地帶著侍衛，護送皇帝回去。

帳篷裡，原東良已經包紮好傷口，赤裸上身，肩膀上纏著白布。因流血過多，臉色有些蒼白。

寧念之休息大半天，這才恢復精神，不過沒完全恢復，和原東良一樣臉色發白。見寧震進來，寧念之忙壓低聲音問道：「爹，皇上可斥責您了？」

寧震搖搖頭。「今兒幸虧有你們兩個，護得太子平安，要不然，就不只一頓訓斥了。念之，妳是被嚇住了，可沒有做別的，知道嗎？」

寧念之有些不安。「太子他們怕是都看見了……」

「無妨。」寧震搖搖頭，能聽得比別人遠一點，並非什麼大事，可若能聽見三、五里之外的聲音，那就是妖孽了。他可不願自家閨女被人指指點點，能隱瞞便儘量隱瞞。

「爹，追查刺客的事，是不是交給您？」原東良在一邊問道。

寧震揉著眉心點點頭。「畢竟圍場的事都是我安排的，現下出了差池，當然是我的責任。不過我心裡有數，你們小孩子家家不用管了。」

會刺殺太子的，數來數去，也就那幾批勢力。

寧震又探頭看了看裡面。「寶珠睡下了？」

「寶珠是真嚇壞了。」寧念之忍不住笑。「她到底沒見過這些。不過，也不愧我平日照顧她，關鍵時候，還是有點膽子的。爹，這事可別告訴娘啊，娘正懷著身孕呢。」

寧震點點頭，拍了拍原東良的另一邊肩膀。「行了，回去好好休息，也讓念之歇一會兒。」

他說完，就把原東良帶走了。

寧念之是真的累，進內室後，強撐著讓聽雪她們換好衣服，便鑽進被子裡睡了個天昏地暗。醒來時，已經是晚上了。

她睜眼時，差點沒嚇死，等看清楚，才推開正趴在床邊看她的八公主。

「公主怎麼過來了？也不點燈？聽雪她們呢？竟然把公主丟在這兒，太不像話了！」

八公主見自己嚇著了人，也有些訕訕。「我怕她們打擾妳睡覺，就讓她們在外面守著。

寧姊姊，妳沒事了吧？有沒有哪兒不舒服？寶珠姊姊怎麼還沒醒？是不是嚇壞了？」

她說著，又有些得意。「寶珠姊姊真是連我都不如，這會兒我已經不害怕了，寶珠姊姊卻還睡著。」

寧念之翻身起來，穿上外衣，過去摸寧寶珠的額頭，忍不住皺眉。

「寶珠驚嚇過度，額頭有些燙，要發熱了。八公主，我要照顧寶珠，怕是沒空照顧妳，妳看……」

八公主挺懂事，忙點頭道：「寧姊姊不用管我，我去幫妳叫太醫。」說完，不等寧念之反應，便一溜煙地跑了。

寧念之眨眨眼，也不去管她，趕緊叫寶珠的丫鬟準備布巾、水和煮藥的東西。萬一真燒起來，可不能乾等著。

過了一會兒，寧寶珠果然開始發熱，幸好有皇后娘娘派來的御醫，還有馬欣榮生怕她們姊妹倆頭一次來圍場不適應所準備的藥材。

寧念之守了一晚，第二天，寧寶珠的身子便好轉了。

寧念之無語，伸手掐她的腮幫子。「看來妳平日吃的那些，也不是白白吃到肚子裡。身子強健是好事，以後還要多吃些才行。」

寧寶珠嘿嘿傻笑。「那是肯定的，多吃點兒不吃虧。對了，大哥呢？我記得大哥也受傷，現在怎麼樣了？還有太子殿下和兩位公主，都沒事吧？」

「沒事，太子殿下只受了點傷。」寧念之道。畢竟刺客是衝著太子來的，就算防護得嚴密，仍免不了一些小傷小痛。接著又說：「這兩天，大哥要跟著爹追查刺客的事情。」

寧念之又伸手點了點寧寶珠的額頭。「妳也快些好。出了刺客，皇上打獵的心情也沒了，說再過幾天，等爹爹這邊查探得差不多，就要啟城回京呢。若妳一直病著，怕是沒機會玩耍了。」

「啊，那我得趕緊好起來。」寧寶珠忙說道，又仔仔細細地看寧念之。「大姊，妳也沒事吧？」

「我好著呢。」寧念之笑道，打了個哈欠。「只是守了一晚，有些睏。既然妳醒了，那我去睡會兒，若肚子餓，讓丫鬟們給妳送些飯菜來。這兩天，三公主和八公主也有些受驚，廚房準備了不少白粥，妳要聽話，想吃肉得等身子好了知道嗎？」

雖然寧寶珠覺得不能吃肉太可惜，但還算乖巧聽話，點頭應下，趕緊讓丫鬟伺候寧念之休息了。

抓刺客的事，寧念之還是能幫得上忙。回內室躺下後，開始凝神靜聽。

頭一天，一點動靜都沒聽到，寧念之也不氣餒，第二天接著聽。

皇天不負苦心人，正確地說，做了壞事的人都憋不住，總要討論兩句。於是，就被寧念之逮住了。

「不是說萬無一失嗎？咱們折損了這七、八十個人，可都是辛辛苦苦培養出來的好手，全賠進去了！」

「都怪原家那小子，居然是個機敏的。剛進林子，咱們的人就被發現，運氣真不好。」

其中一人頓了頓，又補充道：「要是沒被發現，放幾枝冷箭……」

「現在說這個有什麼用？父皇把這事交給寧震，如果被他查出什麼……」

「殿下不用擔心，微臣收拾得很乾淨。那些人都是死士，寧震絕不會查出來的。」

「這次那小子命好，逃過一劫，下次……」

寧念之聽了一大半，幾個人還在商量下一次的行動，就有些不耐煩了。

蠢貨，經過這次刺殺，皇帝還會傻乎乎地放太子出來走動嗎？定是要抓到幕後凶手才能放心。與其在這裡商量下一次的行動，還不如趕緊把這次的事情處理好。

接著，後半夜便清靜下來，沒人再說話了。

第五十八章

寧念之睡了個好覺，第二天一早就去找原東良。

原東良正和寧震吃早飯，寧念之抬手戳戳原東良的肩膀，沒敢太用力。

「還疼不疼？」

原東良傻笑。「不疼了。這兩天妹妹精神還好？要不要再睡兩天？」

「不用了。爹，刺客的事，皇上有沒有說追查到底啊？」想必皇帝心裡也有數，都是親生兒子，若寧震真找證據送上去，皇帝說不定會不高興，所以得先打聽打聽。

寧震頓了頓，皺眉道：「妳又聽說了什麼嗎？」

不等寧念之開口，他就擺擺手。「小孩子家家的，別什麼事都想插一手，我自有主意。妳啊，只管好好養著身子就行，實在悶得慌，帶著寶珠到處轉轉。這兩天，虧得三公主將想探望妳們的人攔住了，不然我還真不放心，要早些送妳們回府。」

太子遇刺不是小事，當時又只有寧家的孩子們在，原東良被寧震帶在身邊，他們想打聽也不敢湊上來，只能去找兩位姑娘。

偏偏，寧寶珠驚嚇過度病了，寧念之要照顧妹妹。那些人派人來打聽，聽雪她們也不敢推，索性去找三公主幫忙。

有三公主攔著，寧念之和寧寶珠才清靜兩天，否則，光是來探病的，就要把帳篷擠滿了。

「我不過是想問問，看爹有沒有頭緒。」寧念之嘀咕道，衝原東良做個鬼臉，起身出了門。

她走出去，原東良便笑嘻嘻地跟來了。

「其實，爹也知道妳在外面呢。」

寧念之撇撇嘴，示意原東良附耳過來。等他彎下腰，寧念之才忽然發現，這小子，現在竟然比她高出那麼多！到底在西疆那邊吃了什麼啊？

她有些憤憤地扒著原東良的肩膀，使勁往下按了按，這才滿意，壓低聲音道：「大皇子。」

原東良眨眨眼，捏捏寧念之的耳朵。「這兩天不是精神不好嗎？外面的事情不用管那麼多，養好身子，我才能放心。我希望妳每天開開心心、輕輕鬆鬆，不要這樣累著自己。」

一開始，寧念之不大高興，好心遇到驢肝肺，辛辛苦苦給他們提示，兩個大男人居然還嫌棄。但聽到原東良後面的話，臉色就微微紅了，臭小子倒是挺會說話。

以前她不開竅時，只當原東良是體諒自家妹妹，現在開竅了，便發現，原來原東良不是不愛說話啊。瞧，這甜言蜜語說起來，一句接一句地，聽得心裡熨貼得很。

她忍不住笑彎了眼睛，哼哼，先不告訴他，她已經發現了他的心思盤算，要多看兩天他暗自著急、暗自發愁的樣子才行。

「好好休息知道嗎？」原東良不知道寧念之已經看穿他的心思，還想著妹妹年紀小，不能嚇著了，裝出體貼的樣子當兄長。「沒能玩得盡興不要緊，等咱們回府，我帶妳去莊子住幾天，也去打獵。」

「好，那就說定了。」寧念之笑咪咪地點頭。「你和爹忙吧，我回去照顧寶珠，不用擔心我們。」

原東良還想說什麼，寧震卻出來了，使勁咳嗽一聲，喊道：「東良，要走了，別磨磨蹭蹭，快點！」

「下午回來去看妳……和寶珠。」原東良無奈，揉揉寧念之的頭髮，在寧震惱火的瞪視下，一步三回頭地轉身走人。

寧念之笑呵呵地擺擺手，等他們走遠了，才回自己的帳篷。

寧念之一到帳篷，不少人即聞風而來。

「寧姑娘啊，妳能出來走走，是不是身子好了些？小小孩子家的，長輩又不在，怕是嚇著了吧？我這裡有安神的藥，妳先拿回去，晚上睡不好，就喝一帖。」

「聽說你們家二姑娘還病著？哎，我和妳們祖母是老交情了，現下她不在，我來看看，替她照顧照顧妳們。有什麼缺的，儘管讓人來找我。」

「可憐的孩子，嚇著了吧？真是不湊巧，好不容易能跟著太子出去玩一會兒，偏偏遇上這樣的事情。太子可有受很重的傷？」

寧念之挑挑眉，太子受傷，不是沒人看見啊，出動那麼多侍衛，還有給太子診治的太醫，怎麼這些人的話像不知道太子傷勢的輕重呢？

難道，是皇帝下了封口令？

寧念之不傻，腦子轉了轉，便笑著搖頭。

「我也不知道，我們姊妹倆都是小孩子，又是姑娘家，遇上那樣的事情，幸虧從小練武，才沒當場暈過去、扯了太子殿下的後腿，當真不知太子殿下怎麼樣了。夫人不提，我竟疏忽了，還得去探望三公主和八公主呢。」說著，做出不好意思的樣子來。

其中一位夫人忙笑道：「妳們一起玩耍，想來感情也比別人深厚，應當去看看的。不過，我瞧著妳只有一個人，不如讓我女兒給妳作個伴？」推了自家閨女出來。

那姑娘也是十來歲的小孩子，睜著大眼睛，臉上帶著沒遮掩完全的嫉妒，仰頭看寧念之。

寧念之不是好性子的人，找她當踏板還給臉色看，簡直不識好歹啊，當即拒絕。

「八公主也有些受驚，怕是不願意見著生人，要辜負夫人的一番好意了。」

瞧著還有人要過來說話，寧念之趕緊擺手。「我先過去了，若去得晚，八公主又睡下了。如果諸位夫人擔心太子殿下，不如到皇后娘娘那邊問問。」說完轉身就走。

剩下的人有些無語，要是敢去問皇后，還用得著在這裡等她一個小丫頭啊？

寧念之逃命般地去找八公主，八公主和皇后娘娘住在一起。進了帳篷，見皇后娘娘正摟著八公主坐在軟榻上。

別看八公主年紀比寧寶珠還小，卻比寧寶珠堅強得多。雖然當時也嚇著了，但睡一覺便恢復過來，哪像寧寶珠，還病了一場。

皇后娘娘笑咪咪地招手，讓寧念之近前。

「這兩天可休息好了？之前太醫說妳也被嚇著，緩過來了？」

「多謝娘娘關心。」

寧念之行完禮，走到皇后娘娘身邊，不好意思地說：「我還好，小時候跟著爹娘住在白水城，也見過一些……不過這些年在京城，被養得嬌氣了，所以才嚇著。」

皇后娘娘憐愛地揉揉她的頭髮。「我都聽小八說了，多虧妳警惕，他們才能提早發現那些刺客，要不然，怕是……」

她有些後怕，自己就這麼一雙兒女，萬一有個意外，後半輩子不用活了。

這樣想著，皇后娘娘越發感激，也越發喜歡寧念之。

「說起來，應當是我感謝妳呢，小八和太子運氣好，能遇見你們兄妹。」

「娘娘言重了，我不過是湊巧發現。」寧念之連忙道，又看看八公主。「真說起來，是太子殿下有福氣，這才庇佑我們。我不過是跟著沾沾光，得了太子殿下的好運罷了。」

皇后娘娘忍不住笑。「真是個會說話的。」招手示意宮女端來托盤，打開上面的盒子讓寧念之看。「妳和妳妹妹受驚了，這是本宮準備的一些心意，拿去把玩。」

盒裡是兩套首飾，一套點翠的、一套玳瑁的，皆十分精緻，非常華貴。

寧念之是女孩子，自然喜歡這種東西，看著忍不住歡喜，但又有些遲疑。

「太貴重了些……」

「拿著吧。對我來說，只要妳們平平安安，別說兩套首飾了，就是三、五套，本宮也捨得。」

皇后娘娘笑吟吟地說，親自拿起點翠的簪子，在寧念之頭上比劃一下，仔仔細細看了，忍不住道：「本宮想起來，第一次見到妳時，妳才五、六歲，只有一點點大。」

八公主頓時好奇了。「寧姊姊五、六歲大時，是什麼樣子？長得好不好看？」

「說實話，不怎麼好看。那時妳寧姊姊剛從白水城回來，曬得有點黑。」皇后娘娘忍不住笑。

寧念之也臉紅。「臣女從小在白水城長大，那邊沒有教養嬤嬤，娘親又要照顧弟弟，整天只能跟著大哥出門瘋玩。那邊的天氣，和京城不一樣。」

八公主的心思完全在另外一個點上。「天天都能出門玩？我太羨慕妳了！要是我也能天天出去玩就好了。沒有教養嬤嬤、沒有先生，想玩什麼就玩什麼，那該多好啊。」

皇后娘娘摸摸八公主的頭。「那妳父皇就不喜歡妳了，妳父皇只喜歡會唸書的小孩子。」

八公主嘟嘟嘴，不說話了。

皇后娘娘見狀，又道：「妳看寧姊姊，現在漂不漂亮？妳喜不喜歡？」

「漂亮，我很喜歡寧姊姊！」八公主忙道。

皇后娘娘點頭。「那妳想不想和寧姊姊一樣漂亮，做個大家都喜歡的小美女？」

八公主趕緊點頭，皇后娘娘便道：「妳寧姊姊呢，小時候雖然整天出去玩耍，也不用學規矩，但剛回京時，可是不怎麼好看的。這些年，因為一直在家學規矩，才慢慢變漂亮。」

八公主聽了，懷疑的小眼神往寧念之身上瞟，寧念之立刻點頭。

「是啊，八公主找人問問就知道了。我剛回京時，又黑又胖，沒多少人願意跟我玩呢。」

其實，她也不喜歡和那些小姑娘玩。她在白水城玩得瘋，來了京城，不習慣和她們玩翻花繩、撿沙包之類的遊戲，得空便跟著馬家表哥們到練武場上跑兩圈，或跟著自家祖父、爹爹練練武、騎騎馬。若非馬欣榮逼著她一有太陽就必須戴紗帽，說不定現在還是和小時候一樣，曬得黑黑的。

八公主頓時猶豫了，皇后娘娘也不逼她，話題一轉，又說到寧念之身上。

「這才幾年，真是一轉眼的工夫，念之就長大了，變漂亮，也秀氣了，還考進太學，以後可是才女了。」

寧念之被誇得臉紅。「不過是僥倖，若要作詩，臣女就要丟臉了。」

「不是會作詩就算才女了。」皇后娘娘笑著搖頭。「真正的才女，還得能看清形勢、權衡輕重、知書達禮，有文君之才才行。」

寧念之眨眨眼，皇后娘娘笑咪咪地摸摸她的臉頰。「這樣漂亮的小姑娘，將來不知道要便宜了哪家。若不是有了小八這個要命的小魔頭，我都想把妳搶過來當女兒呢。」

八公主頓時不樂意了。「我才不是小魔頭，我聽話著呢！娘喜歡寧姊姊，我也喜歡，咱們把寧姊姊接到宮裡住吧，這樣我就能每天看見寧姊姊了。」

寧念之不是真正十一、二歲的小孩子，不是皇親國戚，卻住到皇宮裡的事，大元朝從沒有過，除非嫁給皇子。

想想目前宮裡未娶親的小皇子，寧念之簡直想哭。除了太子，總不能要她嫁給才八歲的七皇子吧？

當著小姑娘的面，不好說什麼婚事，皇后娘娘捏捏八公主的臉頰，沒再繼續談這個話題，又問寧念之這兩天在帳篷裡做了什麼。

寧念之老老實實地回答：「妹妹在發熱，我一直守著，得空就看看書、做做針線。」

「小小年紀便懂得照顧妹妹，實在太貼心了，真羨慕寧夫人，能得這樣一個貼心小棉襖。」皇后娘娘笑著說道，心裡越發滿意。

上能體貼長輩，下能照顧妹妹，考進太學便說明也是讀過書的。至於不擅長詩詞，太子妃可不是整天寫詩作詞，對內能管家理事，對外幫夫婿分憂，這才是真正的才女。長得又很不錯，和太子年紀相當。再想想寧家的家世，若真能成，倒是一樁美事。

皇后娘娘越看寧念之越滿意，賞了一套首飾猶覺不足，另外又讓宮女拿來一枚玉墜。「這個妳拿著，不是什麼珍貴東西，時常戴在身上把玩吧。」

寧念之忍不住咂舌，羊脂玉還不珍貴啊，那什麼才算珍貴？

說了小半天話，皇后娘娘又留寧念之用午飯，寧念之推辭不得，只好留下。吃到一半，皇帝領著太子來了，看見寧念之，伸手指向她。

「這就是寧卿的閨女了？說起來，妳小的時候，朕還見過妳呢，沒想到女大十八變，長大倒是好看了。」

寧念之抽了抽嘴角，真不愧是夫妻倆，說的話都差不多。她小時候長得有那麼難看嗎？一個個說得好像她見不得人一樣。不就是黑了點、胖了點、矮了點嗎！

「多謝寧姑娘的救命之恩。」太子殿下繃著一張臉，很認真地上前道謝。

皇帝也點頭。「朕聽太子說了，若非妳提前預警，太子就不是只受點傷。妳做得很好，朕不會虧待妳的。」

寧念之忙行禮。「皇上過獎了，臣女不過是湊巧聽見一些動靜，又想和哥哥鬧著玩，才誤打誤撞得到先機。而且，皇后娘娘也給了臣女賞賜，臣女惶恐。」

皇帝哈哈大笑。「還有給了賞賜不要的？妳不用惶恐，皇后給的是皇后的，朕給的是朕的一番心意，妳只管收著。」說著，讓人端來托盤。

寧念之簡直無語，不是一家人，不進一家門啊，這夫妻倆都喜歡讓人端著托盤上來嗎?!等托盤送到跟前，發現上面擺著的是金元寶，寧念之更無語了，但想想也正常，這可是皇帝，要賞下一套首飾，那才讓人驚慌。

歷年，除了選妃，皇帝從沒賞賜過女子，但凡這種賞賜，都是皇后娘娘安排的。元寶好啊，發財了！寧念之笑得眼睛都瞇起來，連連謝恩。

皇帝忍不住發笑。「倒是沒想到，寧卿對銀錢慷慨，竟生了個看見元寶就開心的閨女。」

話鋒一轉，皇帝接著問道：「之前的事情，我聽侍衛們說，是妳先聽見了動靜，妳的耳力可是比一般人好？」

寧念之害羞地點頭。「只比一般人好一些。其實是臣女調皮，也是那刺客不小心，躲在樹上，樹葉動了動，臣女以為那裡有鳥兒什麼的，想起小時候和大哥玩的遊戲，想重溫一番，這才誤打誤撞的。」

這是和寧震商量好的說詞，耳力好是有的，但沒比普通人好多少。

皇帝點點頭，沒再深問。想來是覺得一個小姑娘家，就算耳力驚人，也派不上用場，索性不問了。

等皇帝說完話，飯菜已經冷掉，寧念之沒吃飽，就被送了回去。

帳篷裡，寧寶珠的身子好轉後，胃口大開，硬讓人弄來不少點心，這會兒正對著盤子流口水呢。

寧念之回來看見，就把盤子拖到自己面前。

「不是說了，這兩天妳只能吃些清淡的嗎？如果肚子餓，讓人去廚房端碗白粥過來。對了，皇后娘娘賞賜了咱們，妳要不要看看？」

寧寶珠瞬間被轉移了注意，拿起皇后娘娘賜的首飾欣賞，又在頭上比劃一下，笑得合不攏嘴。

「太漂亮了！我太喜歡了，不愧是內務府做出來的首飾啊，就是比外面賣的好看！大姊，妳瞧著怎麼樣？」

「挺好看。」寧念之笑咪咪地讚美。

吃了點心填飽肚子後，寧念之忍不住又想起皇后娘娘剛才的話，難不成，真是她想的那個意思？應該不至於吧，太子才十二歲，要選妃也是三年後，皇后娘娘怎麼能確定那時她還適合當太子妃呢？

太子選妃不同普通人家說親，或者，皇后娘娘是想留著人選，到時候把看中的姑娘們放在一起比較比較？

不管怎麼說，皇后娘娘要真有這個意思，還是趕緊想辦法應對。不然，這會兒就跟爹娘挑明她喜歡原東良？

寧念之想著，卻忍不住縮縮脖子，依照爹娘現在的態度，會不會認為原東良哄騙了她，更加生氣，反而要打斷他的腿啊……

第五十九章

因太子遇刺，原本預定十天的西山秋獮，五天就收場了。剩下三天，除了女眷，誰也不敢隨意出去走動。

女眷們極關心太子遇刺的事，來來回回找寧念之姊妹打探。兩人避之不及，別說出去玩了，還要躲在帳篷裡裝病不見人。

這日，大隊啟程，皇帝、皇后娘娘以及太子、公主們先走一步，寧震護送他們，寧念之和寧寶珠又被託付給原東良。和來時一樣，寧家的馬車跟在馬家後面，原東良和馬文瀚騎馬守在兩邊。

趕路兩天，寧念之一到家，倒頭就睡了。

馬欣榮也聽說太子遇刺的事，拽住原東良詳詳細細地詢問，恨不得連當時他們怎麼出招的都問得明明白白。確定原東良只是肩膀受傷，而閨女別說受傷了，連嚇著都沒有，這才放心。

「你祖母還不知道消息，我讓人瞞住了。回頭你也別說，畢竟她上了年紀，若是知道，又要擔心一場。」

馬欣榮頓了頓，又囑咐道：「我讓人準備了骨頭湯，你每天喝上兩碗。小孩子骨頭脆，不好好補補，怕將來長不好。以後你還要練武呢，哪怕不喜歡骨頭湯，也要多喝一點，知道嗎？

「本來今兒我打算讓你留下來吃飯的，但你祖母肯定很想見你，所以你先回去，明兒晚上再過來吃飯。」

馬欣榮捧著肚子，一邊讓人送了針線房新做的衣服過來，一邊殷切交代。

原東良只管點頭，被嘮叨大半天，才出了鎮國公府。

回自家後，他又聽了周氏念叨一番，才歇下不提。

相較於原東良被馬欣榮與周氏念叨，寧念之逃過一劫，一睡醒就是第二天早上，趕著去給趙氏請安，馬欣榮遂沒空嘮叨她了。

趙氏對西山秋獮的事很好奇，問了不少，有寧寶珠這個小話嘮在，便沒寧念之發揮的機會了。

接著，寧念之被兩個弟弟逮住，依然是問圍場的事，說得她口乾舌燥。

直到中午吃過飯，寧念之才得空去找馬欣榮，將皇后娘娘賞賜的首飾拿出來讓她看，有些得意地炫耀。

「皇后娘娘可喜歡我了，說想搶走我當閨女呢。」

馬欣榮聞言，心裡一緊，有些慌張了。「皇后娘娘還說別的沒有？」

「有啊，還說將來有機會，要接我到宮裡住呢。」寧念之笑嘻嘻地說道，就當自己不知道這話是什麼意思。

馬欣榮微微皺眉，難不成，皇后娘娘看中了自家閨女？這事不好立即反應，若皇后娘娘真看中了，他們馬上給自家閨女訂親，就是把皇后娘娘的臉面扔在地上踩；若皇后娘娘沒看中，不過是說兩句客氣話，他們太積極，反倒讓人看笑話。

暫且只能當作沒聽懂了。不過，給念之物色對象的事，得趕緊了。

馬欣榮皺著眉，看看自己的肚子。要不，等孩子生下來，就開始看吧？

說起來，她是想讓閨女嫁回娘家。馬家沒有女兒，一家子都很疼愛寧念之，將來嫁過去，又有老太太護著，定然不會受苦。

可大嫂、二嫂的意思，怕是要給兒子們找書香門第的姑娘。寧念之當閨女看時，舞刀弄槍倒是沒什麼；可當媳婦兒看，就太鬧騰了。

馬欣榮想得入神，陳嬤嬤捧著皮毛，興匆匆地進來。

「夫人，這些是大少爺讓人送來的，說在西山親自打的，能做件大氅，顏色也好看，您瞧瞧喜不喜歡？」

還有個原東良哪！

馬欣榮伸手揉揉額頭。兒女都是債，小時候呢，盼著他們趕緊長大，趕緊懂事，現在又要操心婚事，將來還得擔心生孩子什麼的。

真是養兒一百歲，長憂九十九。

「原家老夫人那邊也有嗎？」馬欣榮問道。

陳嬤嬤笑咪咪地湊上前。「夫人放心吧，咱們家大少爺啊，可不是小時候那樣了，您養大的，您還不知道嗎？又聰明、又孝順。原老夫人自然也得了些，不過和您的不一樣。您這個年紀，穿這顏色顯得年輕；老夫人那些，穿著更顯雍容，各有各的好。」

馬欣榮這才伸手接了皮毛，又忍不住笑。

「這臭小子，以為我不知道呢，就那麼一天工夫，能獵到多少東西？頂多十來隻兔子，只夠做件小孩子的衣服。這麼多的皮毛，怕是沒少花錢吧？」

要能打獵十來天，應該可以得到不少皮毛，可就那麼一天，又要給周氏、又要往這邊送，還得夠做一件大氅，光憑他自己獵到的，肯定不夠。

陳嬤嬤聞言，對她擠眉弄眼。「夫人，您只要知道，這是大少爺的一番心意就行了。孩子想盡孝心，咱們沒必要問得那麼清楚。您瞧瞧，這毛皮挺好的吧，瞧著要入冬了，是不是做件大氅呢？」

「那就做大氅吧。」馬欣榮笑著說道。

陳嬤嬤忙應了聲，拿了皮毛去針線房。

晚上，寧震回來吃飯，怕馬欣榮擔心，只挑圍獵時的趣聞說了，並未提及追查太子遇刺的事。

寧念之剛吃過晚飯，不想馬上回去睡覺，索性帶了丫鬟去花園裡轉轉。到處懸掛燈籠，看著並不很黑，剛走幾步，她就聽見原東良的聲音。

「妹妹？這兩天休息好了？沒有那麼累了吧？」

寧念之點頭，笑咪咪地轉頭看他。「今兒爹沒給你佈置功課？」

原東良挑眉。「爹正忙著呢。不過，明天開始，我又要忙起來了。爹不會放過任何一個時候，非得看我跟陀螺一樣才能放心。」

他忙得沒空來找寧念之了，寧震才滿意。

「爹也是為你好。」寧念之笑著說道。

原東良點頭。「我知道。妹妹，送妳一個禮物。」說著，手一翻，遞來一朵花，是剛摘的，上面還帶著露水。

寧念之哭笑不得，抬手要接，原東良卻沒給，而是飛快將那朵花簪上她的頭髮，後退一步，細細打量，笑著點頭。

「妹妹長得漂亮，戴著這花，倒讓花兒增色不少。妹妹是我見過長得最好看的人了。」

寧念之抽了抽嘴角，前段日子不是還只敢偷偷喜歡嗎？今兒怎麼忽然會說甜言蜜語了？不對，好像從很早很早之前，這傢伙就會對她說甜言蜜語了。「我最好的東西都只給妹妹，以後只對妹妹好」、「我的就是妹妹的，妹妹想要什麼都給」，眼下不過是誇讚她漂亮，好像還算普通。

寧念之正想著，忽然聽原東良問道：「妹妹，妳覺得大哥長得怎麼樣？」見寧念之的目光掃過來，原東良特意抬頭挺胸。「妳見過的男子裡，大哥是不是長得最好的？」

寧念之完全不知道該說什麼了。這是要開始表現自己？還是，他受到了什麼刺激？

「大哥長得挺好的。」她笑咪咪地說道。

原東良聽了，臉色微紅。若是一般人，自然看不出來，但寧念之不是一般人，瞧著他的表情，忽然起了逗弄的心思。

「不過……還是差了一點。」

原東良立即瞪大眼睛，心裡不安了。京城裡，好像是小白臉比較受歡迎啊！之前在書院，經常聽同窗討論什麼公子、什麼才子，該不會妹妹不喜歡他這樣的，反而更喜歡小白臉吧？

瞬間，他的腦子裡轉過了好幾個書院裡小白臉的形象。

他們的共同點，第一是白白淨淨。原東良忍不住低頭看自己的手，雖然不是特別黑，但也絕對不白。

其次，長得瘦，最好穿衣服時顯得飄飄欲仙。原東良忍不住再打量自己的身材，高高大大，用爹的話說，去西疆三年也不知道吃了什麼，居然長得快和他一樣高。高就算了，因為練武，再加上吃得多，身量都抵得上一個半的普通書生了！

他越想越覺得，這樣離小白臉實在差太遠，萬一妹妹喜歡小白臉，他豈不是一輩子都沒希望啊？

於是，原東良有些慌了。「妹妹，那個，長得白白淨淨的，其實不一定好。比如說，他們力氣小，說不定連弓都拉不開，有些還不會騎馬呢。如果妳想出門玩耍，肯定得找能陪妳一起玩的，對不對？」

寧念之眨眨眼，心裡有些好笑。「大哥，你說什麼呢，和小白臉有什麼關係？我的意思是說，現在你還矮了點，要能和爹一樣高就好了。」

原東良愣住，看見寧念之眼裡的笑意，立刻明白，他被妹妹耍了，但也不惱怒，笑著抬手揉揉她的腦袋。「妳啊。」

寧念之對他嘻嘻笑，又道：「現在是八月，後年五月就是武舉，到時候大哥中了狀元，皇上會讓大哥先回西疆，還是先去兵部呢？」

原東良搖搖頭。「我也不清楚，得看皇上的意思。再者，也不是我想去哪兒，就能去哪兒的。西疆那邊，我祖父的身子還行，十來年內不會出什麼問題，我並不擔心。」

「可是，之前大哥被原老將軍帶著，肯定已經接觸到西疆的軍務。如果十來年不回去，不等於白做工了嗎？」寧念之有些不解。

原東良忍不住笑。「妹妹想多了，不管什麼時候，軍營裡看重的，永遠是實力。若我有本事，自然會有人來投靠。」

就像他親爹，雖然是嫡長子，卻無實力，自然沒人依附。

「這些事情，妹妹不用操心，每天只要想著哪兒有好玩的、哪兒有好吃的、哪兒有好看的，過得開開心心就行。」原東良笑著說道。

寧念之無語，這是養豬吧？吃得開心、睡得好就行？

原東良看著寧念之，眼神微微閃爍，又有些緊張，開口道：「妹妹，有件事情，我想問問妳。」

他喜歡寧念之，不管寧念之做什麼都想知道，從早上什麼時候起床，到晚上什麼時候睡下，中間吃了幾次點心、喝了幾次茶水，恨不得一清二楚。每次見了面，生怕惹妹妹不高興，或擔心妹妹在哪兒受委屈，總要先關注她的心情。

這世上，若問誰最了解寧念之，原東良覺得，哪怕是親生爹娘，都沒有他對她了解得多。

寧念之笑著看他。「什麼事？」

原東良沈默一會兒，問道：「妹妹，妳喜歡什麼樣的人？將來……想嫁給什麼樣的人？」

寧念之瞪大眼睛。居然問了！真的問了！

「我還小呢，大哥是不是問得太早了點？」寧念之裝出害羞的樣子。其實，她真有些害羞，兩輩子沒嫁過人，也沒喜歡過人。

「嗯，妹妹年紀還小，所以成親之類的事情，不能多想，知道嗎？也不要喜歡別人。」原東良頓了下，嚴肅交代：「妹妹不知道，外面有很多壞人呢……」

沒等他說完，寧念之便噗哧一聲笑出來，捏著嗓子學話。「你們兩個不許亂跑知道嗎？也不能不帶著人就出門。外面有很多壞人呢，都是拐賣小孩子的，捂著你們的嘴把人抱走，以後可再也回不來，再也見不到爹娘了。」

原東良無語，半晌後才說道：「學得不太像，當時娘說得可比妳嚴厲多了。」

「好了，大哥不用擔心，我又不是兩、三歲的小孩，還能被人騙了不成？再說，除了去太學，我也不怎麼出門，上哪裡找人來騙我？」寧念之笑咪咪地道。

原東良又紅了臉，但還是堅持把話說完。「不是拐賣小孩的。妳是姑娘家，長大以後總要嫁人，又是鎮國公府的嫡長女，外面有不少人想巴結鎮國公府，或者說，覬覦鎮國公府，最直接的辦法就是聯姻，說不定他們會騙妳……」

原東良說得顛三倒四，重點卻一個不少，雖然很難為情，但各種嚴重結果還是要說得清清楚楚。

「要是有人喜歡妳，一定要拒絕知道嗎？妳現在還看不出誰是好人、誰是壞人、誰是真心的、誰是來騙妳的，索性全拒絕掉。等妳長大了，爹娘自然會為妳考慮，找個樣樣都好的人來照顧妳。所以，妳不要著急。」

寧念之又是無語、又是感動，這種事情本該是馬欣榮教她的，可馬欣榮還沒來得及說呢，原東良這個大男人就自己上場了。不知道他打哪兒學來這麼多說法，若不考慮他的目的，當真是用心良苦。

可一想到他的用心，寧念之又忍不住想笑，之前沒挑明果然是對的，不然哪知道原東良能有這麼多小心思啊，手段都快比得上內宅婦人了。

想到這個，寧念之心裡忽然一驚，這可不是什麼好事。雖然，有個男人能這麼用心地對她，讓人很甜蜜、很享受，但若因為這個壞了他的心性，就太得不償失了。

什麼叫男人？男人應該站得高、看得遠，頂天立地。要是把心思放在女人身上，整天盤算怎麼擄獲姑娘的心，和內宅婦人有什麼區別？

「大哥！」寧念之趕緊叫了一聲，有些擔心地看原東良。再過兩年便是武舉，這人要真走了歧途，說不定就……

原東良正絞盡心思，想再勸寧念之，對上她的目光，就頓住了，好一會兒才疑惑地開口：「妹妹？」

寧念之滿臉認真，一字一頓地說：「大哥，這些事情，不是你應該關注的。我和爹的心思一樣，現在正是大哥要好好努力的時候，不管是為了大哥自己，還是為了大哥喜歡的人，都必須做出一番事業來，憑自己的本事，得到自己喜歡的東西。

「就像大哥說的，我年紀還小，但我知道將來想嫁的人是什麼樣的，我想嫁給像爹那樣的英雄。若大哥將來想娶到喜歡的人，也要像爹那樣，有了成就，才能給她更好的生活，才能讓她更喜歡你。大哥，我說得對不對？」

現在寧念之更不敢挑開這事，說話時多了幾分顧忌，但終歸是沒經驗，還是漏了幾分底。

她不傻，能看出原東良的心思。原東良更不傻，又那麼了解她，自然能從這話裡聽出幾分意思。

等寧念之說完，原東良的神情就變了，嚴肅而認真。「那我喜歡的人，會和妹妹一樣，沒長大之前，絕不會去想男女間的事嗎？」

寧念之點頭。「我自然不會去想。現在有了功業的男人，肯定比我大太多，也定然有喜歡的人；和我差不多的，都是些毛孩子，我怎麼可能看得上？」

原東良點頭。「那妹妹的意思是會等著了？等到妳長大，等到我功成名就。」

寧念之抽了抽嘴角，都這會兒了，還要將這話的意思給曲解一下？

但看著原東良認真的表情和專注的眼神，她說不出糾正的話來，只好點頭。

「對，等我長大，等……你功成名就。」

原東良得了寧念之的承諾，神色立刻輕鬆幾分，抬手揉了揉她的頭髮。

「那好，我聽妹妹的，以後一定會好好跟著爹學習，武功、兵法都不落下。我會快點變成頂天立地的大男人，妹妹也要快些長大才行。」

寧念之笑咪咪地點頭。「我相信大哥。」

「時候不早了，我送妹妹回去休息。」原東良笑著側身，陪寧念之往外走。

兄妹倆像是有了默契，一邊走，一邊換話題，慢悠悠踱到花園門口，寧念之才叫上丫鬟回去。

等人影都消失了，寧震才從後面轉出來，哼哼兩聲。若非他惦記著臭小子的功課，及時找出來，還想不到臭小子居然有這個膽量呢，竟然敢找他的寶貝閨女說些有的沒的！看來，給他的功課太輕鬆了，回頭得多布置一些才行。

不過，臭小子有志氣，若真能將心思轉回來，將來建功立業，他也不是不能鬆口的。還得再看看。

第六十章

原東良和寧念之的一番交談，之後誰都沒有再提起。但兄妹倆沒一個是蠢人，有了默契，不提起，也不放棄，而是像寧念之說的那樣，潛伏起來，靜靜等著。

反正，他們的年紀都不算大，等得起。

這一等，就是兩年。

過了年，朝廷宣佈武舉的第一次考試訂在三月後。和文舉差不多，都是從下面往上考，先是縣裡，再來府裡，最後到京城。

之前原東良得過皇帝誇獎，又跟著寧震辦過不少事，加上身分，自然不用再回到西疆和別人競爭，直接留在京城待考。

馬欣榮生下幼子後，忽然變得囉嗦起來，一天三遍地追著原東良問。

「今兒的書看了嗎？你爹給你佈置的功課，完成沒有？考試有沒有準備？我聽說，已經有不少人準備進京，你是不是要出去走走，看能不能交幾個朋友？」

原東良一邊捏小弟的臉頰，一邊回答：「娘不用擔心，該做的事情，我已經做好，書看了，功課也完成了，要不然爹不會輕易放我出門。至於考試，不是我準備好就行，說不定到時會有個萬一什麼的。」

他說著話，手上一個沒注意，力氣稍微大了點，還不到兩歲的小孩頓時不樂意了，放聲哭起來。

正要進門的寧安越被嚇了一跳。「原大哥，你做了什麼？小弟怎麼哭成這樣？」

馬欣榮有些無奈。「要命啊，一連生了你們兄弟三個。我原本盼著這胎能是閨女，像你們大姊一樣聰明漂亮、懂事貼心，哎，誰曉得又是個天魔星！」

「娘，弟弟已經挺乖了。」寧安越笑嘻嘻地說道，過來湊熱鬧，在小弟的臉頰上戳戳戳。「爹不是說周歲宴後就正式給小弟取名字嗎？這會兒定下來沒有？」

馬欣榮點頭。「剛定下了，就叫寧安平。」

「安平安平，我是你二哥，知道嗎？」

原先，原東良也排在寧家兄弟裡，雖然和二房分開，依舊是大少爺。但前年，不知自家老爹搞什麼鬼，將原東良分出去，寧家大房的三個兄弟重新排行，寧安越便成了名副其實的二少爺。

馬欣榮不知道內情，還以為原東良做錯事惹寧震生氣，挺著大肚子，跟在寧震後面勸了兩天。

然後，不知寧震跟她說了些什麼，隔一日，她神色詭異地盯著原東良看半天，就算默認這事了。

於是，原東良和寧家徹底分開，他是原家嫡長孫，雖然仍喊寧震夫妻為爹娘，但排行不算在寧家了。

寧安成和寧安越以為這下原東良要傷心呢，小兄弟倆跟前跟後，生怕他哭，結果倒好，這人反而挺高興的。再看看自家爹娘的態度，又看看自家大姊的神色，兩個小傢伙完全搞不懂這些大人在鬧什麼，只見稱呼雖然改變，但日常還是該怎樣就怎樣，感情也沒有生變，便慢慢接受了這件事。

至於原東良，他不知道寧震為何會作出這個決定，但寧念之是明白的。她可是有大福氣的人，有老天爺的饋贈，怎麼可能連有人在後面偷聽都不知道？不管是親爹還是親娘，她都已經很熟悉他們的腳步聲了。

不過，原東良還是很開心，有改變就好，這表示，在他和妹妹的事情上，爹有一點點鬆動，也有一點點妥協了。接下來，就跟妹妹說的一樣，等他功成名就，等他們倆再大一些。

寧安平被馬欣榮抱在懷裡晃了兩下，停住哭聲，衝著寧安越噴了口口水。

寧安越無語，看向馬欣榮，表示委屈。

馬欣榮忍不住笑。「弟弟這是想親親你呢，不過你長得太高了，他親不到，所以只能吐口水。」

寧安越撇撇嘴，真當他是小孩子哄呢，他也七歲了，已經開始唸書，早就懂事了好嗎？

「京城裡的比試是什麼時候開始啊？」寧安越拽著原東良，期盼地扒住他的胳膊。「大哥，我真想去看看！你帶我去吧？」

和寧安成的安靜性子不一樣，寧安越從小便頑皮。去年，寧安成明確地說了，他要唸書，將來考文舉，當文官。所以，若不出意外，寧家的武業就要寧安越來繼承。

當然，爵位還是寧安成的。嫡長子就是嫡長子，寧震和寧博一樣，寧願在別的地方多偏著老二跟老三，但絕不混淆長幼。

若寧安越有本事，將來自己掙個爵位；若沒本事，他大哥多照顧一些，也能安享富貴榮華。

「不行，現在外面亂，大家見面都想比試兩下，一言不合就打起來。你這麼小，容易被誤傷。」原東良搖頭，嚴肅地拒絕。

寧安越鬼靈精，眼睛一轉，說道：「可是大姊也想去看啊，昨天還問我，街上是不是很多人呢，我們可以和大姊一起去。」

原東良立刻猶豫了，這兩年只顧著勤學苦練，還真沒什麼機會和妹妹一起逛街玩耍。要不是到了武舉的時候，爹爹說這兩天放鬆放鬆，不用看書，今兒他還不一定能出門呢。

馬欣榮戳了戳寧安越的頭。「你自己想出去就直說，推到大姊身上是怎麼回事？你大姊忙著呢，這兩天怕是不能出門。」

「東良，若你得空，帶安越去外面轉轉吧，省得他在家裡不消停。」

原東良覺得有些可惜。「妹妹沒空啊？只出去一下午，就當是散散心？」

馬欣榮聞言猶豫，心裡矛盾得很，一方面覺得自己養大的孩子，自己心裡有數，肯定不會做出傷害閨女的事；一方面又覺得，西疆真的很遠很遠啊。想了兩年，還是沒能下定決心，要不然……再拖拖？

她正想著呢，就聽見寧念之的聲音。

「喲，都在啊。安成呢？」

「大哥在書房呢，說等會兒過來。」寧安越笑嘻嘻地湊過去。「大姊，下午妳有空沒有？咱們上街！聽說街上有很多很多人啊，還有不少擂臺，咱們看熱鬧去！」

雖然武舉和文舉大體上是一樣的，但還是有不少迥異的地方。以文舉來說，那些書生都聚在客棧、茶館、各種園子裡，唸兩首詩、作兩幅畫什麼的，說到激動處，不過是摔個茶壺或酒罈子，基本上秉持君子動口不動手的原則。

但要考武舉的人可不一樣了，激動時恨不能當街打一架，而且練武的人多是身材健壯、脾氣有些直的，稍一挑撥，即拳腳相向。因此每逢武舉，街上便有不少人鬥毆，自己受傷不要緊，就怕連累百姓，或砸了誰家攤子之類的。

為了防止這些意外，官府特意在幾個顯眼的地方準備了擂臺。打架可以，只能去擂臺上打。擂臺之外，誰打誰蹲大牢，還要罰錢，出來時，武舉都過了，前程也沒了，代價太高。所以大家還是遵守規定，想打架，就一路吆喝著上擂臺去。

雖然寧念之沒親眼見識過，但家裡丫鬟們說閒話時，多少聽了些，遂伸手捏捏寧安越的臉頰，笑著搖頭。

「我怕是沒空，讓原大哥帶你去吧，我找娘親有事呢。」

馬欣榮聽了，忙示意她在身邊坐下。「什麼事？可要緊？」

這兩天，寧念之正學著管家，一邊點頭，一邊說道：「是二嬸那邊有些事情。前些時候，大夫不是說二嬸的身子養得差不多了嗎？二嬸就想買些東西，這是她開的單子。」說著，拿出單子遞給馬欣榮。

馬欣榮看著單子，忍不住抽了抽嘴角。胭脂水粉、首飾布料、藥材食材，寫得挺齊全，一張紙都寫不完，還寫了兩張。

「二房這個月的分例給了嗎？」馬欣榮問道。

寧念之點頭。「月初就給了。」

「單子先放我這兒，回頭妳二嬸要是派人來問，讓人到我這兒來，妳就別管了。」有些話不大好對寧念之這個小姑娘說，馬欣榮就把事情攬過來，又問：「寶珠給妳打下手，可有什麼麻煩？」

馬欣榮原本的意思是，讓寧念之先跟著她學，寧寶珠則跟李敏淑學，先管自己的小院子，等學得差不多，再管府裡的事情。

沒想到李敏淑小心眼，生怕耽誤了寧寶珠，非得讓她跟著寧念之。馬欣榮無奈，只好讓姊妹倆一起，不過工作是分開的，寧念之先管採買上的事情，寧寶珠負責下人的安排使喚。

「還行，寶珠妹妹聽話，有什麼事情都會問我一聲。」寧念之倒是不怎麼在意，笑著說道。「武舉考完，就是祖母的五十大壽，今年是不是要大辦一場？」

馬欣榮愣住。「這都五十歲了？」

不說她還真想不起來，不過，不管怎麼樣，整壽都是要好好辦的。

馬欣榮心裡盤算一下，道：「這事妳和寶珠辦得了嗎？不然，我先指點指點妳們？」

寧念之忙擺手。「娘，您這一指點，不就把事情辦完，我們只聽吩咐就算了？不用擔心，還有幾個月呢，有什麼不明白的，我肯定會回來問您，絕不會辦砸差事。」

母女倆說著管家的事情，寧安越聽得頭大，伸手扯扯原東良。「原大哥，你帶我去看擂臺吧，我好想去啊，可是爹一直沒空。咱們兩個去嘛，好不好？」

原東良看看寧念之，不太想走人。

寧安越見狀，眼珠子轉了轉，湊到他耳邊道：「原大哥，要是你帶我去，以後有什麼事情找我大姊，我可以幫你傳話。」

原東良聞言，抬手在他腦袋上敲了敲。「難不成我會連個傳話的人都找不到？你還小，只要專心唸書，這些小事就不煩勞你了。」

寧安越立刻急了。「原大哥，你帶我去嘛，我真的想去。」

原東良不為所動，寧安越說了大半天，也沒見他動搖，就有些怨了。但他不是傻的，既然這個說不動，那換一個，便賴在寧念之身邊鬧騰。

「好姊姊，就一下午，耽誤不了什麼的。管家的事可以交給二姊嘛，而且娘親也能幫妳照看一會兒。好姊姊，我最喜歡妳了，咱們出去玩吧？」

馬欣榮懷小兒子時，都是寧念之帶著兩個弟弟，感情自然深厚，被寧安越求了大半天，有些心軟了。

原東良像人精一樣，尤其是在觀察寧念之的神色時，見狀立刻出言鼓動。「去吧，太學特意放這麼久的假，不就是為了讓大家出門看看嗎？」又笑著問：「妳好久沒出門玩了吧？要不，再叫上寶珠妹妹？」

寧念之被纏得拒絕不了，只好點頭。「好吧，咱們去看看。不過，先說好，尤其是安越，出了門，得聽我的，不許和別人吵架，不許挑撥別人打架，不許和人有意氣之爭，否則我再也不帶你出門了，知道嗎？」

寧安越舉起手指頭發誓。「大姊放心，我肯定聽妳的，要是不聽，到時讓原大哥揍我一頓。」

正巧，從書房過來的寧安成也聽見要出門玩耍的消息，連忙叫上寧安和，寧念之又去叫寧寶珠。

於是，四個少年，加上兩個姑娘，熱熱鬧鬧地出門了。

第六十一章

上了街，寧安成與寧安和是讀書人，看見新開的書鋪，便決定留下，於是半路脫離了大隊伍。

寧寶珠遠遠看見正在比武的人，湊到寧念之身邊說個不停。「大姊妳看，那邊的兩個人，個子可真高，快比大伯父還高了，長得也壯實，就是不知道武功怎麼樣。」

寧念之掃一眼，不吭聲。

寧寶珠繼續嘀咕。「快看快看，那個人跳起來，連牆上的毽子都能拿下，肯定是高手！長得也不錯，和一般的武夫不大一樣。」

寧念之再看一眼，還是不說話。

寧寶珠完全不覺得這樣有什麼不妥，沒人接話，也能自己高高興興地說下去。街上人多得很，大多是她沒見過的，可算飽了眼福。

「咱們先去看擂臺吧？」原東良湊過來問道。「看一會兒，再去吃飯。」

寧念之還沒來得及說話呢，寧寶珠就趕緊點頭了。「好啊好啊。」

可是原東良依然不動，只看著寧念之，等到她點頭，這才轉頭和寧安越說話。

寧寶珠扒著寧念之的胳膊。「大姊，妳說，原大哥對妳，是不是太……」頓了頓，找了個合適的詞形容。「言聽計從啊。尤其有妳在時，原大哥那眼睛便看不見別人，只盯著妳，其他人就是那灰塵啊。」

寧念之忍不住笑，伸手掐她臉頰。「胡說什麼呢，那是因為原大哥知道妳不可靠，所以才不問妳。」

寧寶珠皺皺鼻子。「我又不傻，也不是兩、三歲的小孩子。哼哼哼，大姊，妳就沒有想過，以後會嫁個什麼樣的人嗎？」

寧念之滿臉吃驚。「妳開始想這件事情了？妳才多大啊！」

寧寶珠臉紅紅。「我才沒想呢。只是，咱們班上不是有同窗訂親了嗎？連太學都不去了，說是要在家準備嫁妝。她不過比咱們大三歲，這才十六呢，就要成親了。」

「準備嫁妝至少得花大半年，出嫁時便十七、八歲，也差不多。」寧念之算了一下，不怎麼在意。「再者，她是遠嫁，光是趕路都要一個多月呢。」

說到這個，寧寶珠忽然傷心起來。「遠嫁啊，那說不定再也見不到了……大姊，以後咱們嫁人，可不能相隔太遠，有什麼事情，我好去找妳啊，太遠的話，天南地北，一輩子估計沒幾次見面的機會了。」

寧念之戳她臉頰。「想什麼呢，小小年紀，想得倒是怪長遠的，妳才十二歲，還是想想等會兒吃什麼吧。擂臺周圍不知道有沒有賣小吃的，我忽然有點想吃驢打滾。」

寧寶珠瞬間被轉移了注意，眼睛跟著閃光。「我也想吃驢打滾，還有驢肉火燒、炒肝、豆汁、豌豆黃……」扳著手指數了十來樣小吃，說得寧念之也有些饞。

「應該有，擂臺附近那麼熱鬧，聰明的都知道要去那邊做生意，說不定還有小吃鋪子呢。」

說著話，幾個人到了擂臺旁。

原東良扶寧念之下車，輪到寧寶珠時，卻只給下車的凳子，讓她自己踩著下來。對於這種差別對待，寧寶珠忍不住又暗暗搖頭。

原東良都做得這麼明顯了，要她怎麼相信他對自家大姊沒想法？不過，哼哼哼，回頭得找大姊說兩句他的壞話才行，誰叫他當她不存在！

為了方便百姓觀看，擂臺是露天佈置的，前面還擺了不少凳子。和寧念之預料的一樣，周圍果然有不少賣小吃的，炸丸子、瓜子、點心、甜品，種類還挺多。

剛看了一圈，就有人笑呵呵地過來道：「幾位公子爺，可需要凳子？咱們的凳子，一張三文錢，想坐多久便坐多久……」

他的話沒說完，就被另一個人擠到旁邊去了。

「公子爺帶了兩位姑娘，怎麼能隨便坐在外面呢？萬一哪個不長眼的踩到姑娘的裙子怎麼辦？公子爺瞧見沒？那邊是小的家裡，樓上能清清楚楚看見擂臺，一個房間一兩銀子，可以坐一下午，雖說價錢貴了點，但外人瞧不見兩位姑娘啊……」

寧寶珠眨眨眼，抬手指指那些凳子。「這不是官府放的啊？」

剛才說話的人笑哈哈。「官府搭個擂臺就完事了，這些凳子都是我們自己弄的。這凳子也不貴，又寬敞，最重要的是，在外面看得清楚啊，這可是正前面，一招一式都不會漏看。要是上了樓，雖然不用和別人擠，卻只能看右邊，左邊的便看不清楚了。」

生意人的腦袋果然靈活，原先官府搭建擂臺的用意，是讓那些武夫們起了爭執有個撒氣之處。現在，精明的商家已經請了不少人，付錢讓他們打擂臺，再設置賭局坐莊。

大有大的玩法，小有小的玩法。想玩大的，上賭坊去；想玩小的，擂臺旁邊就有小臺子。

這下，寧寶珠想到樓上去，因為高才看得遠；可寧安越想坐外面，近看才看得清。兩個人一左一右扒著寧念之，等她作決定。

原東良側頭看寧念之，寧念之有些犯難，各有利弊，不好選擇啊。

「欸，原兄，你也在這兒。」

她正衡量著呢，便聽旁邊有人跟原東良打招呼，轉頭看去，卻是不大熟悉的面孔。

原東良衝那人點點頭，壓低聲音提醒寧念之。「趙頤年。」

寧念之瞪大眼睛，有些不敢相信，前兩年去西山打獵時也見過他，不還有點胖胖的嗎？怎麼這會兒忽然成了英俊瀟灑的少年郎？

「寧妹妹，好久不見啊。」趙頤年笑著打招呼。

寧念之趕緊還禮。「沒想到是趙大哥。趙大哥也來看擂臺？」

「在家閒著無聊，過來轉轉。」趙頤年笑著說道。但他不認識寧念之身邊的寧寶珠，寧寶珠對他也不熟悉，兩個人大眼瞪小眼地看了一會兒。

趙頤年有些尷尬。「這位是……」

「是我妹妹。」寧念之忙笑道，忽然想起來，去年趙侯爺過世了，聽自家祖父說，趙侯爺越老越糊塗，本來應該是長房繼承家業，但因為疼寵小兒子，硬是拖到死，爵位的事仍沒交代清楚。後來，兩房爭爵位，趙家鬧得都快成京城裡的笑話了。

幸好，當今皇帝看重規矩，欽點趙家長房繼承，這事才算消停。但因鬧騰一場，趙家傷了元氣，家底被掏空不少，難怪趙頤年看著比以前瘦多了。

「你們打算坐哪兒？要不，我請你們到樓上坐坐？」趙頤年笑著問道。

原東良搖搖頭。「正在商量呢。」

寧安越又去拽寧念之的胳膊，寧念之無奈道：「好了好了，我們先去樓上。看完一場，若看得不清楚，咱們再下來，坐這邊的凳子，再看一場。這樣可以吧？」

寧寶珠立刻露出大大的笑容，寧安越見狀，不服氣道：「二姊，妳先別高興。妳看看，這裡距離樓上有一段路呢，等會兒想吃什麼東西，可沒人過來幫妳買，只能看著流口水了。」

寧寶珠瞬間驚呆，剛才竟然忘記考慮這個！

趙頤年聽了，忍不住好奇地看了寧寶珠一眼，然後笑著說：「不用擔心，不是有丫鬟、小廝嗎？到時候讓他們多跑跑腿就行了。或者，一次買了帶上去，每樣嚐一點，反正也不可能全吃下肚是不是？」

寧寶珠一拍手，樂道：「都是被安越鬧的，我居然忘了還有這個辦法。」

寧安越沒達到目的，嘟著嘴不高興，寧念之拍拍他的頭。「你是男孩子，怎麼能和女孩子斤斤計較？男孩子要大方，對待女孩子，尤其是自己親人，更要多讓讓，知道嗎？」

「好吧好吧，我知道了，這次聽大姊的。」

寧安越也不是不講理的人，甩開寧念之的手，撇撇嘴看寧寶珠。

「二姊，妳想吃什麼，我去幫妳買。」

寧寶珠笑瞇了眼，伸手點啊點，寧安越的眼睛越瞪越大。

「天哪，全都要啊！二姊，妳吃得完嗎？我不是買不起，但妳吃不完，也是浪費啊。」

「吃得完！」寧寶珠豪氣地揮手。

寧安越沒辦法，只好帶著小廝去跑腿。

趙頤年見狀，輕咳一聲。「二姑娘也喜歡吃這些東西？京城裡有家點心鋪子，做的豌豆黃最好吃……」

寧寶珠搶著接話。「是不是徐記的？」

趙頤年笑著回答：「不是，他們家的點心賣得比較貴，會去的也多是富貴人家。我說的，是一間小鋪子。」

寧念之看看原東良，原東良壓低聲音道：「要不要買幾個看好的打手？」

之前推薦自家屋子的男人聽見，趕緊過來。「公子爺要買輸贏？小的這兒有份名單，都是請來打擂臺的。再過一刻鐘，是這兩個人的比賽，公子爺可以看看，然後讓人來買。」

打擂臺不光是這些生意人賺錢，上去打的人也有分成，還能帶來別的好處，比如說，萬一將來沒考中武舉，還能當個護院之類的。這是互惠互利的事，因此有不少人來賺個辛苦錢。京城吃住都貴，誰也不會嫌口袋裡錢多。

上了樓，寧念之忍不住滿意地點點頭，收拾得挺乾淨，跟酒樓的雅間差不多。正中有張圓桌，窗戶特意開得特別大，站在窗前，就能看見下面的擂臺。不過因為距離有點遠，能看見人，卻看不清臉。

「這裡挺好嘛。」寧寶珠笑嘻嘻地說，繞著屋子轉了一圈，看見有人上了擂臺，忙招呼寧念之。「大姊快看，是不是要開始了？」

話音剛落，便見那人抬手敲鑼，聲音傳得老遠。敲完後，他什麼也沒說，又下去了。

寧寶珠頓時有些懵。「不是要開始了嗎？怎麼下去了？」

趙頤年正巧在一邊站著，笑著解釋道：「還有一刻鐘才開始呢，這鑼聲是通知大家，要看擂臺的趕緊來，馬上要開始了。」

原東良倒了杯水，遞給寧念之。「先坐會兒，開始時會再敲鑼，不用一直站著。」

寧念之在桌邊坐下。「原大哥，之前你來看過沒有？那些人的身手如何，有沒有比你好的？」

原東良挑眉。「比我好的，我還沒見過呢。再者，就算身手比我好，運用兵法也不一定比我強。妹妹不用擔心，我定會考個好名次，讓爹娘臉上有光的。」

他頓了頓，想說什麼，又嚥下去了。不著急，這會兒有外人在，不好說。

等寧安越領人端著一堆小吃上來，已經差不多過了一刻鐘。

又有人上去敲鑼，寧念之站在窗邊往外一看，差點嚇一跳，剛才外面凳子上只零零落落坐了十來個人，現在竟然滿滿當當，連周圍都站滿百姓，烏壓壓的，都快看不見地面了。

鑼聲停止，那人下去，有兩個大漢上來。兩個大漢穿得簡單，上面是無袖短褂，下面則是寬大褲子。

寧寶珠看見，不禁拽了拽自己的衣服。「這才三月天呢，穿成這樣，不冷嗎？」

趙頤年忍不住笑。「怎麼會冷，等會兒打起來，要更熱呢。」

原東良看寧念之。「有沒有想買的人選？」

寧念之搖頭。「這會兒還看不出來。不過，左邊這個更沈穩些，我比較看好他。」

寧寶珠湊過來道：「可是右邊這個長得更高大啊。而且，他拿大刀，左邊那個是拿棍子，棍子能打得過刀嗎？刀揮過去，棍子就斷了。」

寧安越聽了，毫不留情地嘲笑寧寶珠。「二姊根本不懂功夫。雖然大刀看著厲害，但棍法練好了，也不是不能贏過大刀的。兩個人比拚，可不是看武器，而要看功夫。誰的功夫高，誰就能更勝一籌。」

他們說著話，擂臺上的兩個人已經打起來了。

拎著大刀的人先衝過去，拿棍子的人一矮身，兩人便換了個方向。

寧安越沒空嘲笑寧寶珠了，眼珠子一動不動地盯著擂臺，比打的人還緊張。

「哎呀，左邊左邊！」

「快躲開啊！好！這招好！我剛才竟然沒想到這招！」

「哈哈哈，太好了！快，再追一下就能將人打趴了！」

「咦，好可惜，動作太慢了點。」

外行看熱鬧，寧寶珠和趙頤年就是兩個外行，看到熱鬧處，還要鼓掌。

「這個好！快，揍他！」寧寶珠一邊看，還要一邊吃東西，吃得盡興了，想找人聊聊，那邊三個看得正認真呢，不搭理她，只好轉頭找趙頤年說話。

「可惜了，拿棍子的那個人，後面力氣跟不上，要不然，動作也不會慢下來。這棍法比快是很重要的，他一慢，那邊的刀就快起來了。」

一場打完，寧念之忍不住惋惜地搖頭，之前她看好那個拿棍子的人，要不是想先看看，差點讓人下去買定離手呢，結果竟然輸掉了。

「不是力氣，是他對這棍法不熟練。」寧安越也湊過來點評，摸了摸下巴，小大人一樣地說道。「到後面，出招的動作就跟不上了。」

原東良敲敲他的腦袋。「不是不熟悉棍法，而是沒有經驗。你沒瞧見打到後面，他一邊對敵，還要一邊考慮用什麼招數嗎？這就是平日練得勤快，但對敵經驗少，才拿不準該怎麼出招。」

寧寶珠拍手道：「那這個拿刀子的是不是挺厲害的，一會兒咱們去買這個人贏？」

寧安越跳起來。「剛才大姊說了，咱們一場在樓上看，一場在下面看。樓上的看完了，是不是要下去了？」

寧念之說話算數，立刻點頭。「好，你讓人問問，看能不能買到前面的凳子，先買好位置，咱們再過去。不然你這樣急慌慌的，要是沒地方坐，我可不去。」

寧安越狡黠地做了個鬼臉。「大姊，我怕妳反悔，剛才上來之前，已經買好位置。現在咱們下去，直接就能坐了。」

這小機靈鬼！寧念之抬手在他腦袋上戳了戳。「就你聰明。」

寧安越笑嘻嘻地拉了寧念之往外跑。「快點，馬上就要開始了！」

在外面看的感受，果然和樓上不一樣。

坐在樓上的房間裡，寧念之還能平平靜靜地認真觀察，說出個一二三四，但在外面，她想安靜下來也做不到，因為氣氛實在太容易煽動人了。

好幾百人一起喊、一起激動，身邊全是跟著瘋狂的人，能保持平靜嗎？不跟著大吼，已經算是自制力好了。

寧寶珠就是那個管不住自己的，手裡還拎著驢肉火燒呢，下一刻就跳起來了。

「揍他！打左邊！」

寧念之扶額，希望今兒在場的沒熟人，沒人看見寧寶珠這激動的樣子，要不然，以後怕是嫁不出去了。但目光一掃，又看見趙頤年，這傢伙正一邊笑，一邊往寧寶珠手裡塞小吃呢。將來寧寶珠要是嫁不出去，就賴到這個人身上算了！

寧念之搖搖頭，原東良湊過來說了一句話，但周圍聲音太大，她沒聽清楚，做了個疑惑的表情。

原東良又道：「妳要不要買個輸贏？」

寧念之恍然大悟，剛才下來時還想著這件事呢，小賭怡情嘛，也不是為了賺錢，就是好玩，當即拿出銀角子塞給原東良。

原東良把寧安越拉到寧念之身邊站好，自己擠出去買賭票，一會兒後拿來六張，一人一張，多的給了寧念之。

這一場比上一場久，上一場也就兩炷香工夫，這一場竟然打了大半個時辰。最後，穿著藍色衣服的人被穿青色衣服的人一腳踹下去，砸在地上，好半天起不來。

點到為止，有人上來宣佈穿青色衣服的人獲勝，寧念之翻看自己的賭票。「這人名對得上吧？咱們賭贏了？」

但大家幾乎都看得出高手是誰，所以也沒贏多少，十兩銀子出去，換十二兩銀子回來。寧念之挺滿足。「夠咱們吃一次點心了。好了，看完兩場，咱們是不是該回去了？」

寧安越有些依依不捨。「大姊，別急啊，還剩下一場，是今兒最後一場了，咱們看完再走吧？」

寧念之敲他腦門。「你怎麼不說，等看完晚上那場再走呢？男子漢大丈夫，說話算數，咱們說好看兩場，你要是反悔想留下來，那自己留著，我們大家都走，怎麼樣？」

寧安越當然不敢留下，要是被他爹知道，回頭就別想出門了，只好委委屈屈地跟在寧念之身後往外走。

原東良瞧他那樣子太可憐了，忍不住把人抱起來。「回頭我和祖父說一聲，讓祖父帶你出來看吧。」

寧安越的眼睛立刻發亮。「是啊，我怎麼忘了祖父呢？你們那麼忙，沒空帶我來，可是祖父不忙啊，我可以和他一起出門嘛。哈哈哈，多謝原大哥，要不是你說，我都忘記了。」

總算陰轉晴了，原東良笑笑，把人放下來。六、七歲的小孩，抱久了也真夠沈的啊。

第六十二章

三月剛過，武舉正式開始了。

考試分為兩場，一場是文考、一場是武考。光聽名字即能分辨出內容，文考是考兵法之類的，皇帝出考題，大家寫卷子回答。武考呢，就是打。全國各地的考子，經過第一批的選拔，聚集到京城後，分組往上對打。

依照順序，先進行文考，就一天工夫，和文舉一樣，關在號房裡答題。

馬欣榮本想讓寧震送原東良去考場，卻被原東良拒絕了。

「我都多大年紀，還要爹送我去考試，回頭該被人笑話。爹娘不用擔心，這文考一天就考完了。晚上我不回來吃，吃過晚飯再來。」周氏也在等呢，他得先回去安撫她。

不等馬欣榮說話，原東良便行了禮，轉身出門，還朝他們擺手。「爹娘真不用擔心，我很快就回來。」

馬欣榮看原東良走遠，嘆口氣。「這還只有一天，要是到安成考試那會兒，得好幾天呢，我豈不是要吃不下、睡不著？」

寧念之忍不住笑。「這有什麼吃不下、睡不著的？考上了當然好，但考不上也不是就沒前程啊。原家那邊一堆東西等著原大哥回去繼承呢，難不成，原老將軍連個百夫長的位置都不能幫親孫子安排？

「至於安成也一樣，要是考不上，咱們家還有蔭生的名額呢。」寧念之寬慰馬欣榮道。「反正，總會有出路的，娘親別瞎擔心了。兒孫自有兒孫福，出息的、沒出息的，都能活下去，吃得飽、穿得暖，萬事不用愁。」

馬欣榮聞言，抽了抽嘴角，轉頭看寧震。「你看看，你閨女現在怎麼比我還看得開，簡直像是七老八十的小老太婆！」

寧震摸著鬍子笑道：「我閨女這是通透，看得明白，將來不會吃苦。」

他頓了頓，招招手，示意寧念之到他身邊來。

「念之，妳一向聰明，爹呢，就不瞞妳了。這次東良若能考中武舉，妳……」

他的話沒說完，就被馬欣榮拍了一巴掌。「胡說什麼呢，閨女年紀還小，別在這兒扯東扯西！」

「哎，妳懂什麼，東良長得不差，又有原家在後面，這次若能考出好成績，就要被人惦記上了。」寧震壓低聲音說道。

寧念之眨眨眼，這兩年，上原家說親的好像也不少吧？

「這次不一樣，妳想想，宮裡的三公主……」寧震摸著鬍子，看寧念之一眼，又去看馬欣榮。在他看來，這事對閨女沒什麼好隱瞞的。閨女向來聰明，十一歲時就能看出原東良的心思，現在十三歲，開始學習管家，再過兩年便及笄，半大的姑娘，該知道的，應該都知道了。

婚姻大事，不能讓小輩糊裡糊塗地來，得自己高興、自己樂意才能成。要不然，他們這些當爹娘的辛辛苦苦想斷腸子，結果閨女嫁得不如意，反而鬧騰。他不嫌棄閨女鬧騰，就怕閨女到時候傷心難過。

再者，他還記得兩年前兩個孩子的話，既然他們自己有約定，這事不過是挑明了、放到檯面上而已。

而馬欣榮之所以不讓寧震開口，顧慮的正是這個。約定都有了，兩個孩子的心思可想而知，大概都對彼此有意。念之等著原東良有出息，長成真正的男子漢；東良則等寧念之長大，能談婚論嫁。若把話挑明，等於是給他們定下這事了。

可馬欣榮還在猶豫，閨女嫁去西疆，三、五年都不一定能見面，含辛茹苦養大的孩子，卻再也見不著，到時候東良再出息有什麼用？年紀越大，馬欣榮越捨不得兒女離開身邊。原東良樣樣都好，但就這一樣不好，足以抵消那樣樣都好了。

寧震擺擺手。「好好好，念之還小。念之啊，妳先回自己院子，我和妳娘有點事情要商量。」

不用想都知道，商量的定然是她的婚事。

寧念之笑咪咪地點頭起身，行禮出門，回芙蓉院去，進了院子，寧念之也不急著回房間，讓丫鬟搬軟椅過來，躺在上面，閉起眼睛，聽明心堂那邊的動靜。

寧震低低的聲音傳來。「我知道妳捨不得念之遠嫁，京城裡確實有不少合適的好兒郎，也和念之匹配，念之嫁過去，定不會受委屈。但這婚姻大事，得念之自己喜歡不是？

「妳想想咱們和二弟、二弟妹之間的樣子，如果念之喜歡呢，嫁過去就能和咱們一樣，夫妻同心；如果念之不喜歡，說不準，便要和二弟、二弟妹一樣了。

「念之是女孩子，妳這當娘的，應當更明白咱們閨女的性子。榮華富貴，沒見她多在乎，跟著咱們在白水城吃不好、穿不好，也沒瞧她鬧騰。既然她看重的不是榮華富貴，那這輩子總要有點她自己喜歡的、自己看重的，對不對？」

馬欣榮沒出聲，寧震嘆口氣，繼續道：「要是妳真不願意，我也沒辦法。東良確實不錯，不光咱們看得出來，有眼光的人多著呢。這兩天，可是有不少同僚向我打聽東良的事，昨兒皇上還順口問了一句。」

「我就是捨不得念之。」馬欣榮終於開口了。

寧震聽見，忍不住笑。「前些年，我剛瞧出東良的心思時，是我拗不過這個彎，只覺得他們兩個從小一起長大，就是兄妹，不能成親。結果到這會兒，卻換成妳想不開了。」

馬欣榮想了下，也忍不住笑出來。「所以說，人啊，時時刻刻都在變。」一會兒一個想法，先是寧震糾結兄妹倆的身分，現在換她揪著遠嫁這件事不放。

「最重要的，還是念之自己的心思。念之喜歡了，即便遠嫁，她也歡喜；念之不喜歡，就是留在京城，她也不開心。妳心疼女兒，就不能將她鎖在身邊，看她想去哪兒，給她這個自由。」寧震又說道。

馬欣榮再次嘆氣，卻不再反駁寧震的話了。

想想這兩年，原東良已做得挺好，在外面看見有什麼好的，都會帶回來孝敬她，又時常來陪她說話。要不是東良表現好，她早和自家相公一樣，找些理由把人攔在外面了。

「等考完再說吧。」馬欣榮糾結得頭疼，索性不去想了，但又有些放不下。「你說，皇上也問了東良的婚事？」三公主還沒嫁呢。

寧震點點頭，馬欣榮便坐不住了。「皇上該不會真有這個意思吧？萬一咱們念之也喜歡東良呢？哎喲喂，這不是要命嗎！不能想個辦法推掉？就說咱們東良有婚約了。」

「妳這老婆子講不講理？妳不願意讓念之嫁給東良，還要攔著東良的婚姻大事不成？如果念之不願意……」

沒等他說完，馬欣榮就一巴掌拍在他胳膊上了。「如果念之不願意，三公主也不合適。我是那樣的人嗎？非霸占他不成？」

寧震趕緊訕笑地賠禮。「是是是，我夫人是最大度、最善良的，都是我說錯話。妳別生氣，我道歉。」

寧念之收回注意，再聽下去，又是這夫妻倆的甜甜蜜蜜。聽了這麼些年，早就聽膩了。

哎，還是沒聽出這夫妻倆的意思，不過呢，最重要的一句總算說出來了——看她的心意。

看心意的話，當然是嫁啊！開玩笑，她親手培養出的好兒郎，哪能便宜了別人？

自從知道原東良心裡的人是她後，寧念之不由自主地，就會多多關注原東良。長得好、身手好、對她好，簡直沒有缺點。

寧念之笑了一下，臉色微紅，除了原東良，她怕是再沒有精力去重新了解一個男人。若是錯過，以後肯定會後悔。

嗯，遠嫁這點雖然不好，但也不是不能接受。實在不行，等爹爹致仕，也能把父母接到西疆去嘛。再說，還有好多年才能嫁人呢，至少是五年後，現在想這些，還太早了點。

且不管寧震夫妻想不想把閨女嫁給原東良，當前最重要的事，就是原東良的文考。

晚上，原東良一過來，寧震就將人帶到書房去。

「考題是什麼？」

「三道考題，一道是北疆那邊的戰事，一道是海戰，還有一道是邊防軍隊布置。」

原東良將考題默出來，然後說了自己的答案。「我自己覺得，答得還算可以，但對海戰有些沒把握。」

「無妨。」寧震擺擺手。「術業有專攻，海戰和陸戰是分開看的，這兩道題可能要分開評，不用太擔心。」

他頓了頓，又點頭道：「其他兩道題，回答得挺好，若是不出意外，應該能拿個上上的成績。明兒要開始武考了，你準備得如何？」

「爹放心吧，我的功夫全是您教的，還有什麼可擔心的？」原東良笑著說道。

寧震瞥他一眼。「人外有人，天外有天。在京城裡，或許你已經沒有敵手了，但京城之外還有不少高手，不要輕敵。」

「是，我明白。」原東良垂首應道。

寧震點點頭，起身。「好了，文考結束，我瞧你答得挺不錯，便不用多想了。接下來，全心應付武考。」

原東良應了聲，行禮走出書房，回自家去了。

第二天一早，原東良起床洗漱後就出門。武考定在兵部舉行，照樣是擂臺賽。

原東良一進去，便有人過來，衝他胸口砸了下。「你小子可還認得我？」

原東良看了大半天，才猶豫地開口。「周明軒？」

周明軒興匆匆地點頭。「還好你沒忘記我。這些年在京城過得好吧？怎麼沒見你妹妹？」

原東良也給他一拳。「來了京城怎麼不找我？什麼時候過來的？現在住哪兒？」

周明軒笑著道：「這不是不想打擾你嘛。我是五天前到的，正好趕上文考，現在在白虎街那邊賃了個小院子單獨住，挺自在的。你還是住寧家吧？」

原東良搖頭。「我搬出來了，現在住原府。」

周明軒立即挑眉。「原府？你和寧家……」

「別亂想，我爹娘對我挺好，我是原家的人，自然應該住原府。那邊的親人找過來了。」原東良簡單道，伸手敲了敲周明軒。「你被分在哪一組？」

「分在丙組。你呢？」

原東良伸出一根手指，周明軒笑道：「甲組？那豈不是頭一天就要上場？」

原東良點頭，聽見鑼聲響起，便拍了拍周明軒的胳膊。「今兒你應該不用上場，等我比完，咱們一塊兒吃個飯。好久不見，可要多聚聚。」

周明軒應了，看原東良進場，然後找了個地方待著。有不少人像他這樣，今兒輪不到上場，但依然過來看看，在周圍尋位置坐下。這裡有不少看臺，若家眷想來，也是能來的。

之前寧震說，這是頭一場，原東良應當能輕鬆應付，所以不過來看。原東良也真以為大家都不會來，卻不知道，他剛上去，寧震就領著一家老小進場，從周氏到還沒兩歲的寧安平，一個都沒落下。

看臺挺大的，至少能坐三、四百人，寧震帶一家子坐下，完全沒引起別人的注意。

第六十三章

打擂臺賽的規則，先是抽籤，抽到相同號碼的比武。一輪過去，先刷掉一半人，然後再次抽籤，同樣刷掉一半人，每一組只留下十個。再重新抽籤，打最後一場。

原東良的對手是個子不太高的中年人，長得瘦弱，武器是雙刀。原東良手拿長槍，兩個人各自站在擂臺邊，只等鑼聲一響就開打。

噹！中年人先衝過來，雙刀一上一下，上路封死，直取原東良的首級。

馬欣榮看見，忍不住驚呼，隨即捂著嘴，不敢再出聲。

寧念之也有些緊張，寧震輕咳一下，點了點擂臺周圍。「瞧見沒有？這些是大內侍衛，若真出事，他們會上去阻攔，不用擔心。」

馬欣榮點點頭，周氏卻更緊張了。「萬一他們來不及呢？」

寧震沒出聲，來不及便是生死有命，怕死就不會習武了。想當將軍，必須有這樣的覺悟，功夫不如人，早晚有生命危險。

不過，大多數情況下，都是來得及的。參加武舉的人，都想謀個光明前途，擂臺賽規定點到即止，如果控制不住打死人，表示心性不穩，朝廷是不會用的。

周氏是關心則亂，馬欣榮見狀，在旁邊低聲勸了幾句，她就明白過來了。再者，原東良的身手也不是吹牛吹出來的，從小跟著狼群長到四、五歲，動作已比一般人敏捷，再加上寧震和原丁坤的教導，別說一對一，就算對上大內侍衛，一抵十，也絕對不落下風。

見男人衝過來，原東良原地跳起，抬腳踩在下面那把刀上，身子一翻，落到那人身後，長槍一挑，直接把人挑下了擂臺。一招制勝，那人摔下來時，還有些懵呢。

周明軒帶頭喊了聲好，整個看臺上的人才反應過來，鼓掌的鼓掌、喊叫的喊叫，氣氛瞬間熱了起來。

「原大哥果然好本事！」寧安越在一邊又蹦又跳。「太勇猛了！大哥威武！」

寧博也高興得很，摸著鬍子對寧震笑道：「這些年，你算是沒白費功夫，東良這小子不錯。」

臺上宣佈原東良獲勝，原東良便收起長槍下臺。

周明軒揮手示意他過來，壓低聲音，往寧家人那邊指了指。

「那些人是不是你認識的？有老有小，你贏了之後，他們挺高興的樣子。」

原東良轉頭看了一眼，忙起身過去。

周明軒趕緊跟上。「是不是寧家的人啊？說起來，我很久沒見到寧家叔父了，正好去見個禮，咱們一起吧。」

原東良想了想，沒有拒絕，帶周明軒過去。

兩個少年見了這家人，周氏很高興，拽著原東良的手笑道：「剛才很好，但接下來也不能輕敵知道嗎？這次分給你比較弱的對手，但下一個可能就很強，還是要小心一些。」

周明軒過去給寧震行禮，寧震笑呵呵地招呼他在旁邊坐下。「你爹身子可還好？這些年沒怎麼聯絡，不知道他現在怎麼樣了。還有你家裡，也都還好？」

「多謝寧叔父關心，我爹身子還好，不過前些年受過傷，這幾年一到冬天就不太舒服。我爹想著再過幾年就致仕呢。」周明軒笑著道。不然他也不會這時就出來考武舉，怎樣也得等摸清楚軍中的事，能接班了再來考功名，好名正言順地接手他爹的位置。

寧震嘆口氣。「當年那場仗打得太久，回頭我讓人準備些傷藥，你帶回去給你爹，讓他閒時多給我寫寫信。若我得空，便去瞧瞧他。」

周明軒忙點頭，又給馬欣榮行禮。

馬欣榮問的便是些瑣碎的事情了，先問周夫人的身子如何，再問問周明軒現在有幾個兄弟，平日在家做些什麼。但凡到了她這個年紀的婦人，總要操心自家兒女的婚事，問得多了，便起了給人作媒的心思。先打聽打聽，就算自家用不著，說不定親友家有合適的呢？住在白水城時，周明軒還小，她也抱過他，長得不錯，氣質也好，家裡算得上有錢有權，是一門好親事呢。

「可成家了？」馬欣榮笑著問道。

周明軒立即紅了臉，有些不自在。「前兩年我娘病了一場，就沒顧得上，現在還沒說親呢。」

「這麼傻的小夥子，將來不知道便宜誰了。」周氏在旁邊插了一句。

這幾年，她看明白了，孫子跟兒子一個德行，都是死心眼，認準一個就不改變。若這輩子她不讓孫子順心遂意，指不定他就要打光棍了。

雖說她不願意讓孫子娶一個占據他全部心思的女人，但寧念之比當初的兒媳強多了，至少，不用擔心她扯後腿。

她心裡那點不舒服，在對上孫子的幸福後，就顯得微不足道了。

周氏見馬欣榮打聽周明軒家裡的事，再瞧周明軒的長相，又和寧家是老相識，便有些著急了，趕忙插話。「倒是可惜了，我家沒有合適的姑娘，要不然，這個傻孩子，我定要搶到自己家的。」

一般人家，原東良這個年紀，正好是娶親的時候，可他看上的是寧念之，就只能再等等了，最少還得等四年，若是耽擱一下，或許要五、六年呢。

周明軒看著和原東良差不多大，原東良能等，可周明軒就不一定能等了。

馬欣榮笑著點頭。「是啊，不知道誰家姑娘有這個福氣。」

周明軒的臉更紅了，眼看原東良又要下場，忙跟過去嘀咕。「你祖母和你娘怎麼跟我家祖母和娘親一樣，一看見我就嘮叨成親的事呢？好男兒應當先立業，有了自己的前程，能護得住媳婦兒再娶妻，讓她跟著自己享福，而不是跟著打拚。我可打算等有出息了，再娶媳婦兒呢。

「對了，那兩個姑娘，哪個是寧念之啊？幾年不見，小丫頭都長成大姑娘了。」原東良回頭，使勁瞪他一眼。「我警告你啊，不許打我妹妹的主意。你都一把年紀了，我妹妹還小呢。」說著便上了擂臺。

周明軒目瞪口呆，他才十六、七歲好吧，怎麼就一把年紀了？原東良這臭小子，眼睛瞎了嗎？不過，到底哪個是寧念之呢？兩個小姑娘一般年紀，又長得有幾分相似。那個穿粉色衣服的，看起來挺活潑，應該是她？想當年，寧念之是白水城一霸，打遍白水城無敵手，長大了也會是性子活潑的姑娘吧？

但那個不怎麼說話的，好像看著更順眼些啊。要是娶媳婦兒，他想找穩重文靜的，從小被寧念之打怕了，將來必得找個對他貼心溫柔的姑娘才行。

他一邊想著，一邊到旁邊坐下，眼看原東良又兩三下把人挑到下面趴著去了，忍不住嘖嘖兩聲。幾年不見，這小子越發凶殘了，希望他晚點兒再和這傢伙對上，要不然，根本沒幾分勝算。

第一場比較輕鬆，到了中午，原東良上臺四次，挑下四個人。下午還有幾場，得等眾人吃過飯再開始。

原東良招招手，問周明軒：「中午你打算去哪兒吃飯？」

「我啊，隨便找間飯館吃一頓就行。」周明軒不在意地說道，伸手搭原東良的肩膀。

「你呢？我瞧你的家人都來了，應該要一起吃吧？那我不打擾你們了，回頭有空，咱們再聚。」

「不用，你跟我一起吃，又不是不認識。」原東良拽住人，卻繃著臉說道：「只是，我先提醒你，不許打我妹妹主意，不然我揍死你，知道嗎？」

「知道知道，你不用死防著我，我可不喜歡你妹妹那種一拳能在地上砸個坑的，我喜歡的是溫柔如水的姑娘。」

周明軒笑嘻嘻地說道，跟在原東良後面去找寧家人了。

因為時間緊湊，又不知道什麼時候輪到自己上場，所以大家要麼帶些乾糧，在周圍隨便找個地方吃了，要麼到附近的酒樓吃飯。

兵部附近沒幾間酒樓，這會兒，位置大概都被占滿了。

寧念之早想到這些，所以出門時，特意讓人準備了食物。先將看臺上的椅子併在一起，弄出一張桌子，然後親自動手，把飯菜擺上去。

周明軒越看越覺得，這位姑娘實在太合他的心意，長得漂亮，又溫和秀氣、能幹俐落，看樣子和寧家關係匪淺，家世應是相當，若能娶到她……

他還沒想完呢，便聽穿粉色衣裳的姑娘喊道：「大伯母，您嚐嚐這個，是我親手做的喔。」大伯母？這個不是寧念之啊？周明軒還在懵，就聽他看中的姑娘道——

「娘，我來餵弟弟吧，您和爹先吃飯，我還不餓，等會兒再吃也是一樣的。」

所以說，看起來很活潑那個，是寧家二房的女兒，看起來很文靜的這個，是之前在白水城瘋瘋癲癲，一拳能揍趴比她大三歲的男孩子的寧念之?!

周明軒瞬間覺得，世界太虛幻了，看起來不像真實的……

原東良見他盯著寧念之發呆，毫不客氣地給他一拳。「趕緊吃飯！」又壓低聲音威脅道：「你再看我妹妹，小心我把你的眼珠子挖出來！」

周明軒傻愣愣地轉頭。「這個穿水藍色衣服的，就是寧念之？」

這話聲音不低，馬欣榮正巧聽見，笑著點頭。「是啊，說起來，你們小時候經常在一起玩呢。我們剛回來時，念之還時不時念叨你幾句。現在長大了，怕是走在路上，你們也認不出彼此了。」

周明軒訕訕地笑了兩聲，寧念之抬頭看他一眼，又低頭去哄寧安平吃飯了。

周明軒吃著飯，時不時往寧念之身上掃兩眼，一是不敢相信，小時候跟他打架罵人的瘋丫頭，現在竟然變成穩重嫻靜的姑娘；二是蠢蠢欲動，和小時候相比，寧念之真是漂亮了好多啊，簡直太符合他未來媳婦的標準了。

「念之，吃點這個，我覺得這個挺好吃的。」周明軒笑咪咪地給寧念之挾菜。

這突兀的舉動，讓原東良的臉色更難看了，空出手在下面使勁捏周明軒一下，用眼神表示：不許惦記我妹妹。

但窈窕淑女，君子好逑，周明軒才不在意原東良的舉動呢。但凡當哥哥的，大部分都是如此，對惦記自己妹妹的人很不客氣，但只要討了未來媳婦和未來岳父母的歡心，這事就差不多能成。至於大舅子、小舅子什麼的，親事成了，自然就被拿下了。

「說起來，我和念之也算從小一起長大的。」周明軒笑咪咪地說，又要給寧念之挾菜。

寧念之忙擺手。「不用了，你自己吃就行。我先餵弟弟，等會兒再吃。」

「我幫妳餵弟弟？」周明軒忙道，抬手就要去抱寧安平。

但寧安平不是個好脾氣的小胖墩，因著年紀最小，馬欣榮也知道這是她最後一個孩子了，自生下來就寵得很，平日除了讓爹娘抱、讓姊姊抱、讓身邊的嬤嬤抱，其餘人想碰一下都不行。即便是原東良，想要抱他，都得用好東西來引誘。

所以，周明軒一伸手，小胖墩立刻不給面子地轉身，趴在寧念之肩膀上。

寧念之忙笑道：「不用，他有些認生。你也說了，咱們從小認識，不必如此客氣，只當到了自家就行，無須拘束。」

寧震也笑道：「念之說得對，你不用拘束。對了，這幾天你住在外面嗎？」

周明軒又將之前跟原東良的話說了一遍，寧震便擺手。「既然來了京城，怎麼能住在外面？應當早些到我們府裡，難不成我們家會缺你一口飯吃？聽我的，回頭將東西收拾收拾，直接跟我回去。吃的、穿的、用的都不必你操心，家裡給你安排妥當，好專心考試。」

他頓了頓，又笑道：「接下來的武舉至少要一個多月，住在外面，怕是你武考受傷，都沒人照顧。若到我們府裡住著，也不用擔心這些瑣事，你說是不是？」

原東良忙道：「爹，不用了，讓周兄住我那兒就行，得了空，我們倆還能切磋切磋。剛才我已經和周兄說好了，不必麻煩爹。」

周氏也忙開口。「是啊，寧姪子，讓他們兩個住一起吧，武考好作個伴，回家也能商量商量考試的事。再者，我們府裡平常就我一個老婆子，著實太安靜了些，好不容易有個客人，讓我招待招待，找點事情做。」

大家都看周明軒，周明軒很想住在寧家，近水樓臺先得月嘛，可凳子下面的那隻手已經快被原東良掐紫了。再加上那傢伙威脅的目光，周明軒真不敢說自己要住到寧家去，只好笑著點頭。

「那我和原兄住一起吧，多年未見，我也想和他多說說話呢。」

說著，他的目光很不捨地從寧念之臉上掃過，要是他去寧家住，寧家的人會不會覺得他很輕浮？相比起來，明明是原東良和他年齡相當，住原家也自在些，卻偏偏選擇寧家，別人一眼就能看出異樣。

沒得到未來媳婦兒的心之前，最好先別在未來岳父面前暴露目標，和難纏的大小舅子比起來，未來的岳父更不能得罪。

等周明軒收回目光，原東良才鬆開掐他的手，拍了拍，衝小胖墩伸出大掌。

「來，大哥抱，讓姊姊吃飯。」

小胖墩瞅瞅他，很不給面子地直接衝馬欣榮伸手。「娘，抱抱。」

馬欣榮抱過他，寧念之這才得空吃了飯。

這時，寧震起身了，對原東良說：「我還有事，要先回去。下午的武考，對你來說，應當是很輕鬆的，但還是那句話，人外有人，天外有天，無論什麼時候，都不能輕敵，知道嗎？」

原東良趕緊起身應了，寧震又看馬欣榮。「你們呢，回不回去？若要回去，我先送你們回府。」

馬欣榮搖頭。「我們和東良一起回去。你有事就先忙吧，不用擔心我們。」

寧博也有事，早一步離開了，剩下的全是女眷跟孩子了。

周明軒嘴甜，眼看下午武考的時辰要到了，便衝原東良擺手。

「你只管去，不用擔心這裡，我會照顧老太太和寧嬸娘，還有兩位妹妹。」

原東良聞言，立刻不想走了。

寧念之見狀，有些疑惑地推他一下。「快去啊，第一場說不定就有你呢。」

原東良憋了一會兒，才說道：「等我回來。」

其實，沒什麼好擔心的對吧？妹妹應該也喜歡他的，他應當對妹妹多點信心才對。

第六十四章

毫無意外，下午的比試，原東良又是順利通過。

回家的路上，看著周明軒明裡暗裡地討好寧念之，原東良更堵心了。

知道妹妹肯定喜歡他是一回事，但瞧著別人追求妹妹，是另外一回事。

但他不能說妹妹已經有人家，生怕壞了她的名聲。再者，在爹娘沒答應之前，他也不願自作主張承認這件事，否則，這和脅迫有什麼區別？

仗著爹娘疼自己，便先一步傳出這樣的話，爹娘為了妹妹的名聲，大概會直接應下來，不過這樣陰謀暗算得來的婚事，他不屑。

他要憑自己的本事獲得爹娘認可，讓妹妹心甘情願說出願意嫁給他的話。所以，哪怕這會兒非常想糊周明軒一臉，也只能忍著了。

原東良冷眼瞪著，周明軒跟在馬車旁邊，嘴巴裡就像含了蜜糖，對幾個女眷百般討好，心裡忍不住冷笑，回頭得找個機會照顧照顧這位小時候的玩伴才行。

到了寧家門口，原東良破天荒地沒進去，只衝馬車裡說道：「娘和妹妹出來一天，想必累得很了，早些回去休息，我不打擾了。明兒我不用去武考，娘和妹妹且放心，早上我再過來請安。」

說著，他送了她們進門，回身揪住還在往寧家看的周明軒，擠出笑容。

「咱們回去吧。你放心，我定會好好招待你的。」

莫名地，周明軒覺得這笑容有點陰森，再仔細看，原東良又是那樣一副冷冰冰、不愛說話的死樣子，只當自己眼花了，笑嘻嘻地拍掉他的手。

「著急什麼，我還有東西沒拿呢，得先去收拾。」

「收拾東西還用你親自動手？我就不信你是一個人上京的。」

原東良挑眉，招招手，叫來自己的小廝。

「給他一樣信物，讓他去叫你的小廝幫你收拾，直接帶過來就行了。」

周明軒爽快地點頭。「那倒是，用不著我親自去，不過是一些衣物，並不貴重。」解下掛在頸上的玉珮遞給小廝。「你拿這塊玉珮，我的小廝一看就知道了。」

說完，他拍拍原東良的肩膀。「兄弟，多謝啊，這段日子，我就打擾你了。」又笑咪咪地給周氏行禮，跟著他們去原家了。

一路下來，周明軒會說話，哄得周氏笑得合不攏嘴，到了屋裡，還要拉著人到身邊坐下。

他將早些年出門玩耍遇見竊賊的事情說得曲折動聽，雖然周氏不怎麼出門，對這些事情還是很好奇的。

「那你可找到了你的同伴？」

「當然，我這樣聰明，一發現自己的東西不見，再瞧著他不在，就有所懷疑了。」周明軒笑哈哈地說道。

原東良坐在一邊，簡直想嘆氣，瞅著空隙，趕緊插話。「時候不早了，咱們是不是早點吃晚飯？祖母，我餓了，有什麼話明兒再說？」

周氏心疼孫子，當即顧不上聽故事，趕緊讓人準備晚膳。

這邊吃完飯，那邊小廝就領著人回來了，周氏準備給周明軒安排住的房間。

周明軒倒是不見外，攬著原東良的肩膀，大大咧咧地說：「老太太，不用麻煩，我和東良從小一起長大，和親兄弟差不多，好不容易再見，自然要抵足而眠，晚上再說說話。只要東良不嫌棄，我和他住一起就行了。」

正好，原東良也想和周明軒說說不要隨隨便便討好自家妹妹的事，遂勸下周氏，領著周明軒去了自己的院子。

兩人進了房，原東良抬手倒了兩杯茶，塞給周明軒一杯。

「說起來，你家人是怎麼找到你的？」周明軒好奇地問。

「我的長相隨了我爹，被我祖父的舊識看見，給他寫了信，我祖父親自來京城查探，然後就相認了唄。這事情很簡單，沒什麼可說的。倒是你，這些年過得如何？」

他頓了頓，又說道：「咱們兄弟一場，你不要說見外話，你爹好歹是個三品武將，你大可不用參加武舉，自然就有前程，何必再跑這一趟？」

周明軒聞言，臉色變得有些難看，隨即伸手抹抹臉。

「雖說咱們這些年沒見面，但好歹小時候一起長大，我是把你當兄弟的。這是我家裡的醜事，真不好開口。」

原東良挑挑眉，沒說話。周明軒苦笑一聲，道：「說起來，也就是男人那點事。打仗時，我爹沒空，沒那心思，後來調職，心思活泛了，下面的人又送來幾個漂亮的玩意兒，結果弄出了孩子……」

得了，就是寵妾和庶子威脅到嫡子的位置，所以，周明軒不得不出來走一趟，給他自己掙個前途，給他娘親長點臉面。

「不說這些煩心事了，來來來，咱們談點高興的。我真不敢相信啊，幾年沒見，念之竟是長得越發漂亮了。」

周明軒眼睛亮晶晶，手肘朝原東良身上撞了一下。「兄弟，我不和你說客氣話了，你爹打算給念之找個什麼樣的人家？」

原東良冷笑一聲。「找個什麼樣的人家，我不知道，但我知道，你家這樣的肯定不行。」

周明軒立即捂住胸口，滿臉受傷的表情。

「你這是什麼意思？我家這樣的是什麼樣的人家？雖說我爹比不上鎮國公，但我好歹還算有出息，我娘又和善好相處……」

「家裡太亂。」不是他瞧不起周家的地位，如果寧家看重這些，太子妃的位置早就是寧念之的了。

周明軒聞言，舉起手，帶著幾分認真道：「我知道我家裡有些亂，但念之妹妹嫁給我，上有我娘保著，下有我護著，我發誓，以後不納妾、不要通房，定能護住她啊。」

再者，亂的是他爹的後院，念之是晚輩，不用插手公爹的房裡事，那些女人用不著找她的麻煩，幾乎沒什麼妨礙的。

原東良頓了頓，抬手在周明軒肩膀上捶一下。「這些我也能做到。」

周明軒瞬間驚了，張大嘴，好半天才問道：「這是什麼意思？難道你和我一樣，也想娶念之妹妹？」

原東良側頭看他，皺皺眉。「為什麼我不能娶念之妹妹？我們青梅竹馬，從小一起長大……」

周明軒擺手。「等等，我有些亂。你們雖然是青梅竹馬，但不是兄妹相稱嗎？」

「從小我就知道自己不是寧家的親生子，十一歲便被我祖父帶走了，京城裡誰不知道我只是寧家的義子？」

原東良挑眉，心裡有些嘆氣，連周明軒都以為他和念之只是兄妹，難怪這些年爹爹總轉不過彎。

大家都知道他們是兄妹，有一天忽然變成夫妻，說出去就是笑話嘛。

周明軒還是一臉不敢相信的樣子，原東良又道：「咱們是兄弟，所以我才跟你說。現在呢，是我喜歡念之，她還不知道，我爹娘也不知道，我只等著這次武舉，中個狀元，好讓爹娘高興些，等我求娶念之時能手下留情，別將我打死了。

「是兄弟，就不要和我搶，天底下的好姑娘多著呢。沒有念之，你還能找別人；但我沒有念之，這輩子不用活了。」

周明軒扯出笑容。「你這話說得就不對了，天底下的好姑娘的確不止這一個，但我看對眼的就這一個。如果有幸娶到念之，我定把她當成手中寶，做得不會比你差。就算你和念之從小青梅竹馬，但若念之不喜歡你，哪怕你再喜歡她，念之也不會幸福。」

說實話，他不是非娶寧念之不可，畢竟今兒才頭一次見面，小時候挨揍的印象又太深刻，只是被寧念之現在的美貌和氣質吸引，心裡有些蠢蠢欲動罷了。

聽了原東良的話，他已經想放下，好姑娘又不只有這個，沒了寧念之，還有別人，沒必要和自己兄弟搶人，就是忍不住想逗弄原東良兩句。

原東良也不是吃素的，抬手拉周明軒起來。

「我自然知道。怎麼讓念之喜歡我，那是我的事情，和你沒關係，你只要不纏著我妹妹就行了。來來來，好久不見，讓我瞧瞧你現在的本事，咱們先比一場。」

周明軒有些吃驚。「這會兒比？剛吃過飯，馬上要歇下了啊！」

原東良點頭。「出了汗，正好洗個澡睡覺。」

說著，他不等周明軒反應，直接把人拽到練武場去了。

練武場上，原東良伸手拔出長槍，看向周明軒。

「你的武器是什麼？挑一個吧。」

周明軒無語地抽抽嘴角，明白了，不是要比試，而是這傢伙不高興，想來出出氣。也太小心眼了吧？不就是說他想娶寧念之嗎，又沒讓人上門提親，犯得著對剛見面的小夥伴動手？

原東良皺眉，伸手點了點。「我記得，周叔的武器是戟？」

周明軒無奈，接了原東良扔過來的武器，提醒道：「別小看我啊，這些年，我也是勤學苦練，功夫未必比不過你。」

「只管出招就是。」原東良笑了聲，率先攻擊。

周明軒趕緊抬手，擋住迎面而來的長槍，兩個人開始你來我往地過招。

原東良手上拿的是長槍，但他也會原家的刀法，將槍法和刀法融合在一起，威力就不一樣了。

但周明軒也不是吃素的，專精長戟，上下翻飛，氣勢凌厲。

剛開始，周明軒和原東良不相上下，但沒多久，周明軒就有些後繼無力，手腳慌亂，最後，被原東良挑了武器。

周明軒大喘兩口氣，笑道：「又敗給你了。我還以為，幾年沒見，我終於能贏你一次呢。小時候，念之出主意，你負責打人，你們倆簡直是白水城雙霸，沒人敢惹。」

提到小時候的事情，原東良的臉色也有幾分柔軟。「妹妹從小就聰明，如果她生為男子，怕是你我都比不上。」

「得了吧，知道你喜歡你妹妹，但也不用這樣給她臉上貼金。我承認她是聰明，但女孩子麼，總是心軟，不能上場打仗。」周明軒嗤笑道。

原東良張張嘴，想辯解兩句，但又想到妹妹的好只有他知道，就不會有人和他搶了，何必辯解呢？

「哎，快去洗澡吧，你肯定將我身上打出傷來了。」周明軒一邊說，一邊走過來，捶了捶原東良的肩膀。「你身手那麼好，這幾天，咱們多切磋切磋，你指點我一下可好？」

原東良點頭。「那是自然，我還希望咱們以後有機會並肩作戰呢。」

得知了原東良的心思，周明軒也不是死皮賴臉的人，再見寧念之時，規矩很多，目不斜視，也不特意找她說話了。

原東良更加滿意，指點周明軒時，多費了幾分心思。

很快，第一輪的結果出來了，毫無意外，原東良和周明軒皆榜上有名。這次選出將近五百人，接下來就是第二輪。第二輪也要刷掉一半的人，經過第一輪，留下的人功夫都很不錯，所以這一輪的比試更困難了些。

原東良生怕自家祖母不習慣這種場面，勸周氏不要來看，每天一早將周氏送到寧家，讓她和趙氏一塊兒說說話、聊聊天，省得坐臥不安。

這一次的比試持續了半個月，最後剩下的只有兩百人。再來是第三輪，也是最後一次，同樣刷掉一半，僅留下一百人，然後決選出一甲。

「大哥，等會兒你可要好好比試啊，千萬不能輸。」寧念之笑著說道，把一塊點心塞給原東良。「不餓也要吃點，但不能吃太多，免得肚子撐。晚上回來，你在哪邊吃飯？」

「在原府吧。」原東良不拒絕，把點心一口塞進嘴裡，嚼完才開口。「吃了晚飯，我再帶周明軒去見爹。妳不用擔心，為著……我肯定會中狀元的。」

等你功成名就，等我長大。

就算原東良沒說出口，寧念之也知道他要說什麼，點點頭。

「我知道，那我等著大哥中狀元了。」

寧念之送走原東良，寧震就過來了，閒聊幾句。接著，他忽然表情嚴肅，很認真地看著她。

「念之，這裡沒外人，爹問妳一句話，妳老老實實地和爹說。

「雖然現在妳年紀還小，但我知道，妳從小聰明，為人穩重，妳娘忙的時候，都是妳照顧弟弟們。所以，爹知道，接下來我說的話，妳一定能理解。」

寧念之聽了，莫名地有些緊張，趕緊坐正身子。

「爹有什麼話儘管說，我不是小孩子了，定然能明白的。」

「那好，我問妳，妳喜不喜歡東良？」寧震直接開口。

寧念之抽了抽嘴角，真沒想到會是這個問題。這種事情，難道不應該是當娘的來問嗎？

大約是寧念之的眼神表達得太明顯，寧震也有些尷尬。

「這件事本該是當娘的來問，只是這幾年，妳娘都沒能想清楚，所以只好由我來問了。」

馬欣榮想不清楚，對這事很排斥，生怕多說一句，將來閨女就得遠嫁，所以一直遮遮掩掩，從不在閨女面前露半分意思。

但寧震不一樣，當年他喜歡馬欣榮，立即找機會親自問馬欣榮的意思，得知馬欣榮也喜歡他，才讓人上門提親。在他看來，婚姻大事，是得雙方互相喜歡的。

原東良喜歡念之，承諾將來絕不會委屈了念之，但這不夠，還得自家閨女心裡歡喜，心甘情願答應嫁，才能圓滿。

可馬欣榮不願意說，只好讓他這個當爹的來開口了。

不過，到底有幾分尷尬。

寧震摸摸鼻子，看往別處。「那個，妳年紀還小，本來是不應當考慮這些事的，但妳也瞧見，東良年紀不小，也到了說親的時候，再過兩年……」

寧震的眼神暗了暗，大皇子和太子的爭鬥，已經擺到明面上來。上次西山圍獵行刺的事，他查了一半，皇帝就要他丟開手。雖然只查到一半，卻已能猜出幕後之人了。

他知道，皇帝也知道，太子肯定也能猜得到。

大皇子年長，已經成親，連嫡子都有了；太子年幼，皇后娘娘是繼后，娘家不顯，幫不上什麼忙。現在太子和大皇子比起來，還是有些弱，想和大皇子抗衡，找個強而有力的妻族是最快的辦法。

京城裡，名門淑女不算少，鎮國公府的地位雖然高，但寧家姑娘並非唯一的人選。

本來寧震是不怕的，皇帝是明君，做不出逼迫臣子的事情，但萬事就怕有萬一。

他不想讓閨女進宮，可架不住別人以為他想。想當年，當今皇帝還是皇子時，因為娶妻，幾家閨秀爭鬥，元后雖然勝出，卻也壞了身子，在當今皇帝登基之前，便撒手人寰。

他不是女人，卻懂得女人之間的爭鬥。當初自家府裡沒有女主子，這些事情是爹領著他親自分析的。元后嫁人前落水的事情真是意外？元后的手帕交被摔下馬車的事，也是意外嗎？

並非他覺得自家閨女弱，生怕她中了陷阱。毫不客氣地說，閨女的武功是他親自教的，他最了解，三、五個男人一起上，怕都不是她的對手。

但在後院，對上身分比寧念之高的，武功強也沒轍。更何況，女人之間的算計，少有用上武功的。

其實就是一句話，他不想去賭那個萬一。他只有這麼一個女兒，這輩子不求她權勢滔天，也不求她提攜娘家，只願她平安喜樂、吃穿不愁，事事順心遂意。

在他看來，馬欣榮糾結的遠嫁，根本不算什麼事，又不是一輩子不能見了，得了空，讓小夫妻倆回來看看，或者他們過去，山高水遠，總有重聚的一天。就像他去北疆，一去便是五、六年，難道家裡的老父不擔憂嗎？

男人想得粗，女人想得細。馬欣榮想等著，說不定以後還會出現比原東良更合適的人選；可寧震卻覺得，有些事不能等，拖著拖著，說不定機會就沒了。

就像戰場上的軍情，瞬息萬變。

雖說嫁給原東良，等於要去西疆，遠離京城，可現在京城裡盯著原東良的人家不在少數，尤其是家裡有姑娘的宗室。原東良出身將門，十八歲了還沒有通房或侍妾，上面也不用服侍公婆，雖然有個太婆婆，但年紀大了，還有幾年可活？

「依爹的意思，若妳喜歡，外面那些來說親的人家，回頭就能推掉了。」寧震看著還沒反應過來的寧念之，繼續說道：「如果兩年後，妳長大了，不喜歡東良，爹也能想辦法將這親事退掉，保證妳能再嫁得如意郎君。」

所以，現在是不管她答不答應，都不妨礙以後嫁人？

寧念之不知道該怎麼回答了，既然喜不喜歡都沒區別，那問她還有什麼意思？哦，不對，不能說沒意思，要是她不喜歡，將來連推掉的麻煩都沒有了。

「爹，我是喜歡原大哥的。」寧念之眼神飄飄忽忽地說道。沒辦法，哪怕是面對親爹，說起這事也會不好意思，太尷尬了。爹也真是的，就不能讓娘親來問嗎？

寧震也尷尬，咳嗽一聲，抬手揉揉鼻子。

「既然妳喜歡，那些亂七八糟的事情，妳便不用管了，只安安心心做自己喜歡的事，開心就好。過個四、五年，爹再給妳準備嫁妝……到時候，說不定能想到辦法讓東良留在京城呢。」

接著，寧念之暈暈乎乎地出了門，要回芙蓉院去。剛才的談話，實在太出乎她的意料了。本來她是帶著嚴肅認真的心情，以為自家爹爹要和她討論什麼要緊事，可最後，怎麼變成討論她的親事呢？

因為感覺太複雜，寧念之心裡像點燃了一串鞭炮，噼哩啪啦響個不停，所以完全沒注意到，她走出去後，有人在後面目送她離開……

第六十五章

夜裡，寧念之待在自己的房間內，還回不過神。

沒記錯的話，她才十三歲吧？這個年紀，爹爹就說這樣的事情，真的不會太早嗎？別人家都是及笄之後才開始提呢。

至於她喜不喜歡原東良，其實已經不用再想。除了原東良，兩輩子加起來，她沒和別的外男相處那麼久過。

再者，原東良的性子與相貌，都很讓人滿意。前兩年察覺他的心思時，她也明白了自己的心意，如果不喜歡，早早就會避開他了。結果，她非但沒有避開，還和以前一樣關心他的食衣住行。

只是，當時她怕原東良年紀小，一時心血來潮，長大了就會後悔，所以才訂下約定。十七、八歲，才是男孩子真正長大的年紀，才能真正看明白自己的心意。

現在，爹爹同意了，原東良的心意還是沒變，所以，事情算是定下來了？依照爹爹的意思，要再等四、五年才讓她出嫁。

四、五年啊……也足夠讓她反悔了吧？

寧念之忽然抬手拍拍臉，心裡有些說不清、道不明的感覺，好像一下子就想到四、五年後成親的場面，又一下子想到四、五年後分道揚鑣、男婚女嫁各不相干的情景。

可她隨即便堅定了心思。自己養大的孩子，自己還信不過嗎？

原東良最是執拗，認準的東西或事情，就絕不會改變。從十六歲到十八歲，已經兩年了，她應當對他有些信心，再從十八歲到二十二歲，也依然不會變才是。

再者，她也不是那種一被拋棄便尋死覓活的人，何必擔憂以後分道揚鑣的事？將腦袋裡不好的猜測統統扔掉，剩下的就是美好將來。

既然爹娘已經允許了，那以後她和原東良就能大大方方地見面，大大方方地說話，甚至，能以他沒過門的妻子自居。

想到妻子兩個字，寧念之忍不住又紅了臉頰，卻偏偏覺得兩輩子加起來，她的年紀也大了，不能做出小女兒的樣子，面上得端著，於是臉憋得更紅了些。

這時，聽雪端了熱水進來，疑惑道：「屋子裡太熱了嗎？姑娘的臉色怎麼這樣紅？奴婢先將窗戶打開吧？」

寧念之忙點頭。「打開一會兒吧，等洗完澡再關上。」說著便起身，這一動，忽然就覺得不對勁，感覺有些熟悉——肚子微疼，有熱流沖下來了。

寧念之的臉色跟著變了變，不太敢往身後看，但心裡又有些高興。來了癸水，才算真正長大成人，她總算將小時候熬過去，能被稱為大姑娘了。

聽雪見她站著不動，有些疑惑。

寧念之擺擺手。「去拿……」抿抿唇，壓低了聲音。「月事帶來。」

聽雪愣了一下，趕緊放下手裡的水壺出去。

沒一會兒，唐嬤嬤和馬嬤嬤跟著過來了，一個滿臉嚴肅、一個滿臉欣慰。

寧念之的臉瞬間木了，等會兒，這兩位嬤嬤該不會要看著她用這東西吧？

沒等她開口，唐嬤嬤先問道：「真是來了癸水？先進內室讓我看看。姑娘，妳會用月事帶嗎？」

馬嬤嬤在旁邊跟著點頭。「對對對，先看看顏色……」瞧見寧念之一張臉紅得快冒煙了，趕緊又道：「聽雪，妳去廚房吩咐一聲，讓他們準備紅糖薑茶，馬上送過來。明兒的菜單也要注意些，燉個烏雞……」

唐嬤嬤一邊拉著寧念之往淨房走，一邊回頭道：「這兩天把薑茶擱火上燉著，想起來時就喝一碗。」

進了淨房，唐嬤嬤非得讓寧念之脫衣服，寧念之寧死不從，最後唐嬤嬤只好屈服，拿著月事帶比劃兩下，認真講解。「這樣戴上去會牢固些，不會掉，也不會歪。看清楚了？」

寧念之趕緊點頭，推唐嬤嬤出去。「我都知道，要是弄不好，會叫嬤嬤進來幫我，嬤嬤真的不用擔心。」一連帶著，馬嬤嬤也被關在外面了。

寧念之這才吐出一口氣，有些哭笑不得，又有些害羞，躲在屏風後，偷偷摸摸地換上月事帶。兩輩子了，她熟練得很，繫得穩穩當當。

接著，她換上乾淨衣服，遮遮掩掩地把髒掉的衣裳放進籃子裡，紅著臉塞給聽雪。

「拿去燒掉，不要讓人看見了。」

聽雪哭笑不得，羞紅著臉出去處置這些東西。映雪她們趕緊過來鋪床，之前就準備好小褥子，還有熱水袋。另外，來了癸水，不好坐在浴桶裡洗澡，也不能弄濕頭髮，只好站著擦了擦身子。

寧念之身子好，臨睡前又喝下紅糖薑茶，除了癸水剛來那會兒，其餘時間竟是半點不舒服也沒有，整晚睡得安安穩穩。

一早，寧念之睜開眼，就無語了。才一個晚上，全家上下所有女眷，好像都知道她來癸水的事了。

馬欣榮高興地坐在床頭，摸著閨女的頭髮笑道：「長大了，這是好事，中午咱們吃些好的。哎，念之是大姑娘了。」

寧寶珠一臉好奇，對寧念之咬耳朵說悄悄話。「我房裡的嬤嬤、丫鬟說，來這東西時，是很不舒服的，肚子疼，身上還會發冷什麼的。大姊，妳有沒有覺得哪兒不舒服啊？」

連一心想再懷孕生子的李敏淑，都讓人送了些補身藥材來。不過寧念之懷疑，這藥材是她之前買來生孩子用的，這會兒不過是將用不著的挑出來送她罷了。

趙氏那邊也沒落下，特意讓人送了些燕窩、銀耳之類的滋補食材。

這種自己來癸水，然後全府女人跟著慶祝的事情，簡直讓人又羞又窘。寧念之覺得，她完全不想出門了，還是縮在屋子裡躲著吧。

中午，原東良在寧家吃飯，沒瞧見寧念之，有些納悶。

馬欣榮笑咪咪地給他挾菜。「不用擔心，今兒你妹妹有些犯懶，不想動彈，我想著這兩天她出門的次數多了些，索性讓她靜靜心，待在房裡繡花。你呢，等會兒去考試，千萬別輕敵知道嗎？好好地考，若中了狀元，娘給你辦個盛大的宴會！」

原東良看看寧震，昨兒他回來後去找爹爹，爹爹已經鬆了口，娘親的耳根子比較軟，他要是中了狀元……一想到這兒，整個人都精神了，端著碗連連點頭。

「娘放心，我一定會認真對敵，肯定不讓爹娘失望。」

吃完飯，他便放下碗，急急忙忙地出門了。

寧震轉頭看馬欣榮。「念之是怎麼回事？這是最後幾場了，她不打算去看看？」之前的擂臺賽，自家閨女可沒錯過任何一場。

「嗯，今兒她身子有些不舒服，明兒再去看也是一樣的。」馬欣榮笑著說道，頓了頓，斜眼看他。「昨兒你背著我和念之說的話，我思來想去，覺得還是有幾分道理的。」

寧震挑眉。「我說的有道理不算數，得要夫人覺得好才行。」

馬欣榮笑道：「是我有些魔障了，只想著嫁給東良就是遠嫁，卻沒想到，如果邊疆安穩，東良也能帶著念之在京城住幾年。到時候，咱們在京城買好宅子，他們沒事時回來住，也是可以的。」

就像寧震，北疆不打仗時，他便在京城待著；北疆有事，他才過去，並不因為他不住在北疆，再回去時，那些士兵就不聽他的命令。

大約是她接二連三地生孩子，把腦子生笨了，竟連這點簡單的事情都轉不過彎，好幾年想不明白。

寧念之站在門口，剛好聽到這段話，無語地搖搖頭。她原本以為，照著爹娘前兩年反對的樣子，就算原東良中了武狀元，也得再等個三、四年才能讓爹娘徹底放心。沒想到，忽然之間，這兩位就鬆口了。

她忽然覺得洩氣，但不能否認，自己是高興的，恨不得能立刻衝到原東良身邊，告訴他這個好消息。

但寧念之不知道，這件事，不用她去說了。

昨兒晚上，寧震把原東良叫到書房，談了半晚。至於說什麼，那是準岳父和準女婿之間的對話，沒必要讓別人知道。

寧念之又在門口站了站，才進了屋，笑咪咪地向寧震夫妻請安。

寧震瞧見閨女，關心道：「妳娘說妳有些不舒服，可嚴重？要不要請大夫？」

「不用，只是有些悶，明兒就好了。」寧念之趕緊說道，又看馬欣榮。

馬欣榮抬手推推寧震。「行了，時候不早，不是說最近朝中事忙嗎？你該出門了。」

寧震點點頭，起身出了明心堂。

馬欣榮這才招招手，示意寧念之坐在自己身邊，一臉了然地問：「剛才我和妳爹的話，妳都聽見了吧？」

寧念之笑著點頭。「嗯，娘放心吧，日後得空，我定會和原大哥定居京城的。」

馬欣榮又氣又笑。「妳倒好意思說，還沒及笄呢，就想著成親以後的事了。讓我瞧瞧，這幾天，臉皮是不是又厚了幾分？」

「才沒有呢，咱們是母女，有什麼話不能說？」寧念之笑嘻嘻地抱著馬欣榮的胳膊撒嬌。「原大哥喜歡我，我也喜歡原大哥，以後我們定會和爹娘一樣幸福，娘真的不用太擔心。」

馬欣榮嘆口氣，揉揉她的頭髮。「妳也長大了。從小，妳就是個有主意的，從一歲多會說話，每天吃什麼、喝什麼都要自己決定，娘有時候……」

頓了頓，她繼續說道：「實在不喜歡妳這樣子。娘希望妳軟軟嫩嫩，能對我撒嬌，有事情解決不了，便來求著我幫忙。可有時候又覺得，妳這樣有主意，也是好事，不管什麼時候，都能保護自己，讓自己不受傷。」

寧念之笑了下，兩輩子的個性，改不掉了。上輩子，馬欣榮沒有這麼疼愛她，她不得不學會自己拿主意。不管什麼事情，趙氏都不會管，寧霏不搗亂就算好了，馬欣榮也不怎麼出聲，若她再猶猶豫豫，日子怎麼過？

其實，若有那個條件，哪個姑娘家不希望自己被人捧在手心裡長大？哪個姑娘家不希望自己什麼都不用操心，整天只要吃好、喝好、玩好就行？

像寧寶珠，無憂無慮，整天開開心心，最大的煩惱便是這一頓吃完了，下一頓吃什麼。寧念之沒辦法變成這樣，只能把她寵成這樣了。

其實，這輩子爹娘很疼愛她，只是方式不同。寧震出門，總會給閨女帶小禮物回來，從小玩具到首飾，他一個大男人特地去挑首飾，能說他對閨女毫不關心嗎？

每天下朝回府，除了問功課，還關心她的吃喝，帶著她練武。他已經做得很好了，簡直是整個大元朝最好的爹。

馬欣榮對她也好，衣食住行，不管多小的事情，都會親自照顧。閨女說的事情，不管多難辦到，總會想辦法完成；閨女提的要求，不管多不合理，都會想辦法滿足她。

想想，能遇見這樣的爹娘，她已經比別人幸運千萬倍了，上輩子的苦總算是沒白吃。好吧，其實上輩子也沒怎麼吃苦，至少吃得飽、穿得暖，不過沒人愛而已。

「之前你們兩個年紀小，娘不挑破這事，想等著你們長大了再說。青梅竹馬，一起長大，將來哪怕不喜歡了，東良也不會虧待妳。卻沒想到，東良的家人竟找來了……」

寧念之一邊走神，一邊聽著馬欣榮念叨。馬欣榮是女人，心思比寧震細膩，寧震擔憂的是大件的事，馬欣榮擔憂的卻是生活瑣事。

「……他不會對妳不好，只是，就怕妳到了西疆過不慣。那邊的吃食跟衣服，肯定和京城不一樣，萬一水土不服……」

寧念之笑著打斷她。「娘，您不用擔心，這些都不是什麼大事。怕吃不慣，我帶著廚娘不就行了嗎？」

馬欣榮拍她一下。「說得簡單。南橘北枳，即便是同樣的米，到了不同的地方，口感就會不一樣。」

寧念之趕緊點頭。「是是是。不過，娘現在說這些太早了，我還沒及笄呢。」

馬欣榮愣了一下，嘆氣道：「哎，養個閨女也是操不完的心。算了，這些一時半會兒還真說不完，以後咱們慢慢講。妳得了空，多去看看原老夫人，她在西疆生活了幾十年，聽聽她是怎麼說的。」

「我知道。」

接著，寧念之趕緊岔開話題。再說下去，她還以為明天就要出嫁了呢。

第六十六章

第二天，寧念之休息夠了，馬欣榮便不拘著她，再次興匆匆地和寧安越一起出門看擂臺。

今兒要定出三甲了，只剩十個人比試，照樣是抽籤。除了原東良，周明軒也在這十個人裡面。

因為是最後一天，不光寧念之和寧安越姊弟倆來看，寧家上上下下得空的人全過來了。而對面的看臺上，皇帝領著文武百官，也來看了。

寧震站的位置比較靠前，寧念之一眼就看見了。寧震衝他們這邊點點頭，然後便認真關注擂臺上的情況。

寧安越抓著寧念之的手，比擂臺上的人更緊張。

「大姊，妳說，原大哥一定會贏的，對不對？」

「那是當然，原大哥的身手是最好的。」寧寶珠在旁邊插話，又瞇著眼看周圍。「大姊，看，三公主坐在那邊呢，還有八公主。哎呀，八公主對咱們打招呼了。」說著，趕緊朝八公主揮手。

寧念之拍她一下。「安靜些，馬上要開始了。」

話音剛落，兵部的官員上臺敲鑼，等周圍安靜下來，就開始宣佈規則。每次開場前唸一遍，寧念之都快會背了。

原東良運氣好，第一輪抽中比較弱的對手；周明軒的運氣卻不怎麼好，抽中個比較強的。哥兒倆湊在一起說了幾句話，然後就等著開場。

幾輪過去，終於到了最後一場。

這次，原東良的運氣不怎麼好，抽中特別強的對手。人家用流星錘，他使長槍，從武器上來說，流星錘正好能制住長槍；從身板上來說，對手比他高了一頭。

原本原東良算身材高大了，但站在那人跟前，卻硬是矮了一個頭。

咣！兩人一開打，錘子便砸在地上。

寧念之看了，立刻打了個哆嗦。

原東良就地一滾，險險躲了過去。

寧念之這才抬手擦了擦額頭上的冷汗。剛才太驚險，只差那麼一點點，不到一個拳頭的距離，流星錘就砸在原東良身上了。

原東良剛滾開，正要起身，另一個錘子跟著砸過來，眼看躲不過去，再躲便要滾到擂臺下面。只要下去，這場比賽就算輸了。

但他不能輸！他可是等著拿狀元，然後迎娶妹妹的。如果輸掉，雖說也不會娶不到媳婦兒，但終歸有些遺憾。

原東良咬咬牙，索性抬起手裡的長槍，打算硬扛過去。

但是，流星錘很重，再加上那人力氣大，長槍的槍桿是木頭做的，剛對上，便聽見喀嚓一聲——

就是這個機會！原東良本來躺在地上，見狀立刻抬腿，後背用力，像一條魚般彈起，雙腳衝著那人的面門踢去。

要是被踹著，鼻子就別想要了，加上人的本能，對迎面而來的東西，都會躲一下，流星錘遂被往後帶。

原東良抓住機會，改了長槍的方向，直接挑向對手的手腕。

但對手也不是吃素的，剛才那一閃神後，立即反應過來，這會兒再用錘子砸人，來不及了，索性橫著一掃，流星錘的鐵鍊便直接纏向原東良的長槍。

寧念之看了，忍不住捏拳，這長槍萬萬不能被纏住，要是武器離手，即便不輸，怕也要贏得更艱難。

原東良比她更清楚這些，所以緊跟著換招。

虧得那一踢，原東良終於找到機會站起來。長槍這種武器，最適合遠戰，離對手遠些，他就能發揮自己的本事，槍尖衝著對手的手腕和腿攻擊，招式虛虛實實。流星錘適合力氣大的人用，威力驚人，但缺點是武器太大、太沈，耍起來沒有長槍靈活。

長槍連刺了三、四下，流星錘被甩出兩次、收回一次，次數上的差異，正好給了原東良機會。

眼看著流星錘再次衝著面門而來，原東良不慌不忙，長槍依然衝對手的大腿挑去，身子卻是一轉，另一手握拳，使勁砸他的手腕。

那人吃痛，手上鬆了一下，原東良乘機將長槍挑回，勾著鍊子往外一甩，流星錘便飛了出去。

但這人使用的是雙流星錘，如果讓他得空使另一個錘子就糟了，完全不能給他喘息的機會。

於是，原東良抬腳一踹，把另一個流星錘踢上去，然後揮手砸向那人的下巴，長槍順勢挑去，在胳膊上劃了一下。接著他翻身躍起，將流星錘的鍊子往後一甩，就砸出去了。

這還不算完，只要人不是昏死過去，或被摔下擂臺，便不能定輸贏。等那人反應過來，雖然沒了武器，但功夫還在。不過，這會兒就是原東良占優勢，他有長槍，三兩下便找到機會把人挑下去了。

寧念之這才鬆了口氣。剛才有好幾次，原東良都差點被人砸了，她看得冷汗涔涔的。

周氏也放了心，她眼力不好，看不清楚，只能模模糊糊看見兩個身影在上面飛來飛去。但最後的結果，兩個人一上一下，還是很好分辨的。

一轉頭，瞧見寧念之的神色，她就忍不住笑了，看來，自家孫子也不是完全沒希望嘛。再過兩年，說不定真能順了心意，抱得美人歸。

但隱隱地，周氏又有些擔心，自家孫子對寧念之的執念太大，萬一日後走上他爹的老路呢？

不不不，應當不會。依她對寧念之的觀察，這姑娘的性子不是那種軟綿綿的，就算有一天，原東良有了萬一，也能堅強地把孩子撫養長大，不會像兒媳婦那樣……

不對，這兩個人根本不能相提並論。孫子的娘太不懂事，相公離家出走，不說勸著，還非得跟著，這才一起出了意外。

若是換成寧念之，孫子上戰場，說不定她會跟著去啊！孫子可不止誇過一次，說她騎射功夫不錯，身手也挺好的。

周氏頓時糾結了。但孫子喜歡，孫子太喜歡了！孫子說過，非寧念之不可！

算了，兒孫自有兒孫福，原東良和他爹本來就不是同一個人，性子不同、所學不同，走的路也定然不一樣。

另一邊，寧安越正嘀嘀咕咕地跟寧念之說話。「這是原大哥的最後一場，剩下的是其他人比試，若還有勝過周明軒的，才能繼續和原大哥比。原大哥肯定是第一了。」

兩人說著話，周明軒就和對手一起上臺了。

原東良是一上臺就報名字，然後開打；周明軒比較客氣，還說兩句手下留情之類的客套話，然後才擺出架勢。

原東良坐在下面，有小廝忙過去端茶倒水，本來還打算幫主子捶捶肩膀、揉揉胳膊，但原東良卻擺擺手，讓小廝下去了。這麼多人看著呢，他可不能太享受了。

上午時，周明軒和原東良便對戰過了，毫無疑問，原東良獲勝。接下來，若周明軒贏了，今天的三甲就算出來了；若周明軒輸掉，那原東良還得再打一場。

「大姊，妳瞧，原大哥還要再比一場嗎？」寧寶珠問道。

寧念之搖頭。「我看不用了，但事無絕對，說不定有個萬一呢。咱們還是再等等吧。」

剛說完，臺上的人便開打了。

好歹是從小一起長大的夥伴，寧念之看得還算認真。能打到最後一天的，都是高手，周明軒功夫不錯，對手也夠強。

半個時辰後，兩人才拚出輸贏，周明軒獲勝。

寧安越鼓掌歡呼，皇帝那邊也有人叫好。兵部的官員上去宣佈結果，武考方面，原東良第一，周明軒第二，拿了第三的是那個拎著流星錘的人。

接下來，就是等文考的結果，兩邊的名次綜合起來，才能決定三甲人選的排序。畢竟，武舉是要選將軍，可不是找單打獨鬥的莽漢。

散了場，輸的、贏的又打成一片，鬧著讓原東良請客。

原東良不好推辭，只好跟著去了。

原東良吃了飯回來，馬欣榮已經帶著寧念之回鎮國公府了。

周氏伸手捏捏原東良的胳膊。「喝了多少酒？先喝一碗解酒茶吧。」

原東良接過茶碗，一仰頭，咕嚕咕嚕一口氣喝完，放下碗，笑道：「時候不早了，祖母怎麼還不去休息？這段日子，祖母跟著擔憂著急，現在考完，祖母也能放鬆了。」

周氏揉揉他的頭髮。「這事啊，都是愁不完的。武舉時呢，生怕你受傷或考砸了。比試完，又該擔心你的親事。你說，你是不是就認準了寧家的大姑娘？」

原東良抬頭，認真地看周氏。「祖母，我從小就認準了妹妹，若不能娶她，寧願終生不娶。」

周氏嘆口氣。「怎麼父子倆都和你祖父不一樣呢？你爹是恨不能將你娘拴在褲腰帶上，走哪兒、帶哪兒，而你在不懂事時便認準了人。如果你們和你祖父換換就好了。」

「祖母，就是因為祖父那樣，所以爹才只要娘。您受過的罪、吃過的苦，爹是看在眼裡的，所以只要一個妻子，大約就是為了讓我不再像他那樣。」

原東良頓了頓，笑著說道：「祖母不用擔心我會走上和爹一樣的路，我和爹是不同的。您看看我的義父義母，他們恩恩愛愛一輩子，義父有本事，義母便不用吃苦受罪。我對自己也是有信心的，為了念之，絕不會讓自己出事。」

周氏聞言，又嘆了口氣。「可是寧家那邊……」

原東良笑得眼睛發亮。「這事我還來不及和您說呢。義父已經鬆口了，說是等念之及笄，若念之也喜歡我，就讓我們訂親。我一定不會辜負念之的！」

周氏沒話說了，頓了頓，掛上笑容。「好，只要你高興，祖母就高興。這輩子，祖母只盼著你能順心遂意了。」

說著，她推了推原東良。「時候不早，你趕緊回房休息吧。總算比完，這段日子，你也累了，多休息，接下來幾天，早上都不用過來請安，想睡到什麼時候就睡到什麼時候。」

「是，多謝祖母。」原東良忙應道，行完禮便出去了。

周氏坐了一會兒，進屋拿起兒子的牌位看看，再嘀嘀咕咕兩句，又想想將來有了孫媳，會是什麼樣子？最後還是高興起來，就像原東良說的，他和他爹本來就不一樣，寧念之和他娘也完全不同。

不一樣的人，怎麼會走上同一條路呢！

原東良是真累，第二天別說請安了，連午飯都沒吃，一直睡到將近晚上才起床。

而周氏提議自家人慶祝的事，也被原東良阻止了。

「要是這會兒慶祝，那等我中了狀元，不還要慶祝一番嗎？這樣倒是來回折騰了，還不如等一等，說不定宣旨的人就來了呢？」

於是，祖孫倆決定不慶祝了，先等武舉的結果出來。

武舉名次比文舉出得快多了。之前的文考，在武考這個月內，已經出了名次，現在不過是將兩邊的名次加總起來。很快地，兵部就在外面貼了皇榜。

原府和寧家派出小廝去打聽，但小廝還沒回來，兵部就已經敲鑼打鼓地送來喜訊。差官站在門口拱拳行禮。「恭喜原少爺，中了頭名狀元！」

消息傳到內院，周氏又哭又笑，雖說之前就有五、六分把握，但聽見確定的結果，還是讓人興奮，又是吩咐人給差官喜錢，又是給下人多發三個月的月例慶祝。

等原東良拿來狀元的衣帽鞋冠，她喜孜孜地摸著看了半天，給原東良的爹娘上香，再很有氣勢地吩咐：「送信給你祖父，西疆那邊也要慶祝，讓所有人都知道你中了武狀元！」

這種小事，原東良完全不反對，只要祖母高興就行。

接著，他便帶上狀元的衣服，去寧家報喜了。

鎮國公府裡，寧震和馬欣榮已經在明心堂等著了。

從原東良進門，寧安越便不停地繞著他轉圈。

「原大哥，五年才出一個武狀元呢，你真是太有本事了！以後我要跟著你練武！」

「原大哥，你什麼時候有空，指點我一下？」

「原大哥，武狀元是不是也要遊街？哪天遊街啊？我要去看！」

「原大哥，到時候會不會有很多女孩子給你扔荷包、手帕什麼的？之前和我大哥一起去看文狀元遊街，還有人丟簪子呢。」

寧念之忍無可忍，伸手拽自家弟弟的耳朵。「你少說兩句吧，真想知道武狀元遊街是什麼樣子的，要麼過兩天自己看，要麼過五年自己去考個武狀元回來。」

寧安越聞言，做了個鬼臉，躲到原東良的旁邊。

原東良臉色微紅，時不時偷偷看寧念之一眼。

寧震見狀，使勁咳嗽一聲。

「不錯，總算沒白費我這些年的教導，你有出息，我和你娘就能放心了。

「不過，中狀元只算走上仕途的第一步，不是很值得炫耀，只能證明這些年沒有白練武、沒有白學習兵法。這些東西在你以後的路上，並非最重要的……」

馬欣榮打斷他的話。「行了，要教孩子，等你去書房時再教，這會兒說這些做什麼？大好的日子，別端著父親架子了。」

她轉頭看原東良。「別聽你爹的，中狀元怎麼不值得炫耀了？五年才出一個武狀元，這京城裡，誰家孩子能和你一樣出息？真以為武狀元是大街上的石頭，想要就能撿一塊回來嗎？」

說著，馬欣榮伸手拿起武狀元的衣物，在原東良身上比劃一下。

「看著真漂亮，有本事中狀元，才能穿呢。我兒子就是有本事，就是出息！」

原東良笑得靦覥。「要不是爹娘撫養教導，我也沒有今天，多謝爹娘的養育之恩。」說著，跪下行了大禮。

馬欣榮忙抬手扶住他。「你這孩子，快起來。怎麼說起這個了？」

「我早就想感謝爹娘了。當年若非爹娘把我帶走，即便我能活下去，也會是個人見人怕的怪物，要麼被別的狼群吃掉，要麼被人除掉。爹娘對我是救命之恩。」

原東良又磕了頭，再擺擺手，不讓馬欣榮阻止他。

「爹娘收養我之後，並沒有把我丟給別人，反而待我如親子，吃的、穿的、用的，都給我最好的。要不是爹娘關心愛護，我沒機會學想學的東西，也不會長成今天這個樣子。爹娘對我是再造之恩。」

他又磕了一下頭，然後看向寧念之。「如果沒有我，爹娘定能為妹妹找到更好的夫婿，明知我不是最好的，卻願意將妹妹嫁給我。爹娘對我，不是親生，遠勝親生，這樣的恩情，怕是一輩子都還不起。」

寧安越驚呆了，偷偷挪到寧念之身邊。「大姊，原大哥的意思是，爹娘已經答應把妳嫁給他了？」

寧安成無語，將蠢弟弟拽到身邊，捂著他的嘴，不讓他出聲了。

原東良將腦袋磕在地上，那聲音聽得寧念之忍不住倒抽了一口氣，這樣用力，不知道腦門青腫了沒有？

「不管從前還是現在，或者以後，爹娘永遠都是我的親爹娘。也請爹娘放心，我必會把妹妹當成掌中寶，一輩子讓她展顏歡笑，絕不讓她傷心落淚。

「我願像爹一樣，一輩子只對念之一個人好；我願和娘親一樣，一輩子只惦記念之一個人。

「念之想要什麼，我都會為她找來；念之想做什麼，我都會陪著她去做。

「在我心裡，念之比我更重要。我寧願自己受傷，也不讓她受到半點傷害。」

馬欣榮聞言，忍不住紅了眼圈，又是欣慰、又是難捨。

寧震無語，滿臉複雜的表情。

寧念之心情更亂了，感動之餘，又覺得這話是不是說得太早了點？又不是要求娶了。之前爹娘可是說過，暫時定下來，等她及笄才訂親，成親更是要等四、五年之後。現在他把話說完了，那求娶時要說什麼？

還是，她小瞧了原東良，其實他並非不擅言詞，而是在心裡憋著，挑了時候放大絕？

「行了行了，嘴上說說誰不會？關鍵還是看你以後怎麼做。大男人家的，不要唧唧歪歪！」

寧震終於忍不下去了，一巴掌拍在原東良肩膀上，差點沒把人再拍到地磚上。

「我寧震的閨女，是不愁嫁的，哪怕以後成親，只要念之受委屈，我隨時都能將人接回來。和離書一簽，男婚女嫁便各不相干。」

原東良忙搖頭。「爹，我絕對不會讓念之受委屈的。」

「剛才不是說了嗎？光說有什麼意思，還得看你以後怎麼做。起來吧，今兒是大好日子，下午不是要遊街嗎？你可準備好了？」寧震岔開話題。

原東良起身，看向寧念之，見寧念之眼睛亮晶晶的，忍不住傻笑，又被寧震拍了一巴掌，才趕緊轉頭。

「我只需要換上這衣服，馬匹什麼的，兵部已經安排好，吃完飯直接過去就行。」

「你知道就好，時候不早，趕緊回去吃飯吧。」寧震沒好氣，下次還是不能讓他見到自家閨女才是！

「娘，您要不要去看我遊街？」原東良轉頭問馬欣榮。

馬欣榮點頭，笑道：「自然要去。我知道你肯定是三甲裡的一個，前兩天就讓人包下酒樓雅間了。你只管先去，下午時，我帶著你弟弟妹妹過去看。」

「好。」原東良忙點頭。其實他在意的是寧念之，好不容易中了武狀元，能風光一下，若寧念之看不見，還不如不風光了。

原東良從原府出發去兵部，寧家幾口人吃了午飯，也到酒樓湊熱鬧。

從街口到酒樓下面，就算走得慢，也不過是一刻鐘的工夫。百姓歡呼起來，手帕、荷包、香囊，應有盡有，全衝著馬上的三個人飛去。

原東良繃著一張臉，就當沒看見，落在身上的也不管，反正會掉下來的，只有察覺到玉珮之類的重物落下時，才偏偏頭躲過去。

寧念之看著馬匹到了酒樓下，一時興起，將今兒早上才掛在腰上的香囊拽下來，揚手往原東良身上砸去。

她以為原東良沒看見，還和之前一樣，會讓香囊直接掉地上，畢竟，一路走來，他的頭可是連抬都沒抬過呢。

沒想到，香囊剛扔過去，原東良便一揚手，把香囊抓住了，然後抬頭衝著她的方向露出笑容。

陽光正好，灑在少年臉上，唇邊微笑綻放，身上的疏離冷漠瞬間消失。

瑣兮尾兮，流離之子。叔兮伯兮，褎如充耳。

瑟兮澗兮，赫兮咺兮。有匪君子，終不可諼兮。

瞬間，寧念之腦子裡只剩下這幾句詩了。

喂，少年，你心裡可有了人？我嫁給你可好？

第六十七章

武舉的三甲騎馬遊街後，第二天便進宮見皇帝。不光原東良他們幾個，還有二甲的前幾名，總共十三個人。早朝結束，被人領著去了太和殿。

皇帝立在殿內，看著殿外站成一排的人，微微側頭看寧震。「原東良這小子，你教導得不錯，是個能幹的。」

「多謝皇上誇獎，也不全是微臣的功勞，若非孩子自己夠聰明，臣就是累死了也教不出來。」寧震笑著說道。「再者，原老將軍想必沒少下工夫，微臣可不能獨占功勞。」

皇帝笑著點點頭。「原丁坤確實有本事，原東良是他嫡親的孫子，想來繼承了他的聰明才智。東良今年有十八了吧？」

寧震忙點頭。「是。」

「可曾說親？」皇帝又問道。

寧震聽了，有些不自在地伸手揉揉鼻子。「說出來，不怕皇上笑話。當初我們收養這孩子時，只看孩子年紀小，不忍心他一輩子就那樣，沒想到，最後竟被原老將軍找到了。」說完，便搖搖頭。

皇帝斜眼看他，寧震立刻不敢賣關子了。「這孩子是個執拗性子，認準的事情，就非達到目的不可。他把我們當爹娘，後來被老將軍帶走後，覺得和我們生分了，回頭便自己想了辦法，說要迎娶念之。

「微臣想著，他們算是青梅竹馬，一塊兒長大，東良又是個知恩圖報的，將來定不會委屈了念之。只是，念之年紀還小，所以這事……」

皇帝摸著鬍子點點頭，覺得有些可惜，不過世上好兒郎如此多，沒必要和臣子爭女婿，目光當即便落到別人身上。

寧震順著皇帝的目光一瞧，忙笑道：「說起來，這位探花郎，臣也是看著他長大的。不知皇上還記不記得周宏周將軍？」

皇帝忍不住笑。「朕如何不記得？這是周將軍的兒子？」

「是，從小也是和東良打打鬧鬧一起長大的呢，哥兒倆感情也挺好。」寧震笑著說道，又誇讚周明軒幾句。「前段日子，微臣考校了周明軒的學問，頗有大將之才。微臣恭喜皇上，這次武舉，可選出大把人才為皇上效力了。」

「太平盛世，難得有出挑的將才，朕得好好問問才行。」

說著，皇帝便帶領身後群臣，抬腳出殿。

考中武舉的人在太和殿外站了半天，五月分的天氣，將近中午，太陽曬得眼睛都快睜不開了，只能盯著腳下那一點點陰影看。

其中反應快的，皇帝下來時便警醒了，挺胸收腹，雖然不能抬頭，但至少表現得氣宇軒昂些；反應慢的，昏昏沈沈，直到看見前面的身影，才一個激靈，趕緊站好。

皇帝一一看過去，示意眾人進殿坐下，讓人備下午宴，其他臣子跟著落坐。

「朕這裡有一題，若是回答得好，朕有賞。」皇帝笑吟吟地看著下面的人，頓了頓，又道：「去請太子過來，讓太子也看看這些。」

大皇子、二皇子的年紀夠了，已經上朝，太子才十多歲，還沒開始接觸朝政。不過，眼下是個機會，皇帝的目光從幾個人身上掃過，若是有忠心的，說不定能給太子選幾個心腹侍衛。

沒敢讓皇帝久等，太子立刻跟著內侍過來了，表情嚴肅地給皇帝請安，然後在他下首的位置坐好。

大皇子的眼神閃了閃，端起茶杯，掩飾過去。

「我朝北疆有騰特人，假如今年冬天北方大雪，該如何應對？」皇帝開口問道。

原東良他們提起精神，原本等著皇帝為難呢，卻沒想到，竟是如此簡單的問題。

性子急的人，立刻起身行禮。「回皇上，微臣認為，我們應當迅速召集兵馬，打騰特一個措手不及。天災之下，騰特定是沒有多少人手，能不費吹灰之力，就將騰特打得落花流水。」

皇帝微微挑眉。「打完之後呢？」

「皇上……」

大家都有自己的想法，一人開了頭，剩下的便不拘束，反倒生怕自己被落下，沒在皇帝心裡留下好印象。

皇帝時不時摸摸鬍子，點點頭，看似讚賞的態度，更是激勵了這些人。

大約過了一刻鐘，大家差不多說完，皇帝才轉頭看太子，問道：「我兒是什麼看法？」

太子起身，規規矩矩地行禮。「兒臣聽大家的意思，不外乎兩種，一種是戰，一種是和。但兒臣的想法是，不能只戰，也不能只和。」

大皇子聞言，嗤笑一聲。「太子果然還小，就算沒有自己的看法，也不用當著許多人的面，把大家的意思揉成自己的話來說吧。」

皇帝不悅地掃了大皇子一眼，寧震瞧見這眼神，心裡忍不住嘆口氣。看來，上次西山行刺的事，皇帝沒在明面上處置，倒是助長大皇子的氣焰了。

傻子啊，皇上沒有及時處置，不是他不知情，或是不計較，因為看重你，所以不在乎，而是一筆筆地記在心裡，等著秋後算帳呢。

都是當爹的，寧震多少知道皇帝的心思。手心手背都是肉，將來他死了，可不想看見自己的兒子們將自己的兄弟們全當敵人砍光。

之前的事，皇帝也想看看太子的態度，若太子容不下大皇子，乘機將大皇子一派打下去，那太子在皇上心裡的印象，就要往下跌落幾分了。

幸好，雖然太子年紀小，卻是聰明人，皇帝不說，他就不問，反正他年紀還小，不用急著表現自己的本事。

不過，這事要是晚一、兩年發生，太子上朝，就不能是這種態度。輕了，顯得太子懦弱無能，命都快丟了，還不敢反抗；重了，顯得太子無情無義，連親兄弟都容不下。

換個方面想，這回，大皇子倒是給太子送上一個好機會了。

太子不聞不問，果然讓皇帝對他的印象更好，而對於給親兄弟下死手的大皇子，就更看不順眼了。

「兒臣的意思是，我們可以先把騰特人打怕了，讓他們再不敢起侵犯我朝的心思，然後給些好處，開了留市，派人去北疆傳播我朝文化，潛移默化，讓那些粗俗野蠻、茹毛飲血的騰特人知道禮義廉恥。」

太子完全不搭理大皇子，無視他的挑釁，只面對皇上，不緊不慢說出自己的想法。

太子話音一落，原東良便笑著起身。「太子所言甚是，微臣贊同。」

周明軒斜眼看原東良，這馬屁拍得太明顯了吧？確定了嗎？真要站在太子這一邊？不用再考慮考慮？

原東良也無奈，他不站太子這邊站哪邊？當初太子年幼，皇帝生怕太子勢弱，將來被兄弟們壓制，特意選了鎮國公府，把寧震父子綁到太子的船上。

而皇后娘娘又時不時召見馬欣榮，八公主和寧念之交好，滿京城，誰不知道寧家是站在太子這一邊的？他是寧家養子，就算他說不支持太子，大概也沒多少人信。

再者，不管祖父還是爹爹，都是看好太子的。

雖然皇帝已經五十來歲，但身體強壯，再活個十來年不成問題。到時太子娶親，正值青年，既不會引起皇帝猜忌，又不會因年幼而被臣子挾持，正好大展鴻圖，且名正言順，不會起紛爭，沒有比他更好的人選了。

這時，又有人起來說話。「微臣認為這樣不妥……」

有站在太子這邊的人，自然也有站在大皇子這邊的。太子畢竟年幼，能不能活到繼位還兩說，而大皇子已經開始上朝，出宮建府，能拉攏朝臣。富貴險中求，跟著大皇子，說不定也能成事呢。

皇帝只笑著看下面爭論，並不出聲。而太子除了方才答問時說幾句，便不再開口了。

寧震聽得有些犯睏，忍不住打了個哈欠。這些小兔崽子們，還是年紀小不經事，打仗這種事情，哪是兩、三句能說明白的？

皇帝問的範圍太大，只說北疆雪災，卻沒說雪災之後，是哪邊先穩不住。若是騰特人穩不住，那自然是敢伸手就要有被剁爪子的覺悟；若是大元穩不住，就得先找藉口自保。

另外，第一場仗，必得做好安排，否則剛開打就輸，後面志氣長不上來了。

「好了，朕知道你們都是飽學之士，只是到底還年輕，缺乏歷練。」

皇帝終於開口了，放下手裡的酒杯，笑著問道：「太子，這幾個人，你可有看中的？如果有，儘管說出來，父皇給你選幾個侍衛。」

太子愣了下，忙搖頭。「父皇，這些人都是武舉選出來的將才，給兒子當侍衛，怕是太委屈了他們……」

皇帝笑了笑，大皇子見狀，連忙道：「父皇，若是這樣，兒臣倒看中了幾個，就是不知道父皇捨不捨得了。」

皇帝慵懶地往龍椅後靠了靠，才看大皇子。「你先說說看。」

大皇子伸手點了點。「兒臣覺得這兩個不錯，身手挺好。正好兒臣府裡的侍衛被分出去，空了兩個位置。」

大皇子也不傻，沒敢點前三甲，只挑了末尾兩個。

皇帝轉頭看那兩人。「你們可願意？」

兩個被點出來的人有些驚訝，其中一個立刻上前行禮。「大殿下能看中微臣，是微臣的福氣，微臣願意追隨大殿下。」

另一個猶豫一番，也上前行禮。「回皇上的話，能跟隨大殿下，是微臣的榮幸，只是人各有志，微臣不願安於一隅，想保家衛國，上戰場殺敵，怕要辜負大皇子的一番好意了。」

大皇子聞言，臉色頓時不怎麼好看了，不過瞧皇帝的表情沒什麼變化，沒敢當場發脾氣。

皇帝點點頭，換個姿勢坐著。「既然如此，你先到兵部轉轉吧。」再轉眼看另一個人。

「賜三等侍衛，日後可要保護好大殿下。」

最後，太子沒要人，大皇子要了一個，剩下的幾個皇子都沒要。

至於周明軒呢，之前寧震幫他說了幾句話，皇帝留了心，便直接給他職位。雖然要外放，但對他來說，這個結果挺好的，他很滿意。

第六十八章

朝堂上的暗潮洶湧，寧念之姊妹並不怎麼關心，現在寧寶珠更關心的是另外一件事。

這會兒，她在寧念之的房間裡嘆氣。「最近我娘的脾氣不太對勁，我都不想待在府裡了。哎，也不知是怎麼回事，這幾天，我娘看什麼都不順眼，連吃個飯都不消停。」

寧念之挑眉。「挨罵了？」

寧寶珠愁眉苦臉地點頭。「是啊。一早見我就開始挑，說我穿的衣服不好看，是幾年前的老款式，沒眼光，又說我吃太多，將來嫁不出去，接著抱怨我這個不會、那個不會，不能給她長面子……」她說得比較含蓄，真相是，她娘每說一句，都要拿寧念之比較。

虧她和大姊感情好，比較就比較唄，她是真比不上大姊，也沒想過要超越大姊。若換個人，被親娘這樣比來比去，早就長歪了，不是對自己不滿意，就是對大姊不滿意。

寧寶珠又嘆口氣，前幾年，娘親好歹知道她跟著大姊沒壞處，畢竟鎮國公府是大房當家。但這兩天，她娘卻跟吃了炮仗一樣，一點就著。

「二嬸是不是身子不舒服，或者心氣不順？」寧念之想了一下，拍拍寧寶珠。「無緣無故就脾氣不好，怕是有哪裡不舒服，妳讓人請個大夫去看看？」

寧寶珠發愁了。「之前我也是這樣說的，就算身子沒事，讓大夫開個疏肝理氣的方子也成。可我娘不願意看大夫，說前段時日剛調理好身子，等著懷孕呢，要是再喝別的藥，怕會衝撞。我實在沒辦法了。」

「該請大夫還是要請的，妳跟二嬸說，這藥回頭喝不喝都成。要不，就請大夫開藥膳的方子。」寧念之說完，擺擺手。「快去吧，別耽誤，不然妳還得挨罵。」

寧寶珠忙點頭，拎著裙子跑出芙蓉院。

小半個時辰過去，寧寶珠的丫鬟來了。「大姑娘，我們姑娘請了大夫，但我們夫人就是不肯讓大夫診脈，我們姑娘讓奴婢過來問問您，可有什麼好主意？」

寧念之聞言，嘆了口氣，起身道：「我去看看吧。」

二房的院子裡，李敏淑正滿臉怒氣地靠在軟榻上，寧寶珠手足無措站在旁邊，欲哭無淚。「娘，真不是女兒詛咒您，這兩天，您不光是脾氣不好……」

寧念之在門口聽見，簡直無語。這樣說，二嬸肯讓人把脈才奇怪了。

「二嬸。」她進屋行了禮，笑道：「聽妹妹說，這段日子，二嬸有些不舒服，吃得不香、睡得不好，瞧二嬸的臉色比之前差很多，妹妹實在擔心，就特意請了大夫。」

說著，她拉過寧寶珠道：「妹妹是一片孝心，二嬸可不要責怪她。」

李敏淑的臉色還是不怎麼好看，寧念之見狀，又道：「之前二嬸不是說身子調理得差不多嗎？正好讓大夫瞧瞧，若有什麼忌口的，或者忌諱，也好早些知曉。」

懷孕生孩子這事，幾乎成了李敏淑的執念，連著好幾年吃藥調理身子，就是想再生一個。這會兒聽了寧念之的話，總算把滿心的不情願按下去一點點，哼了哼，伸出手。

大夫趕緊上前，過了好一會兒，有些驚訝，又換另一隻手繼續把脈。

寧寶珠有些著急了，卻強忍著沒敢打斷大夫，等大夫起身，便連忙問道：「大夫，我娘的身子如何？是不是中暑了？這兩天天氣太熱，所以心裡不順暢？」

「這是喜脈。」大夫拱拳，笑著道喜。「恭喜二夫人，月分還淺才將將兩個月，夫人可要多注意，平日得吃好睡好。夫人的年紀大了些，若連自己身子都顧不好，將來生孩子時，怕是……」

李敏淑呆愣，大夫說了好一會兒，屋子裡都沒人能反應過來。

「這是真的？我娘真的懷孕了？」還是寧寶珠先回神，趕緊問道：「真有兩個月的身孕？你沒看錯？」

大夫微微皺眉，卻還是點頭。「自然是真的。喜脈之象，我還不會診錯。」

他剛說完，李敏淑忽然哈哈笑了兩聲，接著卻哭起來。「我懷孕了，我真的懷孕了！我有孩子了！」

寧念之抽了抽嘴角，二嬸怎跟沒生過孩子一樣？要是心寬點，她已經有一雙兒女，比很多人幸福得多，為何非走進死胡同裡呢？和通房、姨娘比著生孩子，真是夠可以了。

寧寶珠趕緊安慰李敏淑，寧念之只好指揮起來，一邊派人向趙氏報喜，一邊讓人給大夫封紅包，好生送他出去。又命丫鬟請馬欣榮過來，開解孕婦這事，還是馬欣榮比較有經驗。

她雖然不太喜歡二嬸，但和她沒有深仇大恨。上了年紀又懷孕，若心情一直消沈，對身子不好，萬一出了事，誰也擔不起。

沒多久，趙氏和馬欣榮一起過來了。

趙氏臉上帶著幾分喜色，一進門便笑道：「老二家的有福氣，竟然又懷上了，可得養好身子才行。再過幾個月，給我生個白白胖胖的大孫子！」

她一邊說，一邊吩咐馬欣榮。「妳弟妹年紀大了，這個歲數懷孩子不容易，讓庫房送些補身子的東西，像燕窩、人參什麼的，再讓廚房每天燉湯，魚湯最好，給妳弟妹好好補補身子才行。」

不過一些吃的，馬欣榮也不是小器的人，哪怕每天一條魚，一年也不過幾十兩銀子，寧家不缺這個錢，當即點頭應了。

趙氏又說道：「還有這屋子裡的東西，也都換換。那個檀木的佛像，我記得庫房有尊白玉的送子觀音，就換那個。

「床上的被褥也換成更柔軟的，庫房裡還有幾疋碧螺紗是不是？那個透氣，天熱了，妳弟妹不好用冰塊，拿那些紗給她做兩件衣服。」

馬欣榮無語地看她一眼，點頭應了。布料而已，有錢就能買更好的，不差這一些。不過，趙氏這態度可真是變得夠快，前幾天還和李敏淑吵架，今兒就把李敏淑當親閨女了。她這肚子，真夠矜貴的。

李敏淑養了很多年才又有身孕，不用別人交代，自己都十分小心翼翼，連院子都不怎麼出來，整日只守著大夫給的兩個字——靜養。

現在寧寶珠放學回來的頭件事，就是先摸摸李敏淑的肚子，問兩句弟弟乖不乖。

李敏淑得償所願，前段時日的戾氣都不見了，笑咪咪地拉著閨女在身邊坐下，正要跟她說兩句貼心話，趙氏那邊的嬤嬤就過來了，一進門，笑嘻嘻地行了禮。

「今兒二夫人覺得身子如何？」

不等李敏淑說話，那嬤嬤即自顧地道：「二夫人要養身子呢，得多吃些好的。老夫人關心二夫人，讓奴婢過來問問，要人參還是銀耳，奴婢去庫房拿，給二夫人煮湯喝。」

李敏淑擺手。「妳回去告訴老夫人，大夫說，我年紀大了，不能補太多，不然到時不好生產。人參、銀耳太過滋補了，我不能吃。」

嬤嬤愣了一下，又趕緊說道：「大夫說的是不能大補，但偶爾吃一點是可以的。二夫人的年紀也不小了，又懷了孩子，如果不好好補補，怕孩子會長不好。」

李敏淑聞言，臉色立即變了，有些生氣地擺手。「我不吃！誰想吃，自己去庫房拿，別藉我的名頭去！」說著，便讓人把嬤嬤推出去了。

寧寶珠簡直無語。「祖母這是想要點人參之類的吃？可大伯母沒虧待過祖母吧，難不成還少了她的？」

李敏淑冷笑。「妳祖母可精的呢，妳大伯母給的，只能她自己吃，現下討的，是要攢起來送到寧王府的。」

寧寶珠更無語了。「寧王府不會少這些東西吧？又不是天山雪蓮，就算要天山雪蓮，有錢也能買得到，祖母何必這樣算計，這樣計較？」

而且藉一個孕婦的名頭去要，簡直是……不知道的還以為趙氏不是家裡長輩，而是不知打哪來打秋風的呢。再不著調一點，會讓人以為是大伯母不好，連長輩的藥材都要剋扣。

人參確實不是普通藥材，尤其是上了年分的人參，那是有價無市。可孕婦吃的，能有多貴重？二、三十年的足夠了，四、五十年的就會補過頭。二、三十年的人參，上藥鋪買，一百兩銀子能買一大根呢。

趙氏又不是買不起，竟然還要這樣算計……更重要的是，算計來了，卻不是自己用，而是要給寧霏送去。若讓寧王妃知道，怕也是打臉吧，竟被人以為寧王府連這點東西都沒有。

「妳祖母是越來越糊塗了，只覺得妳小姑姑在寧王府過得不好，恨不得將咱們家的東西全給妳小姑姑扒拉過去。」李敏淑撇著嘴說道，捏了捏寧寶珠的手。「我可沒那麼傻，任她藉著我的名頭去要東西，還落不到好。」

寧寶珠眨眨眼。「娘，您怎麼知道東西都給小姑姑送過去了？」

「上次妳祖母當著大家的面，向妳大伯母要了幾疋布料，說是透氣好用，妳還記得吧？」

李敏淑挑眉，唧唧咕咕將之前的事情說了一遍。「妳大伯母讓人送了三疋給我，說是做了衣服，剩下的還能做頂帳子，懷了孕不好用冰塊，帳子透氣點才好。可東西到妳祖母那裡轉一圈後，送過來的布料，只剩下一疋了。」一大半都沒了！

李敏淑氣得整晚睡不著，簡直懷疑寧霄是不是趙氏的親生兒子了，她肚裡可是有她嫡親的孫子呢，竟然連這點東西都要剋扣，給閨女送過去。將來她打算靠閨女養老是吧？

「小姑姑在寧王府過得很不好嗎？」寧寶珠想了一下，問道。

雖說祖母喜歡錢財，可也沒這麼……不擇手段吧？至少面子上要能糊弄過去。怎麼現在這事兒辦得讓人都不知道要說什麼了。

李敏淑撇撇嘴。「我哪知道，都多久沒出過門了。不過妳小姑姑那脾氣，能過得好才怪。行了行了，這些事情，妳小孩子家家的，不用問太多。今兒先生留了功課沒有？等會兒妳哥哥就回來，不要去找妳大姊了，讓妳哥哥給妳指點功課，知道嗎？」

「知道了。」寧寶珠忙點頭，離吃飯的時辰還早，索性拿本子出來寫寫畫畫。

今兒先生佈置的功課挺多，大約是前段日子給她們太多假了，現在要補回來，若不抓緊工夫寫，晚上怕是要熬夜了。

傍晚，寧震回來時，馬欣榮正和寧念之站在廊簷下看寧安越耍刀。小毛孩子纏了原東良好幾天，才學了幾招，便迫不及待來炫耀。

「不錯，有點架勢。」寧震走過來，順手在寧安越的腦袋上揉了一把，又問馬欣榮：「安成呢？」

「在屋裡守著安平唸書呢。」馬欣榮無奈。「這孩子也不知道像了誰，整天書本不離手的，再這樣下去，可別成了書呆子。」她不是看不起書呆子，而是家裡有個寧霄那樣的書呆子，讓她對書呆子沒多少好印象就是了。

「不要緊，得了空，我帶他出去走走。」寧震說道，掀開門簾進屋。

馬欣榮跟上他。「要不要先吃晚飯？時候不早了，天氣熱，早些吃完，好到花園裡走走，涼快涼快。」

寧震搖搖頭。「到榮華堂吃吧，我有點事情要說。」

馬欣榮愣一下，問道：「什麼事？」

寧震頓了頓，停住腳步。「我要出征了。」

馬欣榮瞬間愣住，半天回不過神。

寧安成坐在軟榻上守著安平看書，這會兒聽見爹娘的對話，立刻抬頭。「爹說什麼？要出征了？去哪兒？最近沒聽說有戰事啊。」

寧震伸手拉過馬欣榮，在椅子上坐下。寧念之跟寧安越也進了門，站在一邊，等寧震說明情況。

「不用擔心，不是去邊疆。春天時，合川那邊不是發生了洪災嗎？有宵小之輩乘機造反，我得過去看看。」寧震笑著說道。

馬欣榮立刻鬆了口氣。太平盛世，造反的都是腦袋缺根弦的，肯定不會多厲害，說是出征，其實就是鎮壓，沒有什麼危險。

「什麼時候出發？」馬欣榮問道。

寧震起身，去抱小兒子。「不出意外的話，明天就要出發。這次，東良要跟著我一起去。今兒去榮華堂吃飯，要和爹商量這件事。」

馬欣榮點頭，伸手接了寧安平，跟在寧震身後去榮華堂。

一家人在榮華堂吃完飯，寧博只留下寧震、寧霄、馬欣榮和幾個孫子，連李敏淑都讓寧寶珠給扶走了，才開始討論寧震出征的事。

下午寧震在兵部安排事情，今年的武舉出了不少人才，就算沒考上二甲，身手不錯的扔到兵營裡鍛鍊兩年，將來也能成為將才。他拿著名單，準備往自己軍營裡塞幾個人。

這時，皇帝忽然派人宣他過去，說起合川暴亂的事，並沒有多說別的，只說帶兵人選已經定下他，明兒出發。

寧博摸著鬍子，低垂眼簾，過一會兒才道：「前段日子，王將軍的女兒出嫁了，對吧？」

馬欣榮忙說道：「是，他家姑娘嫁給中書省右丞的嫡幼子，咱們家還送了賀儀。」

「中書省右丞何大人，早些年已經和大皇子……」寧博搖搖頭，嘆口氣。「王將軍這是作出了選擇啊。看來，皇上打算讓太子露面了。」

之前太子年紀小，雖然有名頭，但多數時候都在唸書，民間也沒聽說過太子的事。而大皇子辦了多年差，也幹過幾次實事，在民間的名聲還算不錯。

寧震在皇帝的安排下，成為太子一黨，皇帝把平亂的事交給他，卻繞過王將軍，意思已經很明顯。如果這差事辦得好，沒多久，太子就要上朝了。

但是，如果這差事辦得不好……

寧博抬頭，看向寧震。「只准贏，不准輸。」

寧震忍不住笑道：「爹，您也太小看我了，這點小事還難不倒我。多則三個月，少則一個月，我會快去快回的。」

雖說去的時日短，但該準備的東西，還是要準備起來。除了一應物品，寧博又問朝廷派下多少人，知道京畿營給了五千兵馬，足夠寧震用，這才放心，讓大家散了，回去休息。

第二天一早，原東良過來請安，順便告別，跟著寧震一起出發了。

第六十九章

這段日子，李敏淑的肚子開始大起來，寧寶珠也越發懂事，每天放學回來，就趕緊去照看娘親。

寧念之覺得自己被冷落了，不過這念頭一出現，隨即又消失。她們是姊妹倆，不是一個人，總會有自己的事情要做，不可能時時刻刻膩在一起，要不然，以後怎麼成親？

至於合川的暴亂，寧震說過，最快一個月就能平定。一個月後，馬欣榮就開始念叨了。

「不知道那邊的事情解決沒有？妳爹連封信都沒寫，不曉得什麼時候才能回來。」

「應該快了。最近朝廷沒什麼壞消息，表示爹平亂很順利啊。」

寧念之敷衍地安慰她一句，伸手敲寧安越的腦袋。

「好好看書，等會兒你要是背不出來，就不用吃晚飯了。」

這小孩從武舉開始，心就跟放飛的風箏一樣，恨不能時時刻刻在天上飛著。

這段日子，寧念之正押著他收心，就算以後不考文舉，但當將軍的人，哪個是不識字的？光識字還不行，認不出陣法，看不懂兵書，以後上了戰場，也會是頭一批被犧牲的人。

寧安越不敢反抗自家大姊，委屈地嘟嘟嘴，趕緊低頭看書了。

馬欣榮坐了一會兒，聽見內室裡的哭聲，趕緊起身把小兒子抱出來，晃了晃，哄兩句，又餵了點米湯。

她看看外面的天色，問道：「這時候，安成該從書院回來了吧？」

寧念之探頭往窗外瞧了瞧，正要說話，陳嬤嬤進來了。

「夫人，姑奶奶回來了。」

馬欣榮愣了愣，才反應過來她說的姑奶奶是誰，忍不住驚訝。

「是妹妹？眼看著要吃晚飯了，怎麼這會兒回來？是在門口，還是已經進來了？」

陳嬤嬤無奈道：「進來了。這會兒，已經去榮華堂了。」

馬欣榮嘆氣。「那咱們趕緊收拾收拾過去吧，去得晚了，怕老夫人又不高興，覺得咱們怠慢她的寶貝閨女。」

寧安越正不想看書呢，聞言立刻跳下來，拽著寧念之的衣袖往外走。

「那咱們的晚飯是不是在祖母那裡用？大哥和安和哥哥還沒回來呢，要不要讓人去跟他們說一聲？」

「還用你吩咐？」寧念之拍他的頭。「等他們回來，自有人說。走慢點，你也不小了，整天蹦蹦跳跳，像什麼樣子？」

寧安越回頭做了個鬼臉，馬欣榮讓人抱好小兒子，帶著三個孩子去榮華堂。

母子四人還沒進門呢，就先聽見榮華堂裡有嗚嗚嗚的哭聲。

馬欣榮立刻遲疑了，寧霏要面子，這都哭起來了，看來是在寧王府受委屈，她這樣進去，不會以為她要看她笑話吧？

但人都進來了，再轉身出去，是不是不太好？

她還沒作出決定，便聽後面傳來一句。「大嫂，怎麼不進去？」

馬欣榮轉頭，捧著肚子的李敏淑滿臉疑惑地看她。「是不是忘記帶東西了？」

「沒有，聽見妳的腳步聲，打算等等妳呢。」馬欣榮笑著說道，站在門口和李敏淑聊了幾句。「最近覺得如何？孩子可還安生？大夫來看過了吧，怎麼說的？」

「多謝大嫂關心。」不知是不是多年的執念總算得償所願，這段日子，李敏淑越來越平和，說到肚裡的孩子就忍不住笑。

「孩子挺乖的，大約是體諒我上了年紀才有他，每天乖巧得很，從不鬧騰，比懷寶珠時輕鬆多了。懷寶珠那會兒，真是吃什麼吐什麼，原還想著，這麼鬧騰，定然是個小子呢，沒想到是姑娘。不過，這姑娘的性子，也和小子沒差多少。」

一說起孩子，李敏淑便停不下來，正打算繼續說，屋裡就傳來趙氏的聲音。

「還不趕緊進來！在外面唧唧歪歪說些什麼呢？難不成還讓我等著妳們？」

李敏淑撇撇嘴，衝馬欣榮使了個眼色。

馬欣榮只彎了彎嘴角，沒有多說，等丫鬟掀開門簾，先帶孩子們進去了。

屋裡，寧霏已經擦乾眼淚，只是眼睛還有些紅，神情不太自在。

馬欣榮向趙氏行了禮，在一邊坐下，沒敢先開口問，萬一寧霏不想說呢？

可她不問，趙氏卻忍不住了，抬手指著她，抱怨道：「我就知道妳不喜歡霏兒，沒瞧見霏兒受了委屈嗎？妳這個當大嫂的，難道不問一句？」

馬欣榮無奈，只好隨著趙氏的話，問道：「妹妹在寧王府受委屈了？可是寧王世子做了什麼？妳不要怕，雖然妳大哥不在家，但爹在呢，要是他們敢欺負妳，妳只管說，爹娘肯定不會讓妳受委屈的。」

寧霏轉頭，有些難堪，不願意開口。

沒出嫁之前，她不喜歡大哥一家，自覺聰明絕頂，又有父母庇護，將來是靠丈夫、兒子，自然不會用到他們。

現在……要她對馬欣榮說自己過得不好，真開不了這個口。

可趙氏就沒什麼顧忌了，不管以前說了什麼，只要馬欣榮是她兒媳，就得聽她的。

「妳可要為妳妹妹出口氣，寧王世子養了個外室，懷上孩子了！」

趙氏立刻開口，把事情從頭到尾說了一遍。

對於這件事，寧王妃說得好聽，好歹是條命，是寧王世子的血脈，等孩子生下來，必會處置了那外室。可寧霏等不得，竟立刻收拾東西，帶著人回娘家了。

馬欣榮扶額，真沒想到寧王世子居然是這樣的人。當初看著溫文爾雅、文質彬彬的，怎麼一轉眼，就成了寵妾滅妻的渣滓？

「妹妹的孩子呢？」李敏淑正懷著孕呢，對小孩特別上心，忙問道。

趙氏嘆口氣。「孩子被寧王妃留下了。」

寧霏不怎麼可靠，寧王妃生怕孩子讓她養廢了，白天就把孫子留在自己身邊。這事誰也反對不了，寧家也不能出聲。當初趙氏親自養著寧旭，李敏淑不願意，不照樣沒轍？

這會兒，寧霏鬧著回娘家，寧王妃更不可能讓她把孩子帶走了。

馬欣榮頓了一下，問道：「那妹妹的意思是？」

寧霏的臉色立刻猙獰起來，恨恨地說道：「我要那賤人的命！還有世子爺，我要他向我磕頭賠罪！」

馬欣榮抽了抽嘴角，不知道該怎麼接話，轉頭瞧見寧念之和寧寶珠聽得認真，趕緊哄道：「妳們兩個先回去做功課，明兒不打算去太學了是不是？」又讓人把寧安越他們也帶走。

這種事情，不適合小孩子聽。而且，寧霏正在氣頭上，趙氏心疼得慌，看來晚飯不能指望在榮華堂用了，把孩子們趕出去，正好讓他們去吃飯。

外屋裡，寧安成和寧安和是大孩子了，規規矩矩地領著弟弟們吃飯，寧寶珠卻非要湊到寧念之身邊。

「大姊，原來寧王世子是這樣的人啊，剛開始看他風度翩翩，還覺得挺好呢。」

寧安越感嘆道：「美色誤人啊。」

寧安成聞言，在他的後腦勺上拍了一下。「小小年紀，瞎感嘆什麼？能被美色所誤，表示自己的心不正。沒了紅袖，還有綠袖、藍袖呢，男子漢大丈夫，得自身持正才行。」

在寧念之要點頭表揚寧安成兩句時，寧安成卻又說道：「紅顏枯骨，寧王世子還是參不透啊。」

寧寶珠哈哈大笑。「什麼紅顏枯骨，安成弟弟，以後你是不是不打算娶媳婦兒了？」

寧安成看她一下，一板一眼地回答：「肯定要娶啊。我的意思是，不管多好看的姑娘，百年後都是一堆枯骨，有什麼好留戀的？媳婦兒才是陪伴自己一輩子的人，將來要葬在一個坑裡，對媳婦兒好，百年後才能不寂寞。」

這話逗得寧寶珠忍不住笑，笑完了又嘆氣。「哎，小姑姑也是命苦。」

寧念之沒接話，之前處置紅袖那個姨娘時，最後是灌了藥的，也就是說，寧王府不在乎紅袖肚裡有沒有孩子，為什麼現在忽然在乎起來呢？通房的位置可比外室還要高，庶子總比奸生子更名正言順些。

而且，寧霏身後可是站著寧家的，為了一個奸生子得罪寧家，寧王府打算和寧家鬧翻了嗎？

現在寧震出外平亂，若這次得勝歸來，太子就能上朝，怎麼看也算得上前程正好吧？想和寧家鬧翻，不也得等個合適的機會嗎？

就算寧王世子胡來，寧王和寧王妃可不是傻的，明知這麼做會惹怒寧家，還非得做，夫妻倆一起傻了嗎？

還是說，寧王府得到什麼消息，寧家可能要出事了？

想到這裡，寧念之忽然沒了胃口。

現在寧家的男子們，寧博已經退下來，整天吃吃喝喝，偶爾出門轉轉；寧霄沒多大用處；下一代的孫輩還沒長成，只有寧震在外面拚搏。那是不是自家老爹在外面出了事？可鎮壓叛亂，應該沒多大危險吧？

「大姊？」寧寶珠說了半天，沒見寧念之回應，便拉拉她的袖子。

寧念之放下筷子。「我吃飽了。我去看看爺爺，你們先回房休息吧。」說完就起身出去了。

寧安成見狀，想了想，兩三下把碗中的飯扒進嘴裡，心急火燎地吩咐：「安越，你帶小弟回去睡覺，照顧好小弟知道嗎？」從椅子上跳下來，急忙去追寧念之。

寧安和則慢條斯理地放下筷子，囑咐自家妹妹。「娘有了身子，不宜挨餓，等會兒妳找個藉口，讓娘親出來吃飯。我先去爺爺那兒看看。」說完也走了。

寧寶珠有些莫名其妙，看向寧安越。「找爺爺用得著這麼多人嗎？」

寧安越眨著眼睛說道：「說不定人多好辦事？」又叫嬤嬤過來。「看看我弟弟吃飽了沒有，若是吃飽，抱著他到花園裡轉轉，消消食。」

「哥哥不走！」

寧安越要起身，卻被寧安平拽著手指不放，他又不敢大力掙扎，只好妥協。

「好吧好吧，我留在這兒陪你。說不定他們只是去找爺爺說說話，咱們在這兒等著就是了。」

寧念之到寧博書房時，寧博正對著一盤棋發愁，聽見孫女兒喊他，忙招手。

「乖念之，來幫祖父看看，這殘局，可還能解得開？」

「祖父，這又是誰給您找的殘局？」

寧博把爵位交給寧震後，日子過得有些無聊，便喜歡上下棋，但沒多少人和他下，於是找了不少殘局回來研究。

寧博呵呵笑了兩聲。「妳韓伯伯弄來的。妳看看，能不能下？」

「祖父，我的棋藝也沒多好。」寧念之無奈說道，但還是低頭看棋盤，猶豫好半天，才伸手捏了顆棋子。

她剛把棋子放下去，寧博就搖頭。「不對不對。妳看啊，放這兒，我往這邊走，三步就被截斷了。」

寧念之聽了，又換個方向，但寧博很快就能想到不可行之處了。

「好了，看來這盤棋還是有點門道的。」一刻鐘之後，寧博才收回棋子，笑咪咪地看寧念之。「說吧。妳這丫頭，這會兒不回去做功課，來找我有什麼事？」

「小姑姑回來了。」寧念之幫著寧博收拾棋盤。「爺爺用過晚飯了嗎？」

「用過了，和妳韓伯伯一起用的。」寧博在書桌邊坐下。「這次妳小姑姑是為了什麼回來？和寧王世子吵架，還是寧王妃又怎麼了？」

寧念之把之前的事情說了一遍，寧博忍不住皺眉，好半天才說道：「真是不消停。」

「祖父，現在爹怎麼樣了？」寧念之不想關心是誰不消停，寧王世子不是好東西，但她也不喜歡寧霏。她最關心的只有寧震的安危，還有原東良，他和爹爹在一起，萬一寧震出事，他也逃不開去。

寧博聞言，眉頭皺得更緊了，不知想到什麼，好半天沒說話。眼看寧念之要心急地追問，這才擺擺手。

「這事妳先不要著急，我去問問。時候不早了，妳趕緊回去休息。放心吧，妳爹都能好端端地從戰場上回來，不過是鎮壓叛亂，肯定不會出事的。」

看寧念之還是有些不放心，寧博笑著摸摸她的頭。「再者，妳爹身邊的侍衛不是吃乾飯的。京畿營不是他的地盤，領京畿營的人出去，自然要多帶幾個自己的親兵。」

有了寧博的保證，寧念之才微微鬆了口氣，眼看時候確實不早，天色已經完全暗下來，遂趕緊起身告退。

她本打算直接回芙蓉院，但想想，還是先去了明心堂。

明心堂裡，寧安越正繞著寧安平著急呢。

「別哭啊，等會兒娘就回來了。我練武給你看，怎麼樣？」

小孩兒完全不領情，哇哇哭個不停。

寧念之趕緊進門。「這是怎麼了？娘還沒回來？」

寧安越擦了把汗。「是啊，也不知道有什麼好說的，明兒直接到寧王府問一聲，不就得了嗎？剛才小弟還玩得好好的，但老看不見娘，就有些著急了。妳回來得正好，我還有功課呢，弟弟交給妳了。」說完，便一溜煙地跑了。

寧念之哭笑不得，只能上前抱了寧安平，輕輕拍著，哄他睡覺。好在她時常抱孩子，沒一會兒，那哭聲就小了些。

直到把人哄睡了，馬欣榮才回來。

寧念之見狀，趕緊叫陳嬤嬤。「娘親大概還沒吃飯呢，快，先端些飯菜來。」

馬欣榮確實餓了，一碗麵條上桌，她低頭便開始狼吞虎嚥，吃了一半才慢下來。

「妳小姑姑真是……」吃完飯，馬欣榮開始向閨女嘮叨。「這事兒，根源在寧王世子身上。按照我的意思，就打他一頓，讓他知道寧家不好惹。偏偏妳小姑姑又生怕把人打壞了，只說讓他磕頭賠罪。

「唉，這頭哪裡是好磕的？那可是寧王世子！宗室子弟！可不是什麼閨房……咳，人家敢磕，妳小姑姑敢受嗎？」

她一邊說，一邊鬱悶。「妳小姑姑還以為咱們寧家能在京城橫著走呢，就算寧王再沒有勢力，也是王爺！是皇上的兄弟！妳爹再有本事，也只是皇家的臣子。

「當初她非要嫁給寧王世子，現下出了事，就找上咱們。我不想管了，她想幹什麼，就幹什麼去吧。」

「祖母的意思呢？」寧念之給馬欣榮遞了杯茶。

馬欣榮念叨得有些口渴，一口灌下半杯茶水，這才說道：「還能指望老太太？她可覺得自己閨女就是仙女下凡，什麼都要用最好的，恨不得全家把閨女供起來呢，自然是閨女說什麼，就是什麼了。」

說著，她又嘆氣。「妳二嬸運氣好，這會兒懷孕，大夫說要靜養，就躲過去了，事情全落在我一個人身上。明兒，我還得到寧王府問問，看寧王妃那邊到底是什麼態度。」

「我陪您一起去？」寧念之問道，沒敢把之前的猜測說出來。她也想看看寧王妃的態度，畢竟現在話都是寧霏一個人說的，裡面有多少是真的，有點不好說。

馬欣榮擺擺手。「明兒還得上學呢，這種事情，妳小孩子家家的，別插手了，認真做功課就行。趕緊回去休息吧，不許亂打聽，知道嗎？」

寧念之聞言，想了想，時候不早，決定先讓自家娘親歇息，便回了芙蓉院。

第七十章

第二天早上，吃了早飯，寧寶珠就過來找寧念之上學。

寧念之趴在被子裡，做出虛弱的樣子。

「昨兒晚上沒睡好，今天有些頭疼，怕是不能去太學了。妳幫我向先生告假，有什麼功課，記仔細了，回來和我說。」

寧寶珠很擔憂。「頭疼？嚴重不？不然，還是找大夫來看看吧？說不定是這兩天天氣不好，著了涼。這可不是小事，我記得，妳的小日子就是這兩天？」

「真沒事，大概就是因為這個，晚上睡不著，心裡有些煩躁。」

寧念之忙拽住寧寶珠，不讓她去找大夫。「睡一會兒就好了，我又不是小孩子，連自己有沒有生病都不知道嗎？行了行了，妳再在我這裡耽誤，連自己都要遲到了，快去吧。」

寧寶珠猶豫地問道：「真沒事？」

「真沒事，要有事，聽雪她們會不著急嗎？」寧念之笑著衝她擺擺手。「趕緊上學去吧，先生那兒，記得幫我圓一下。」

女孩子不用考科舉，加上小事情多，太學管得沒那麼嚴，告假是比較容易的。

等寧寶珠一走，寧念之立刻翻身起床，聽雪和映雪趕緊上來幫她梳妝打扮。

寧念之有些著急地問道：「我娘還沒出門吧？」

今兒她打定主意要跟著馬欣榮到寧王府去打探，昨晚想好辦法，便吩咐丫鬟們配合，可不能因為耽誤這一會兒工夫，就錯過了。

聽雪忙笑道：「姑娘別著急，這會兒夫人還在榮華堂呢。夫人要去寧王府給姑奶奶出口氣，老夫人肯定要交代她幾句，您吃完早飯再去，也來得及。」

兩人說著話，馬嬤嬤端了飯菜進來。寧念之雖然著急，但有唐嬤嬤盯著，進餐時仍極有規矩，貴氣十足。

寧念之吃完飯，便趕緊去明心堂找馬欣榮了。

馬欣榮回到明心堂，看到閨女，有些驚訝。

「妳怎麼沒去太學？想休息一天？」

寧念之笑著說道：「今兒娘不是要去寧王府嗎？我怕您一個人應付不過來，想陪您去。」

馬欣榮皺眉。「胡鬧！妳一個小孩子家家的，摻和這些事情做什麼？」

因寧念之自小懂事，又聰明，內宅隱私這樣的事，從她七、八歲之後，馬欣榮就沒怎麼特意瞞她了。但這種寵妾滅妻、又是長輩的房裡事，她能聽，卻不能摻和。

「娘，我不過問啊，只是陪您到寧王府，然後在外面等就行了。」寧念之忙說道，絞盡腦汁地想藉口，不讓馬欣榮阻止她。「對了，上次見了寧王府的二姑娘，我答應給她做個荷包呢，這次過去，正好把荷包給她。」

她頓了頓，又說道：「再者，娘親不好問的事情，我也能偷偷幫您打聽嘛。」

「不行，不許去就是不許去，說再多也不行。」馬欣榮繃著一張臉搖頭，順手推推她。「今兒若是不想去太學，妳就在家裡照顧安平。這段日子，他正在學說話呢，妳多教教他。」

「娘，帶我去吧。」寧念之著急了。「我就想出門走走，保證不給您添亂，您帶我去嘛！」

寧念之難得撒嬌，十歲之後，就沒見過她這樣了，馬欣榮自然堅持不了多久。再者，寧念之拽著她的衣袖不放，若是不帶著她，也出不了門，最後只好無可奈何地點頭。

直到坐在馬車上了，馬欣榮還在千交代、萬交代。「妳只能去找二姑娘說話，不許打聽妳小姑姑和寧王世子的事情，當是去找朋友玩耍了。」

「說起來，二姑娘不也去太學唸書了嗎？妳們兩個算是同窗，就聊聊女紅、說說太學裡面的事，討論討論功課。其他的，半個字都不許問，知道嗎？」

寧念之無奈地點頭。「我知道了。娘，您真不用擔心，我曉得分寸。您不讓我問的，我一個字都不會問。」

到了寧王府，母女倆下了馬車，馬欣榮又用眼神警告了寧念之後，這才跟著迎出來的嬤嬤進去。

寧念之瞧著那嬤嬤的背影，心裡更疑惑了。這次出來迎接的，是寧王妃的貼身嬤嬤，以前馬欣榮來，也是由她招呼。看著雖和平常一樣，但依眼下的狀況，就有點不對勁了。

現在，寧霏可是被氣得回了娘家，按照寧霏的說法，這事是寧王府做得不厚道。如果想把寧霏接回來，寧王府至少該給個臺階，寧王妃得親自出來相迎吧？

但沒等她多想，便有丫鬟過來帶她去找二姑娘了，一路上笑咪咪地跟她說話。

「正巧，這兩天我們姑娘不太舒服，沒去太學，不然今兒寧姑娘怕是要撲空了。」

寧念之忍不住抽了抽嘴角，還真是湊巧，二姑娘也沒去上學。

「前兩天，我們姑娘還惦記著寧姑娘呢，說是答應送您的桃花箋做好了，還沒給您送過去呢。」

小丫鬟活潑，說個不停，寧念之笑著點頭，實際上，早就跑神，豎起耳朵了。

寧王府的格局和寧家差不多，老太妃住的是後面最好的院子，寧王妃住主院，世子住前面。三座院子在一條路上，離得不遠，沒超出她能聽見的範圍。

大約因為寧霏不在，世子院裡的丫鬟有些懶散，嘰嘰喳喳地閒扯著，但多半是廢話，不是討論今兒早上的飯菜不好吃，就是討論哪個大丫鬟的衣服更好看、首飾更多，對下面小丫鬟更大方。

嬤嬤們倒是不怎麼開口，只偶爾喊兩聲，讓人來打掃打掃，或感嘆兩句，說寧霏的脾氣不好、難伺候之類的話，幾乎沒有有用的消息。

寧念之頓了頓，換個方向聽，這次聽見兩名男子的聲音。

「你也老大不小了，這樣鬧騰有什麼好處？眼看著寧震要回來了，這次平亂的事辦得好，立了功，就算皇上不賞賜，也會更倚重他。若他上門過問你跟寧霏的事，你如何交代？」

「交代什麼？我還要寧家給我一個交代呢！滿京城裡，誰家閨女和寧家的一樣，自己傷了身子，卻不許……」頓了頓，又道：「我看在兒子的分上，不和她計較，她卻越發囂張，真以為寧王府比不上鎮國公府，得看寧震的臉色，把她捧起來是不是？」

「也不差這會兒，等過段時日……」

本來寧念之聽了前面幾句，便想著，又是小夫妻之間鬧騰的那點事，有些厭煩，打算不理會了，卻聽見後面那句，忍不住又集中精神，但那兩人卻忽然壓低了聲音。

距離本就遠，寧念之要集中精神才能聽見，現下聲音壓低，就聽不清楚了。

「寧姑娘？寧姑娘？」小丫鬟喊了兩聲。

寧念之趕緊回神。「剛才聽妳說桃花箋，忽然想起，再過一個月，菊花就該開了。我家裡有盆墨菊，去年沒等到它開花，今年不知道能不能看見。」

話音剛落，她就聽見清脆的笑聲。

「肯定能！我還等著去欣賞一番呢。寧姊姊，咱們說好了，到時候要是開花，妳得給我下帖子，我定要去看看。」

「怎麼會少了妳。」寧念之笑著說道，緊走兩步，拉住站在房門口的二姑娘。「怎麼出來了？身子不是不太舒服嗎？」

「躺了兩天，再不出來走走，怕身上要長毛了。」二姑娘笑著說道，和寧念之一起進屋。「今兒早上我還想著，妳什麼時候會來找我呢。沒想到，咱們兩個竟是心有靈犀，我這邊想想，妳就立刻出現了。」

說完，她雙手合十。「老天爺啊，既然祢這麼靈，那我現在想要個精緻的荷包，可以嗎？」

寧念之忍不住笑，捏了她一把。「妳這丫頭，慣會促狹。老天爺可靈著呢，喏，看看是不是妳想要的精緻荷包？」拿出一只荷包遞給她。

二姑娘滿臉驚喜，連連點頭。「老天爺對我太好了，正是我想要的荷包。」

「只有老天爺對妳好？」寧念之挑眉問道。

二姑娘忙抱著她的胳膊晃了晃。「當然，寧姊姊對我也是極好的。來來來，寧姊姊坐，前兩天我剛親手做了些花茶，妳嚐嚐看，味道若好，我送妳一些。」

寧念之笑著看她忙碌，不去問寧霏在寧王府的事。

二姑娘見她不開口，也慢慢放鬆了，當寧念之只是來看看她，盡心盡力地招待一番。

臨近中午，寧王妃讓人過來請她們，說要留飯，馬欣榮卻再三推辭，帶了寧念之回府。

母女倆上了車，寧念之便好奇地問：「娘，小姑姑的事情，寧王妃是怎麼說的？」

馬欣榮搖搖頭，捏捏寧念之的臉頰。「天生操心命，就不能和妳妹妹一樣，每天吃吃睡睡，玩耍一會兒，開開心心地過嗎？」

「娘！」寧念之無奈。

馬欣榮鬆開手指。「行了，這事不是妳能問的。下午得空，娘教妳看帳本？不是咱們府裡的，是看鋪子裡的帳本。」

寧念之撇撇嘴，只好應了下來。

她們剛下馬車，趙氏就派人來請了，也顧不上問母女倆吃飯沒有，直接問寧王府的態度。

馬欣榮有些無奈，點了點寧念之。「娘，這些事，不好讓念之一個小姑娘聽。不如，我先帶她回去用完午飯再過來？」

趙氏要說話，卻被寧霏攔住，寧霏勉強笑道：「大嫂也累了一上午，先去吃飯吧。事到如今，也不差這一頓飯的工夫了。」

她這樣說，倒讓馬欣榮和寧念之有些吃驚，之前的寧霏可從不會這樣體貼人，難不成，這次的事情給她的刺激大了？

母女倆回了明心堂，馬欣榮感嘆道：「看來妳小姑姑在寧王府，也是吃了不少苦頭。」

對於這事，寧念之是不會說什麼的，只讓人擺飯，又給馬欣榮挾菜。

「娘，您多吃點。這事要是太難辦，咱們索性先不要管，且讓小姑姑安心住著，等爹回來，咱們好有底氣再去寧王府。」

馬欣榮笑道：「其實，照我的意思來說，今兒就不應該去寧王府。既然妳小姑姑回來了，不管是誰家的錯，咱們都得先把架子擺起來，等寧王府的人親自上門接她才行。」

說著，她又搖頭。「只可惜，老太太是個看不清的，生怕委屈了妳小姑姑，非得讓我上門要說法。上門去要的說法，哪有人家親自來接的體面？」

「反正您也不讓我幫忙。」寧念之挑眉。

馬欣榮笑著說道：「妳聽話，這事確實不是小孩子能管的。」

吃了飯，趙氏又讓人來催，馬欣榮只好過去說明情況。

寧念之和寧安平玩了一會兒，心裡還是有些放不下。

那兩名男子說的再等等，是什麼意思？

聽前面的話，寧王世子和寧霏的感情確實不怎麼好。夫妻不睦，可以和離，難不成是說，再等兩年，孩子大了些，讓他們和離？

不，這不大可能，皇家重臉面，寧王府是宗室，夫妻感情不好，最多分居，不會和離的，除非寧家先提出來。但寧霏的樣子，明顯不想走到這一步，不然，今兒趙氏的態度也不會那麼著急了。

那到底要等什麼呢？

寧王府也知道自家老爹馬上就要回京，這一回來，就是立功，皇帝會更加看重鎮國公府。在這個關鍵時刻，寧王府不可能和鎮國公府撕破臉，難道是打算再等兩年，等寧家落敗？

想了大半天，寧念之還是沒什麼頭緒，只憑著半句話，確實推斷不出什麼。

一個時辰後，馬欣榮從榮華堂回來，頗為疲倦，靠在軟墊上，連嘴都快不想張了。

「還是妳二嬸運氣好，這會兒有了身子，什麼事情都不用操心。」

寧念之忙端茶遞給她，讓她潤潤口。「祖母那邊怎麼說？」

「先等著，等妳爹回來，要麼咱們上寧王府要說法，要麼寧王府的人親自來接妳小姑姑。」

馬欣榮疲憊地擺擺手，歇了一會兒，惦記著要教閨女看帳本的事情，又叫人去拿了鋪子裡的舊帳本來。

不知道馬欣榮是怎麼安撫寧霏的，反正晚上吃飯時，寧霏沒再吵著要去寧王府討個說法。當然，有可能不是馬欣榮的本事，而是礙著寧博在那兒壓著，寧霏不敢鬧騰。

不管怎麼樣，寧霏不鬧騰，寧念之便不理會這件事了。

今兒去寧王府時，偷聽到的前幾句話也很重要呢，自家爹爹會平安回來，還會立功，只要知道這個，她就放心了。

第七十一章

第二天，寧念之和寧寶珠一起去太學，姊妹倆剛到門口，有個同窗便興匆匆地跑過來。

「妳們來了啊！今兒有個大消息，包准妳們還不曉得，想不想知道是什麼？」

寧寶珠好奇心重，連忙問道：「是什麼大消息？」

那姑娘笑著跟寧寶珠姊妹往裡面走，說道：「男學子那邊大概受了武舉的影響，要舉辦一場馬球賽，太子也會參加呢。」

寧念之心神一晃，忽然想起上輩子的事。好像就在她這個年紀時，太子出事，受了很重的傷。

本來，太子已經快要選妃，雖說鎮國公府已經沒了往日的風光，但好歹還有國公府的名頭，趙氏也曾生過不切實際的念頭，想將她或寧寶珠送到太子跟前去。

太子受傷後，一度命危，要臨時選妃沖喜，那會兒她可是一直盼著太子能好轉，幸好太子後來也平安無事了。

上輩子繼承大統的，也確實是太子，要不然這輩子她早就想辦法讓自家爹爹脫離太子這邊了。瞬間，寧念之就把太子受傷的事，和之前在寧王府偷聽到的幾句話聯想到一起。

太子不可能無緣無故受傷，所以，寧王府早知道這事？然後，等著太子過世，寧家被遷怒，被打壓下來？

這樣解釋，倒也有理有據，寧念之摸摸下巴，可卻猜測太過了。凡事講究證據，她不過是聽了半句話，沒頭沒尾的，說不定寧王父子是在說，等過兩年，寧霏年紀大些，性情就平穩了呢？

至於太子受傷真有可能是意外，天有不測風雲，誰能保證一輩子平平安安到老？

「馬球賽？」寧寶珠的眼睛立刻亮了。「什麼時候舉行啊？在哪兒舉行？太子為什麼會參加？」

「大概是在中秋前舉辦吧，贏了還能進宮見皇上一面呢。至於太子為什麼參加，大概是想出來玩玩？」說著，那姑娘攤手道：「太子是怎麼想的，我怎麼可能會知道，反正我聽說的消息就是這樣。至於幾分真、幾分假，我分辨不出來。妳們兩個不是和八公主很要好嗎？能不能去打聽打聽？」

寧寶珠轉頭看寧念之，寧念之有些抱歉地搖搖頭。

「這兩天我們也沒見到八公主呢，若能見到，肯定會問問的。好了，時候不早，再不快些就要遲到了，難道想被先生責罰？」

那姑娘聽了，趕緊加快腳步，和寧念之姊妹一起進了教室。

太學裡，小道消息傳得最快，寧念之姊妹倆才聽說要舉辦馬球賽的事，中午時便有不少人來找她們打聽了。

次數多了，寧寶珠無語。「三公主也在太學裡，怎麼不去問三公主？」看寧念之沒說話，她又嘟囔道：「就算不敢去問三公主，還有郡主們呢，不能迂迴著打聽嗎？」

「大概是沒人敢打聽太子的行程吧。」寧念之笑著說道，給她挾菜。「別生氣了，人家不過來問兩句，這樣擺臉色，小心有人說妳小器。快吃，吃了飯，咱們找個地方藏著。」

寧寶珠趕緊低頭扒飯，放下碗筷後，跟著寧念之去了藏書樓。

大約是被人問怕了，寧寶珠拽著寧念之，專挑偏僻的地方去，挑了個角落，那邊放著的是晦澀難懂的天文書，女孩子少有喜歡這個的，幾乎沒人來這邊看書。

「吃得太飽了些。」寧寶珠拿了帕子墊在地上，一邊說，一邊抽出一本書，沒看完一頁就開始打哈欠。「有些睏啊。大姊，我先瞇一會兒，等會兒記得叫我。」

寧念之無語地點點頭，中午比較熱，不怕她著涼。站了一會兒，覺得有些無聊，便往另一邊走了走，然後聽見低低的說話聲。

「馬球賽的事是真的？」

「自然是真的，要不誰敢把太子扯進來。」

「太子怎麼會想參加馬球賽？以前可是很少見到太子露面。」

「妳蠢啊，太子也十三歲，馬上就該上朝了。以前少露面，怕是連京城裡的官宦子弟都認不全，不得想辦法認識一下嗎？最好的辦法，不正是玩樂一場？」

「這樣啊，難怪呢。也就是說，參加馬球賽的，都是官宦子弟了？」

「我不想和妳說話了，簡直太蠢。我問妳，這消息是在哪兒傳開的？」

寧念之也忍不住搖頭，確實是有點蠢。消息是在太學裡傳開的，能參加的，除了官宦子弟，定然還有學子們。不管是什麼出身，只要有本事、有能力，說不定都能得太子的青眼。

不過，寧念之也覺得有些好笑，之前她竟然沒想到，太子參加馬球賽，還有這麼個原因。

那兩個姑娘說了一會兒話，就走了。

寧念之也不奢望在這種地方能聽見什麼秘辛，就算地方再隱蔽，也不是自家地盤，誰敢肆無忌憚地說些亂七八糟的東西呢？

太子參加馬球賽的事，很快便有了確切消息，是八公主親自找寧家姊妹說的。

八公主有點不高興。「我也想去呢，但是太子哥哥不答應，非得說我年紀小。我都十歲了，哪裡小了?!」

「十歲確實不大。」寧念之笑著說道。

八公主嘟起嘴，又說道：「既然太子哥哥不帶我玩，那我就找別人玩。寧姊姊，妳說，咱們也辦個馬球賽怎麼樣？」

寧念之搖頭。「我對這玩意兒可不拿手。八公主不也剛開始學騎射嗎？」

八公主無語地看寧念之，又衝寧寶珠抬下巴。

寧寶珠趕緊擺手。「快別看我，我也不行，我只見過別人打馬球，自己連碰都沒碰過呢。」

馬球是這幾年流行起來的，剛開始在軍中風行，後來是在勛貴人家，再後來就有百姓開始玩了。但對女孩子來說，還是有些陌生的。

而寧念之去馬家時，被自家表哥指點過兩句，但她沒興趣，覺得有這工夫，不如練練射箭，所以頂多是會玩，知道一些規則而已。

寧寶珠就更不行了，她寧願吃點心，連騎射都不拿手，更不要說要求更高的馬球了。

八公主想找盟友，結果最好的朋友都不擅長這個，立刻有些喪氣了。

寧念之見狀，忙安慰道：「八公主可以挑幾個年紀小的玩伴，從這會兒開始練，過個五、六年，說不定就能找齊人手來打一場了呢。」

八公主更無語了。「五、六年啊，到時候還不知道會流行什麼玩意兒呢。罷了罷了，既然妳們也不拿手，咱們看看就算了。我覺得太子哥哥一定會贏的，到時候，妳們都得幫他喊聲助陣，知道嗎？」

寧念之忍不住笑。「剛才八公主還生氣呢。」說著做出疑惑的樣子，側頭問寧寶珠：「哎，剛才妳聽見沒有？是誰埋怨自家哥哥去玩不帶著她的？」

寧寶珠噗哧一聲笑出來，八公主也有些扭捏，紅著臉跑掉了。

馬球賽訂在八月初，地點在兵部，之前武舉時弄的看臺和擂臺還沒拆掉，這會兒正好用上，只將中間的擂臺拆了，空出一大塊地方，再留下看臺，方便眾人來觀看。

消息一放出來，京城裡開始躁動不安，哪怕是對馬球不怎麼拿手的人，也開始偷偷練習。姑娘家都能看出來的事，少年郎更是敏銳，頭一次能這樣光明正大地接觸太子，若是能留下好印象，便是打個好底子了。

這股騷動，也影響了寧安成去上的書院。

寧安成放學回來，有些小鬱悶地問：「今兒總共有十二個人來問我要不要組隊。我不會這個，組隊幹什麼？看他們玩嗎？」

寧安越則是滿臉可惜。「我想去參加啊，可惜他們不要十歲以下的小孩。」

寧念之噗哧一聲笑出來。「十歲以下的小孩，連自己上馬都困難，還打馬球？到時候也不知道是你打馬球，還是馬球打你。」

被自家大姊損慣了，寧安越只是嘟嘴，並不辯駁，換了話題，扳著手指開始數。

「還有半個月就是中秋，爹能趕在中秋節之前回來嗎？」

「說不準，你爹說最早一個月，最晚三個月，他是六月出發的，最晚也得九月了吧。」

馬欣榮在旁邊說了一句，看小兒子啊啊叫著要去抓炕桌上的點心盤子，忙把他抱起來哄道：「乖啊，等會兒就要吃飯了，可不能吃點心。」

母子五人說著話，眼看時候差不多，便叫人端上飯菜，一起用了晚膳。

在寧震回來前，馬球賽開始了。

因為大部分的男學子都要參加，所以太學再次放假，讓男學子跟女學子看比賽。看臺分成兩邊，一邊坐男孩子，一邊坐女孩子。

寧家沒有適合的男孩子參加，但馬家有。馬家男孩子多，兄弟四個正好組成一隊。

八公主領著宮婢過來，往寧念之姊妹手裡塞東西。「拿著拿著，等會兒一邊看，一邊吃。」

兩人一看，大紙袋裡，幾個小紙包挨挨擠擠塞在一起，是瓜子、花生之類的，炒貨的香味挺吸引人。

旁邊有女孩子轉頭問道：「妳們支持哪邊的？」

「藍色衣服的，是我表哥。」寧寶珠搶先說道，又問對方：「妳們呢？」

「黑色衣服的。看見沒有，那裡頭個子最高的，是我大哥。我大哥可厲害了，一定會贏的。妳最小的表哥，看起來才十幾歲吧？」

寧寶珠轉頭看寧念之，寧念之點頭，最小那個只比她大半歲。其他的表弟倒是想參加，可惜年紀不夠，被大表哥壓下去了。

「年紀小怎麼了？就算年紀小，也不能說人家身手不好啊。」寧寶珠撇嘴說道：「不信咱們打賭，我表哥肯定會贏的。若是妳大哥贏了，我這只鐲子送給妳！」

「打賭就打賭，要是妳表哥贏了，我這支步搖送給妳！」小姑娘的脾氣也大，氣哼哼和寧寶珠約定好，扯著嗓子就開始喊：「大哥，快點，打他們一個落花流水！」

寧寶珠也不甘落後，跟著開始喊。

小姑娘嗓子嫩，喊了一會兒，喉嚨就有點疼了。

寧念之無語地讓人端來茶水，伸手捏寧寶珠的臉頰。

「別鬧了。如果表哥能贏，不用妳來喊；如果表哥贏不了，妳喊了也是白喊，還不如省點力氣。」

姊妹倆說著話，有個小廝走過來。「寧姑娘，這是冰糖雪梨茶，您嚐嚐。」

寧念之看看忽然冒出來的小廝，有些不解。「誰讓你送來的？」

小廝抬手點了點看臺對面，寧寶珠跟著看去，見趙頤年正笑咪咪地向她們擺手。剛才全場可都聽見兩個小姑娘像比賽一樣地喊呢，這會兒嗓子肯定疼了吧？

既是熟人，寧念之就沒讓人把茶送回去，旁邊較勁的小姑娘也得了一杯。

那小姑娘挺有意思，端著茶水，抬起下巴看她們。「別以為妳們給我茶水喝，我就會說是妳們表哥贏了，我大哥才是最厲害的！」

寧寶珠張嘴就要反駁，寧念之按按她腦袋，笑道：「咱們看下去就知道了，沒必要這會兒拌嘴是不是？」

果然，整天的比賽結束後，馬家兄弟表現出色，贏了好幾場。

小姑娘願賭服輸，氣哼哼地摘下步搖。不過，有寧念之在，寧寶珠當然沒有收下，不過得意幾句，便各自回去了。

京城的百姓大約是閒得慌，頭一天的馬球賽還只有學子的親友來看，等第二天，看臺上已經找不出空位了。就跟武舉一樣，出色點的隊伍，已經全民皆知。

明心堂裡，馬文昭挺驕傲，笑嘻嘻地向寧念之炫耀。

「路上賣果子的看見我，都非要塞幾顆果子給我，我不喜歡吃，就給妳帶過來。這可是表哥的一番心意，妳得收下啊。」

寧念之抽抽嘴角，看著手心裡的兩枚杏子，完全不想搭話。

馬文昭炫耀完，這才轉頭對馬欣榮說自己的來意。「祖母說，很久沒見到念之了，想接念之過去住幾天，我娘連院子都收拾好了呢。姑母要是得空，不如跟著去，把表弟們一塊兒帶去。姑父不在家，你們娘兒幾個正好到娘家鬆散鬆散。」

馬欣榮哭笑不得，現下她去娘家，都已經變成順便捎帶的人了。

「這幾天，我怕是沒空。」馬欣榮搖頭。「念之的小姑姑回來，寶珠她娘又有了身子，實在走不開啊。」她要是敢走，回頭趙氏就能派人把她叫回去。

馬欣榮想了想，轉頭對寧念之說：「這樣吧，安成的書院也放假了，妳帶著安成跟安越去住幾天，讓我清靜清靜，好安排些事情。」

寧安越早在一邊等著了，急忙跳到馬文昭身邊。「表哥表哥，到時候你帶我去打馬球好不好？」

「那好吧，反正只要將念之接回去，我祖母和我娘就能高興得合不攏嘴了。」馬文昭也看向寧念之。「不用收拾行李了，前幾天我娘剛讓人給妳做了幾身衣服，人去就行。」

都沒人問問她的意思嗎？寧念之無語地掃一眼，但沒人搭理她。

寧安越已經連蹦帶跳地去讓人準備馬車了，寧安成也去收拾自己的書本，雖說放假，但先生留的功課可不少，萬不能因為貪玩耽誤了。

住在馬家其實和住在自己家沒什麼區別，因為馬家沒有閨女，上自老太太，下到幾個小表弟，都很稀罕寧念之，對她很熱情，沒有半點住別人家的不自在。

唯一不太高興的就是寧寶珠了，以往一天十二個時辰，她有六個時辰是黏在寧念之身邊的，現在除了去看馬球賽，幾乎都見不到寧念之的人。見了面，她就趕緊問兩句，看寧念之打算什麼時候回家。

不過，李敏淑的肚子大了，孕吐也越來越嚴重，雖然寧寶珠挺想念寧念之，自己卻忙得分身乏術。雖然她不用親自照顧娘親，但陪著說說話什麼的，還是能做到的。

第七十二章

馬球賽進行到第三天，太子總算出現了。

十三歲的少年郎，白白淨淨，身量修長，眉眼間帶著幾分溫和，說話也慢條斯理，又有著養尊處優生出的貴氣，看得不少小姑娘紅了臉。

八公主靠在寧念之身邊，嘀嘀咕咕地說話。「母后說，再過兩年，就該給我太子哥哥娶太子妃了。我很害怕啊，萬一太子哥哥有了太子妃，就不喜歡我了怎麼辦？」

「不會的，妳是他的親妹妹，他肯定還是最喜歡妳的。」寧念之安慰道。

八公主嘆氣。「要是太子哥哥能娶我喜歡的人就好了。我可喜歡念之姊姊了，要是妳來當我大嫂，我就不用擔心太子哥哥以後不喜歡我了。」

寧念之哭笑不得，捏捏她的臉頰。「那可不行，我可是……」頓了頓，衝八公主眨眨眼。「已經訂好人家的，不能反悔。這樣吧，要是妳擔心，回頭皇后娘娘給太子挑選太子妃時，妳在旁邊看著，喜不喜歡都告訴皇后娘娘，皇后娘娘肯定會考慮一下妳的意思。」

八公主嘆氣地點頭。「也只能這樣了。不過，知人知面不知心啊，說不定那些人只是表面上和我好……」

這時，寧念之忍不住捏了捏耳朵，是她聽錯了，還是出現幻覺？

八公主還在說話，寧念之卻已經走神，眼簾低垂，雖說沒有用眼睛看，卻將周圍動靜收攏在耳朵裡，遠的、近的，連打哈欠的聲音都沒放過。

「準備妥當了？」

「公子放心，小的安排得十分妥當，只要等會兒……但要讓人騎上那匹馬，可得公子自己想辦法了。」

「主子派你來時就是這麼說的？」

「主子說了，如果這次的事情辦不好……」

寧念之皺眉，抬起頭看對面的看臺。她的眼力也極好，依普通人的眼力，除了最前面的兩、三排，其餘的就只能看見人形，但她卻能清楚地看到最後一排。

然後，在左邊角落裡，她看見了正說話的兩個人。一名身穿藍色錦服的公子，一個身穿灰色布衣的小廝，看著像是最普通的主僕倆，但實際上，是小廝在作主。

「念之，妳在聽我說話嗎？」八公主發覺寧念之走神，伸手捏她手心。

寧念之趕緊回神。「對了，太子殿下出來之前，可檢查過馬匹什麼的？」

八公主忍不住笑。「當然有啊，太子哥哥出來一趟，所需所用，都要經過太監和侍衛的兩道檢查。怎麼，妳擔心太子哥哥？」

「只是覺得有點緊張。」寧念之皺眉，轉頭看還在和人說話的太子殿下。

雖然這馬球賽是不拘身分都能參加，但實際上，能有馬兒練習這個的，多數不是普通人家。再加上有喜歡玩的，也有不喜歡玩的，又能排除一部分人。最後，整個京城組成的馬球隊，也不過十來支。到底是誰要搞鬼呢？

經過前兩天的比賽，今兒上場的不過四隊，太子殿下自然是壓軸，最後贏了的對伍，才能和太子對上。

馬家兄弟勇猛，第一場就是他們的比賽。

寧念之又把目光轉到對面，八公主雙手握拳放在胸前。「妳緊張？我也有些緊張，等會兒誰會贏？」

誰會贏，寧念之不知道，但肯定會出事，而且有八成的可能是太子出事。她想起來了，這個時候，正是上輩子太子出事的時間。

若今兒太子出事了，在場的人必定會被牽連，大表哥已經入仕，倒是不用擔心，可二表哥和三表哥正打算入仕呢。還有四表哥，他連科舉都還沒參加。

而且，太子出事，對寧家影響很大。皇帝好不容易找到機會，讓寧家立功，使太子能順理成章地上朝，如果出事，寧家的功勞就白立了。

換馬……寧念之在心裡將這兩個字反覆想了幾遍，又仔細看太子殿下現在騎的馬，轉頭問八公主。「太子殿下的馬兒看著挺好啊，是他平常騎的嗎？」

八公主對她伸出大拇指。「念之姊姊的眼光果然好，這匹馬是我太子哥哥十歲時，父皇賞賜給他的，平常可寶貝了，別人連碰一下都不許呢。」

「我們能不能靠近看看？」寧念之笑著問道，又點了點下面。「反正，還有一會兒才輪到太子殿下呢，咱們先去看看馬兒，妳也好給太子說兩句鼓勵的話。」

八公主是小孩子心性，正好坐得有些久，立刻點頭應了，拽著寧念之，就往看臺下面走。寧寶珠急忙跟上。「妳們兩個等等我啊，我也去，別走太快了。」

太子殿下正騎在馬上看場裡的比賽，見八公主找過來，便翻身下馬，伸手揉她頭髮。

「怎麼過來了？」

八公主抱著太子殿下的胳膊撒嬌。「哥哥，等會兒就輪到你上場，你一定會贏的！」

寧念之則是細細打量那匹馬，很安靜，看著不像會出問題的樣子啊。想著，便忍不住抬手，想摸摸牠。

八公主瞧見，忙攔住她的手。「快別動，雲霄最不喜歡讓人碰了，連我要摸，都得拿松子糖哄呢，小心牠踹妳。」

太子掃了寧念之一眼，沒說話，但看那表情，也是不喜歡寧念之碰他的馬兒。

寧念之尷尬地收回手。「還請太子殿下見諒，我從小就喜歡馬，尤其是這種好馬，看見了，就忍不住想摸摸。」

太子微微點頭，卻未說話。

馬兒沒問題，那等會兒他們怎麼換馬？真是快急死了，又找不出哪兒不對勁，空口無憑，也不能攔著太子，不讓他上場。難不成阻止不了嗎？

要不然，索性別管了？反正上輩子太子也沒出什麼大事，養個一、兩年，照樣能上朝。即便在場的人被遷怒，但皇帝又不是昏君，還能把馬家打入天牢不成？

最重要的是，若這次她改變了太子殿下的命運，那背後之人會不會見設計不成，便再來一次？然後下次太子殿下就會傷得更重？

左思右想，寧念之有些拿不準主意。

想想之前在寧王府聽見的話，再想想最近寧王府對鎮國公府的態度，又抬頭看看角落裡站著的「主僕」兩個，目光掃過一臉平靜、微微帶著笑容的太子，還有嘰嘰喳喳扒著他說話的八公主，她都不知道該怎麼選擇了。

不去管的後果，太子可能會受傷，馬家因此被遷怒，寧家大約也要沈寂兩年。

不對，她已經改變過這個世界，自家祖父和爹爹都還活得好好的。他們已經是意外了，如果她不去管，太子可能不光受傷，說不定，會有生命危險。

若是太子死了，寧家就沒什麼用了……

寧念之悚然一驚，趕緊把心裡不願多管閒事的消極趕走，這事不能不管。

「太子殿下，等會兒要是這馬兒出事，您可有換用的馬匹？」寧念之突兀地問道。

這話不大吉利，八公主有些不高興了。「念之姊姊，妳怎麼能這麼問呢？」

太子倒是不怎麼在意，只是微微疑惑，卻沒怎麼顯露出來。「有替換的馬匹。」說著話，有小太監送護具來。打馬球的護具多又沈重，所以太子來時沒戴著，等上場前才換。太子轉頭看她們。「妳們先回看臺吧，等會兒我就要上場了。」

八公主倒是高興，拽著寧念之要走，寧念之趕忙說道：「等會兒我表哥他們要過來，我還得叮囑他們幾句話呢。」

她一邊說，一邊盯著小太監手裡的護具看，裝出好奇的樣子來。「這是內務府打造的嗎？看著怎麼和別人的不一樣？」

這樣問東問西，不是大家閨秀所為，要是換個人，大概早就不耐煩了。可太子脾氣好，又有八公主在一邊，就笑著解釋一句：「不是，沒必要驚動內務府，隨意在外面買的。」

「我能不能看看？等我大哥回來，我也想給他買一套。」寧念之硬是厚著臉皮說道。

八公主有些疑惑了。「這東西沒什麼好挑的吧？實在不行，就自己掏錢讓人打一套，不就行了嗎？」

寧念之不知道該說什麼了，幸好寧寶珠機靈，雖說她不明白自家大姊今兒是怎麼回事，但肯定要幫著她說話，忙探頭過來。

「我大姊的意思是，每個師傅的手藝都不一樣嘛，做出來的東西也有差別，不知道太子殿下用的是什麼樣子的。像馬家表哥的護具裡是鏤空，外面才是實殼呢。」

八公主恍然大悟。「想取眾家之所長是不是？那妳看吧。」說完，從自家哥哥手裡拿過護具，塞給寧念之。

太子抽了抽嘴角，無語地看著幾個女孩子。

寧念之顧不上他們的眼光，自顧自地將護具檢查一遍，然後，發現了一點小問題。

「太子殿下，這個有點不大對勁吧？」

八公主隨意看了一眼。「咦，是根毛刺啊，這個不要緊，不會扎到太子哥哥的。」

寧念之忙說道：「我的意思是，打馬球時，動作會很激烈，萬一這東西扎了馬兒……」

見太子不以為然，又做出為難的樣子。「我總覺得不太安全，太子殿下不如換一副護具？」

八公主聞言，愣了下，忍不住哈哈大笑。「念之姊姊，妳太緊張了，這麼短的毛刺，就算扎到，馬兒的毛那麼厚，也不可能扎進肉的。」

「不是，我是覺得……」

沒證據，也不能確定是不是真的有問題，寧念之簡直有口難言，情急之下，又想不到別的辦法，心一橫，索性將自己的手指按在那根毛刺上。

寧寶珠立刻驚呼。「哎呀，流血了！大姊，妳怎麼這麼不小心？快，先用帕子按著！」

寧念之張嘴道：「不對，這上面有……」話沒說完，腦袋一歪，就暈過去了。

寧寶珠還在驚呼，太子的臉色已經變了，蹲下身子將掉在地上的護具撿起來，喊人去請大夫。

了。

太子這邊的動靜，很快就傳出去。

馬家兄弟連比賽也不打了，衝到寧念之身邊，性子比較急的馬文昭已經抓著寧寶珠問道：「今兒幸虧有寧姑娘相助，若不是她，怕本殿……」

聽寧寶珠說完，幾個人的臉色都變了變，轉頭盯著太子看。

太子沈默一會兒，開口道：「放心，這件事，本殿定會給你們一個交代。」頓了頓，又道：「今兒幸虧有寧姑娘相助，若不是她，怕本殿……」

「殿下言重了，能讓殿下躲過一劫，是寧家該做的。」馬文瀚忙行禮說道，把這件事往寧家的忠心上扯，絕不能只讓太子注意念之。

兩人又說了幾句，太醫總算來了，不等行禮，太子就直接讓他給寧念之把脈。

太醫仔細把了脈，才說道：「這個脈象，像是中了迷魂藥，若是服用得多些，會讓人慢慢虛弱致死。不過，寧家姑娘中的量少，又不是喝下去的，並不嚴重，只要喝幾服藥就行了。」

寧寶珠張張嘴，話到嘴邊，又換了說詞。「那現在能挪動嗎？我大姊畢竟是姑娘家，不好一直躺在這兒的。」

太醫點頭道：「能，但儘量不要顛簸。」馬上開好方子。「現下就可以送她回家了。」

寧寶珠忙看向馬文瀚，馬文瀚轉頭對太子行禮，有些為難地道：「等會兒的比賽，怕是……」

太子擺擺手。「無妨，寧姑娘比較重要。再者，這事沒查清楚，本殿也沒心情打馬球。你們只管回去吧，不過這事……」

剛才對外說是寧念之暈倒了，馬文瀚是個聰明人，忙笑著接了太子的話。「殿下，我表妹這兩天有些累，沒休息好，這才暈倒。我等憂心表妹的身體，所以不參加後面的馬球賽了。」

太子點點頭。「那你們先回去吧。」

等人走了，他才回頭看八公主。「妳先回宮，將今兒的事情告訴母后。記住，除了母后，誰也不許說，另外再讓母后給寧姑娘送些藥材或補品。記住了嗎？」

八公主乖巧地點頭，帶著人離開了。

太子見她走遠了，才去看自己的馬兒，又讓太醫檢查護具。

起初，他確實沒把這護具上的毛刺放在眼裡，卡在裡面，又是在腿上的位置，扎到馬兒的機會太小了，完全可以忽略。卻沒想到，這上面竟然有迷藥。

等太醫看完護具，太子問道：「若馬兒被這根毛刺扎到，會如何？」

太醫謹慎地說：「因為藥量太少，不會致命，但可能會疲憊無力，不能跑完全場。」

也就是說，半路得換馬。

之前寧念之好像還問他有沒有替換的馬兒，這話是有心還是無心的？他不想懷疑她，但她來得實在太湊巧了些。

而且，往常這位姑娘給人的印象，可是沈穩大方，八妹也經常讚她明理懂事，可今兒她的言行，卻有些出格。不知道的還以為她要討好他這位太子，想方設法留個深刻印象呢。但以前，她對他，都是避之不及的。

太子忍不住苦笑一下，當初母后也說過，這丫頭當太子妃，是能端得住的，偏偏他下手慢些，讓原東良得了去。

現在不是想這些的時候，太子把無關的事情甩出腦外，專心分析這次的事。

換了馬兒，會有什麼後果？若想在這匹馬上動手腳，不太可能成功的，所以是別的馬兒？

打馬球備用的馬匹雖說不是精挑細選的，但也並非人人都能隨意接近。要在那些馬兒身上動手腳，並不是件容易的事。

還有，護具裡的毛刺，是特意留下，還是不小心的？

都能在他的護具上塗藥了，那怎麼不乾脆一點，直接往他的飯菜裡下藥呢？或者，塗在更容易讓他中毒的地方，何必這樣迂迴地算計？

太子微微蹙眉，滿心疑問。幕後之人，到底想做什麼？

第七十三章

寧念之可不知道太子殿下的疑惑，睜開眼時，還有些暈乎乎的。

馬欣榮正坐在床邊給她擦臉，寧寶珠眼圈有些紅，守在床尾。幾位表哥大概是不方便，只聽見他們在院子裡說話。

「醒了？肚子餓不餓？」馬欣榮見她睜眼，忙問道。「可有哪兒覺得不舒服？」

「沒，就是有些沒勁，覺得頭暈。」寧念之慢吞吞地說，搖搖頭。「肚子也不餓。我沒事了，娘，您讓表哥們回去休息吧。」

馬文瀚聽見動靜，站在窗邊喊道：「真沒事了？哪兒不舒服要說啊，我去把太醫請回來。」

「真沒事。」寧念之忙說道。

馬欣榮這才起身，到外面交代幾聲，趕幾個姪子回家。天都快黑了，不回去，會讓家裡人惦記。

寧寶珠也被寧念之趕回房休息，轉眼間，只剩下母女兩個了。

「太醫的診斷，怎麼和之前妳小姑姑……」馬欣榮皺眉問道。

剛才寧念之昏迷著，這會兒才反應過來。之前寧霏也弄來一種迷藥，據說會讓人身體虛弱、慢慢致死，難不成是同一種藥？

那寧霏的藥是誰給的？上次把寧霏送走後，因寧王府的事情不好打聽，就沒有繼續追查下去。難不成，那次和這次的事情，是同一批人下的手？

「可是，這八竿子打不著關係吧？」寧念之有些發懵，因為身上沒勁，感覺腦袋裡像裝了一團漿糊，什麼都想不明白。

不過，她也真倒楣，上次只是裝裝樣子，結果老天爺不依不饒，非得讓她嚐嚐毒藥的滋味才甘休。幸好，不是用嘴巴嚐的。

「娘，這事得和爺爺說。」寧念之閉著眼睛休息一會兒，有了力氣，才又開口。「爹不在家，只能讓祖父拿主意。」

馬欣榮抬手給她掖被子。「妳放心吧，娘可不是什麼都不懂的小孩，早和妳爺爺商量了。妳爺爺說，這段日子，妳就在家養著，先別出門。當時太子也在場，就是咱們不問，他也要查探清楚，咱們只要等著就行。」

要麼是太子直接給出結果，要麼等太子上門一起追查。但不管怎麼樣，都和寧念之沒什麼關係，她只是湊巧碰上，完全不知情。知道自家祖父有了準備，寧念之心裡鬆口氣，有些犯睏，也沒胃口吃東西，閉上眼睛，又睡過去了。

寧念之這一睡，就睡到第二天下午，身上總算有了力氣，起床洗漱，吃些東西後，到園子裡轉轉。不過，她的運氣不太好，遇上了寧霏。

「小姑姑也在啊。」寧念之笑著打招呼。「看小姑姑的樣子，是在想事情？那我先不打擾了，這就告辭……」

「等等。」寧霏喊住她。「昨兒妳是怎麼回事？怎麼好好的去了馬家，說要住幾天，卻是昏迷著被人送回來？可是馬家做了什麼事情？」

「小姑姑誤會了，是我非得跟著表哥們去看馬球賽，玩得瘋了些，太累才暈倒的。」寧念之忙說道，又打量寧霏一下，岔開話題。「小姑姑的氣色不錯，越來越好看了。」

寧霏嗤笑一聲，抬了抬下巴。「別拍我馬屁，我可沒什麼好東西給妳。不過，我怎麼聽說，妳是暈倒在太子跟前的？行啊，我還以為妳當真不稀罕富貴榮華呢，沒想到，竟是有這個手段。但是，妳到底嫩了些，這樣的手段可不會奏效，要不要我指點妳一番？」

寧念之無語，敢情寧霏以為她要勾搭太子殿下，故意在太子殿下跟前暈倒？結果，太子殿下完全沒有憐香惜玉的心，不僅沒有照顧她，反而直接把人送回來？

「那倒不用了。」寧念之搖頭。連自家相公都搞不定，還能傳授什麼招數啊？難道要她學怎麼和相公的侍妾、姨娘大戰三百回合？

「這段日子，寧王世子可曾給小姑姑送信了？」寧念之懶洋洋地戳寧霏的傷疤。

當長輩的不會說話，非得敗壞晚輩的名聲，那她也用不著多客氣了。

眼看寧霏要發飆，寧念之又拍手道：「對了，小姑姑，我一直想問，上次妳給我下的藥，是誰給妳的？咱們寧家沒這樣的東西，難不成是寧王府給的？」

她說著，心裡忽然一激靈。寧王府不是一直自詡是太子的人嗎？和鎮國公府結親，又讓小兒子和太子走得很近，難道這都是用來迷惑別人的？實際上，他們早已不是太子這邊的人馬？

寧念之越想，越覺得自己沒想錯，要不然，寧霏在寧王府的日子不應該……好吧，照寧霏的性子，就算寧王府是有目的才和鎮國公府聯姻，大概也受不了她。

寧霏正打算發怒，但寧念之這麼一問，臉色隨即變了變，青青白白。

寧念之看得忍不住想笑，但照舊綳著臉。「哎呀，我剛才說錯話了，小姑姑該不會生氣，再給我下一次藥吧？」

這件事是寧霏理虧，之後寧博說過，讓她沒事別回來，就是回來，他也不見她。她待在鎮國公府十來天了，寧博也只露過一次面。

若寧念之再跟他提起這事，寧博真會立刻把她送回寧王府。

可讓她對寧念之低頭，她又做不到，臉色變化一番後，索性起身走人。

寧念之趕緊喊：「小姑姑，妳還沒告訴我，那藥是從哪裡來的呢！是寧王世子，還是寧王妃給的？或者，是老太妃給妳的？要不，過兩天我和我娘上寧王府問問這事？」

寧霏轉身，凶狠地瞪寧念之。

寧念之挑挑眉，臉上帶笑。「小姑姑，來嘛，咱倆好久沒好好說過話了，趁著今兒天氣好，聊聊天？」

「是我撿來的！」寧霏咬牙切齒。

寧念之滿臉驚訝。「撿到的？小姑姑運氣真好啊，我怎麼都撿不到這樣的東西？妳在哪兒撿的，回頭我讓人盯著那片地，說不定也能撿到一些呢。」

「妳祖父說過，不許再提這事。」寧霏深吸一口氣，壓下心裡想狠狠給寧念之一巴掌的衝動，瞪著眼說道：「如果想知道，不如去問妳祖父。」

她說完，轉身就走，像後面有鬼在追一樣。

這次，寧念之沒叫住她，只摸著下巴出神。到底是誰給的呢？寧霏這豬腦子，居然有人敢把這事交給她辦？她想了一會兒，又覺得有些困乏了。

聽雪抱著披風過來。「天色不早了，姑娘，是不是回去休息？」

寧念之點點頭。「嗯，回房吧。」

主僕兩人回了房間，就見映雪端來一碗藥，那撲鼻的味道，真是又酸又苦。

寧念之捏著鼻子，才能把藥灌下去，碗一丟便趕緊招手，聽雪飛快地給她塞了一塊饅頭。蜜餞什麼的，怕會減弱藥性，又不能用蜂蜜或冰糖，也不好立刻灌水，只好用饅頭去苦味了。

她剛吞下饅頭，陳嬤嬤就來了。

「昨兒皇后娘娘派人過來，那時姑娘正睡著，就沒驚動姑娘。皇后娘娘送了不少東西呢，都是姑娘這個年紀正合用的。」

她說著，打開手上的盒子讓寧念之看，有首飾布料、胭脂水粉，都是內務府上供的，不說特別貴重，但做得很精緻，讓人看著就喜歡。

寧念之拿起一根珍珠攢花的髮簪，往頭上比劃一下。「好看嗎？」

陳嬤嬤忙誇讚道：「姑娘長得就好看，配上這個，更好看了。對了，皇后娘娘還說，等姑娘身子好了，跟著夫人進宮一趟。姑娘瞧瞧，什麼時候過去比較方便？」

太子差點出事，皇后娘娘肯定要過問的。

寧念之把玩著手裡的珠簪，今兒身子已經恢復得差不多，就算她躲著，太醫那邊也守不住秘密。「就明天吧，早去早回。」寧念之笑著說道。

陳嬤嬤有些擔憂。「姑娘的身子可撐得住？」

「陳嬤嬤，我又不是琉璃人，一摔就碎。」寧念之忍不住笑。「下午我還在園子裡轉了一圈呢，真沒事。妳和我娘說一聲，就明天去吧。」

陳嬤嬤得了準信，又叮囑她幾句，這才轉身離開。

寧念之興致勃勃地把皇后娘娘送來的東西都拿出來欣賞一遍，喜歡的留下，不怎麼喜歡的，便讓人給寧寶珠送去。

晚上好好睡了一覺，第二天上午，寧念之跟著馬欣榮進宮。

皇后娘娘越發雍容華貴了，不過，仍是和以前一樣，對寧念之母女很和善，賜了座，又讓人上點心茶水，問了幾句閒話，這才轉入正題。

皇后娘娘招手喚寧念之過去，拉著她嘆道：「這小姑娘，我早就看出來了，是個有福氣的，本打算……咳，不說了，念之越長越漂亮，也是大姑娘了。」

寧念之聽了，臉色微紅，做出害羞的樣子來。

皇后娘娘心裡也有些遺憾，到底是沒緣分，錯過了，不然還真合適。長得好、性子好、身體好、家世好，四角俱全，只可惜，晚了一步。

「前天的事情，我都聽瑤華說了，真要多謝妳，若非妳心細，否則怕也發現不了端倪。」皇后娘娘捏著寧念之的手笑道。「萬一出了什麼事，這後果，我連想都不敢想，光想到有這個可能，心裡就痛得說不出話來。」

說著，她又轉頭看馬欣榮。「咱們都是當娘的，寧夫人也知道，不管孩子多大，當娘的總是惦記著，生怕孩子吃苦受累，恨不能時時刻刻含在嘴裡、捧在手心裡。念之的機靈，不只救了我兒一命，也是救我一命呢。」

「娘娘言重了，念之不過是胡鬧一番。這事啊，還是太子殿下福大命大，天賜平安，就算沒有念之，也有別人幫忙，太子殿下肯定會沒事的。」馬欣榮忙說道，又看寧念之。「是老天爺庇佑太子殿下，這才借了念之預警。」

皇后娘娘忍不住笑，又覺得馬欣榮夠謙虛、夠識趣，不往身上攬功勞。

「念之，聽瑤華說，妳喜歡馬兒，回頭我讓人送妳一匹好馬。」

寧念之眼睛一亮，忙問：「真的？是大宛馬還是騰特馬？我想要一匹三河馬……」

馬欣榮輕咳一聲，寧念之趕緊收斂，不敢說了。

皇后娘娘見狀，忍不住笑道：「往日看念之沈穩得很，這會兒倒是顯得孩子氣了。不妨事，妳只管說，回頭我定送一匹妳喜歡的馬兒給妳。」

寧念之聞言，害羞地笑了下，掩不住高興地點點頭。

皇后娘娘看看她，心裡有些底了，怕是真喜歡馬匹，才忍不住去瞧瞧。至於後面的事，大約真是湊巧，寧家向來站在自家皇兒這邊，忠心可鑑。下藥的事，寧家不知情。

想著，皇后娘娘壓低了聲音，道：「前天的事，念之可還有發現什麼不對勁的地方？儘管說，本宮給妳作主，定不會讓妳委屈了。」

寧念之眨眨眼，做出回想的樣子。

如果她說了，以皇后娘娘的本事，肯定能查出來。但還沒來得及和爺爺、爹爹商量，萬一中間還有別的事呢？

說不定寧王府是冤枉的，是另有其人呢？這樣直接告狀，好像會牽連太大啊，是不是先讓爺爺和爹爹私底下弄清楚，選了對寧家有好處的做法再說？

於是，寧念之搖搖頭，有些不好意思地說道：「念之蠢笨，當時只覺得那毛刺出現得有些突兀，太子殿下是除了皇上和皇后之外最尊貴的人，用的東西必然是最好的，護具裡不可能無緣無故出現一根毛刺，這才衝動了些。至於別的，念之是真沒發現。」

皇后娘娘聽了，再問她相關的細節，寧念之卻是說不出來了。

見寧念之為救太子中毒，精力不濟，皇后娘娘不好一直追問，安撫她之後，便讓人送她與馬欣榮出宮。

回府後，馬欣榮就急忙讓寧念之回芙蓉院歇著了。

太醫說過，這藥得喝上五、六天，毒未清完，須得多休息休息。太學那邊，也讓寧寶珠幫她請了假。身子沒有痊癒之前，寧念之只能在自己院子裡躺著了。

不過，寧念之還惦記著之前寧霏給她下毒的事。憑著類似的毒藥，兩件事即能合成一件，就算合不成，至少也有牽連。

寧念之能想到這點，馬欣榮當然也想得到，連好臉色都不願意給寧霏了。至於幫她向寧王府說和的事，更是直接扔到一邊。

女人家能想到的，寧博更是能想到。

寧念之和馬欣榮去問寧霏，肯定問不出實話。但寧博親自出馬，很快地，寧念之便知道內情了。

果然不出她所料，這毒是出自大皇子。當初寧霏得的那點，是大皇子妃給的，目的是為了換掉太子妃人選，因為寧念之的家世太好了些。

這次呢，目標換成了太子。但太子殿下所用之物，都會經過檢查，肯定不能用毒藥塗抹，只能想一些歪招。在毛刺上沾一點藥，扎進馬兒肉裡，到時候定是查不出來，即便去查馬兒，也看不出什麼問題。

帶有迷藥的毛刺扎了馬兒，馬兒就會疲憊，若是順利，能直接把太子摔下來就好；若是不順利，接下來還有換馬這招。換上去的馬兒，也是大皇子精挑細選的，跑到一半，定會發狂。

馬球賽時，馬兒都跑得又快又激烈，太子突然栽下來，就會被當成意外了。

聽著寧博把事情說了一遍，寧念之簡直不知道該說什麼。

這個計劃，要說謹慎，的確是謹慎的，連毒藥都只能塗一點點，然後一套接一套，最終達成目的；要說兒戲，也真的太過隨便了，頭一匹馬查不出問題，換上去的馬卻突然發狂，就算照樣查不出來，但事關太子安危，必然不會當意外處理啊。

還有在看臺商量的兩個人，大庭廣眾之下，他們真的能確定，周圍沒別人聽見嗎？還是說，那一圈都是大皇子的人？

這計謀實在拙劣得讓人不忍心看了。不過，想想大皇子在西山圍獵時派出來的刺客，寧念之又覺得，以大皇子的聰明程度，能想到這等謀算，已經很不容易。

她有些無奈，好端端地卻替人受過，她和大皇子這一派，定然是命中相剋，躺著也能被牽連到。

「這件事，妳就當成意外。」寧博囑咐道。「皇上那裡，必定有自己的打算。咱們能查到的事情，太子也能查到，太子能查到的，皇上也定然心裡有數。大皇子是越來越著急了。」

寧念之點點頭，寧博拍拍她的腦袋。「這兩天在家裡養著，想出門了再去走走。要是別人問起來，知道怎麼說嗎？」

寧念之忍不住笑。「爺爺放心，我知道怎麼說。不過，欲蓋彌彰，咱們不說，難不成其他人都是傻子不成，還會猜不出來？」

大皇子占個長，太子占個嫡，再加上下面各有心思的大臣攛掇，大皇子黨和太子黨早就成形了。

之前太子年幼，紛爭還沒能放到明面上來，朝堂上更是不沾邊。但後宮的爭鬥，卻已經十分明顯，不是大皇子的生母德妃給皇后和太子穿小鞋，就是皇后娘娘打壓德妃一派，拉攏其他妃嬪。偶爾聽八公主說兩句，寧念之也能分析出後宮的局勢來。

連寧念之都知道的事，那些能隨時進宮的太妃和長公主們，哪個是傻子？

這京城裡的事情，說穿了也就那麼回事，以為別人不知道，其實只是在面前裝作不知道而已，彼此心照不宣。真正蠢笨的，也不會被家裡人放出來走動了。

「我爹和原大哥什麼時候回來？」寧念之岔開了話題。

寧博摸摸鬍子。「我讓人去打探了，若是不出意外，中秋之前，應該能到。」

寧念之扳著手指算日子。「也就是這幾天的工夫了。」

寧博點頭。「是啊。對了，妳還去不去太學？」

寧念之想了一下，道：「去不去都行。明年就要升天班，到時候便鬆散了，既然那麼辛苦才考上，還是堅持到底吧。」

到了天班的女學子，多半已經十五、六歲，著急的人家已經說好親事，要準備成親的東西，上學的事得往後放放了。想起來了，就去太學和同窗們聚聚；想不起來，就不去了，先生也不會說什麼。

正說著，外面傳來小廝的聲音。

「姑奶奶，老爺子正和大姑娘說話呢，您且等等？」

「怎麼，看我嫁人了，就不當我是寧家人是不是？她大姑娘能進去，我就不能進去？」寧霏有些刻薄的聲音緊接著響起。

寧念之有些同情地看寧博。養女不教，可嘗到苦果了吧？

寧博也忍不住扶額，聽寧霏還在外面和小廝胡攪蠻纏，忍不住揚聲喊道：「吵什麼吵？滾進來吧！」

寧霏哼了聲，不用看都能想像得出她對小廝抬下巴的得意樣子。真是讓人無語了，和小廝吵贏，有什麼好得意的？

寧霏笑著進門，將手裡端著的托盤放在桌子上，打開上面的瓦罐，沁人的香味就飄出來了。「爹，我親自下廚做了雞湯，您嚐嚐看。」

寧霏手快地拿了碗筷，給寧博盛出一碗，趁他不注意，瞪了寧念之一眼。

寧念之無辜地看向寧霏，打算起身告辭。

寧博卻對她招手。「來來來，念之，這兩天妳身子有些虛，正好喝碗雞湯補補，這湯裡有放人參。」

寧霏聽見，臉上的笑容立刻減了幾分。「爹，這可是我親手煮給您的，分量有些少，若念之……」

寧博打斷她的話。「又不當飯吃，一人嚐一碗就可以了，我瞧著還能倒出些來。念之，嚐嚐妳小姑姑的手藝。」

寧念之忍住笑，也不奢望讓寧霏親自給她盛了，主動過去端碗舀了，只嚐一口，便嚐出是後廚廚娘的手藝，她做雞湯時，最喜歡往裡面放一些枸杞。

寧霏對寧念之沒什麼好臉色，見她喝兩口就說道：「行了行了，看妳那嘴饞的樣子，府裡難不成還少了妳一碗雞湯？趕緊回去吧，回頭讓廚房給妳多做些，讓妳喝個夠。」

寧念之還沒開口，寧博就哐噹一聲放下碗，繃著臉看寧霏。

寧博年輕時也是在戰場上殺過人的，上了年紀後，才變得和善。這會兒臉色一黑，氣勢就上來了。

寧霏年幼時，沒和寧博相處過，長大之後多見寧博樂呵呵的，猛然被瞪，便忍不住抖了下身子。

「誰教妳這樣說話的？念之是妳姪女，不是等妳賞口飯吃的丫頭！妳娘就是這麼教妳對待晚輩的？」寧博沈聲問道。

寧霏的臉色白了白，張張嘴，不敢出聲了。

寧念之完全沒有為她解圍的打算，只聽寧博厲聲斥道：「還站著做什麼？說錯話，沒個表示嗎？」

等了好半天，寧霏才不甘不願地賠禮。「是我說錯話，念之別見怪。」

寧念之趕緊擺手，她可受不起，笑吟吟地給寧博行禮。

「爺爺，想來小姑姑是有事找您商量，我也有些犯睏了，先回去休息，明兒再來給您請安。」

寧博聽了，臉色緩和了些。「回頭多休息，看書、寫字什麼的，放一放，又不指望妳考狀元。」

寧念之應下，轉身出門了。

第七十四章

寧念之剛走到院門口，就聽見寧博的聲音。

「妳有什麼事？」

寧霏支支吾吾，見寧博皺眉，有些不耐煩了，才道：「爹，我是想問問……這幾天，寧王府可曾派人過來，有沒有說什麼時候接我回去？」

寧博側頭看她。「這件事不是有妳大嫂管著嗎？」

寧霏尷尬，總不能說她將大嫂得罪死了，所以現在大嫂不願意見她吧？她不說，寧博也能猜到幾分，頓了頓，嘆口氣。到底是親閨女，能教還是要教的，示意寧霏去一邊坐下，語重心長地開口了。

「妳也老大不小，這都當娘了，做事前不能多想想嗎？我在一天，妳大哥大嫂看我的面子，就算不喜歡妳，也不會把妳趕出去。可我不在了，妳再這樣下去，到時別連國公府的大門都進不來。」

寧霏立刻豎眉。「他們敢！」

「他們為什麼不敢？」寧博氣怒。「妳算什麼？有我在妳是我閨女，但沒了我，妳不過是繼母生的，又毒害過他們的親閨女。人非聖賢，這樣還要給妳好臉色看，真以為妳大哥是沒殺過人見過血的書呆子不成？至於妳二哥，這次妳有事情，怎不找妳二哥出頭？」

寧霏臉色一白，說不出反駁的話。為什麼不找寧霄？當然是因為寧霄比不上寧震有權勢。寧霄出面，頂多就是之乎者也和人家討論大半天，哪有寧震的氣勢和乾脆？

「如果我是妳，就先去找妳大嫂賠罪道歉，不管妳大嫂是不是真心原諒妳，只要肯和妳說句話，以後慢慢贖罪，即便我死了，妳照樣能當鎮國公府是娘家。」寧博說道。「我也不指望妳多聰明了，只要學會看形勢、看眼色就行。」

寧念之站在院子外面，撇了撇嘴。說得容易，二十多年的習慣豈是好改的？又有趙氏那個拎不清的在旁邊攛掇，這輩子，寧霏怕是不會改了。

搖搖頭，寧念之沒心情聽下去，抬腳回了芙蓉院。

沒想到，第二天一早起床，寧念之去明心堂給馬欣榮請安時，竟發現寧霏也在。

至於她的臉色，怎麼說呢，大約是想露出笑容，但又有幾分不情願，又有幾分尷尬，還不如繃著臉呢。

寧念之上前請安，這下不光寧霏鬆了一口氣，連馬欣榮都有鬆口氣的感覺，忙把她拉到身邊，笑著問道：「晚上可曾睡好？有沒有哪兒不舒服？早上的藥可喝了？身子覺得如何？」

「娘，您忘了？太醫開的方子有安神的功效，這幾天晚上，我都睡得挺好的，不用擔心。」寧念之笑咪咪地說，張望一下。「安成和安越都去上學了？」

「嗯，一早就走了。」馬欣榮笑著說，又轉頭看寧霏。「若妹妹無事……」

沒等馬欣榮說完，寧霏便咳嗽一聲，打斷她的話，看向寧念之，張張嘴，又閉上了。接著再張嘴，卻又說不出話，看得寧念之都替她著急。

眼看馬欣榮不耐煩了，寧霏才心一橫，直接說道：「我是來給念之賠罪的。之前的事情，是我考慮得不妥當，被人設計了，以為那藥真只是讓人虛弱些，休養兩天就能養回來，並不知道竟是要命的東西。若非有人哄騙我，我也不會做出那樣的事情來。」

說著，她又看寧念之一眼。「念之是我的親姪女，再怎麼樣，我也不可能對她下手是不是？這種要命的事情，我做不來。大嫂是知道的，雖然我平時說話不怎麼好聽，但並非是草菅人命的人，當真是被人哄騙，腦子一時犯了糊塗，才做下那樣的錯事，請大嫂原諒我。」

寧霏說完，起身給馬欣榮行了個禮。

馬欣榮忙抬手將人扶住，臉上掛著幾分笑容，客客氣氣地說道：「事情已經過去了，小姑子就不用再提了。」

連賠罪都只是把錯處往別人身上推，也沒多少誠意，還是算了吧。

寧霏卻以為馬欣榮放過這事，臉上帶了幾分喜色，看看寧念之，道：「妳們是不是要去給我娘請安？我和妳們一起去。」

昨兒她爹說的話，還是有幾分道理的。畢竟，他和娘上了年紀，不知道還有幾年好活，日後鎮國公府是寧震夫妻當家。若寧王世子是個靠得住的，她自然不用來看他們的臉色，偏偏他是個靠不住的，以後怕是少不了上門求大哥大嫂作主。

昨兒寧念之聽見不少話，自然知道寧霏打著什麼主意。但馬欣榮不知道，一邊走，一邊被寧霏拉著聊天，頗有毛骨悚然的感覺，這小姑子該不會又要玩什麼把戲吧？

三人到了榮華堂，趙氏身邊的嬤嬤親自來掀門簾，笑著把她們迎進去。

趙氏倚在軟榻上，也是臉上帶笑。「老大快回來了吧？出去這麼久，怕是在外面受苦了。老大家的，回頭妳多買些好吃的，等老大回來，多給他補補。他可是咱們家的頂梁柱，妳定要把他照顧好才行。」

馬欣榮一頭霧水地起身應了，趙氏又拉過寧念之，誇讚道：「真是越長越好看了，和妳娘一樣。想當年，我剛看見妳娘時，就想著，這是誰家的姑娘，像天仙下凡一樣，不知道哪家有福氣能娶回去？沒想到，竟是妳爹好福氣，我們寧家祖上有福，這才能娶了妳娘過門。」

寧念之偷看馬欣榮的神色，馬欣榮的表情有點僵硬，嘴角笑容像凝固了一樣。

趙氏又道：「現在到妳了，也不知道將來誰家兒郎有這個福氣……」

寧念之眨眨眼，她和原東良的親事，應該不算秘密吧？難不成祖母還不知道？

馬欣榮輕咳一聲，有些不自在。

這事兒，說起來是她疏忽了。原本是寧震不同意，後來是她不同意，等到兩個人都同意了，又不想說出來。萬一閨女長大了想後悔呢？不得留一條後路嗎？

結果，除了大房一家子再加上寧博，還有周氏，哦，還有皇上跟皇后，剩下的人便不知道了。趙氏不大關心大房的事，所以，現在還被蒙在鼓裡呢。

寧念之被趙氏誇讚得渾身不自在，正難受著呢，就見李敏淑挺著肚子進來了。

馬欣榮忙和李敏淑說話，將趙氏的心思吸引過來。

「這都四個多月了，孕吐也該好些了吧？」

李敏淑的臉有些浮腫，笑著點頭。「好多了，還得多謝大嫂呢，要不是大嫂讓人送來青梅，大概還得再吐幾天。」

「可別謝我，是你們家寶珠孝順，看妳吐成那個樣子，就來求我，我才想起這個方子。」馬欣榮笑著說道，又打量李敏淑一下。「肚子尖尖的，應該是個男孩兒。」

李敏淑摸著肚子，擺擺手。「不管男孩女孩，我都高興。現在安和長大了，再過幾年便能說親，我也該抱孫子了，就算是女孩子，只要和寶珠一樣聽話懂事，我就歡喜。」

趙氏點頭。「也是，妳平日可要多注意身子，該吃什麼便吃什麼。若缺東西，只管和妳大嫂說，定不要委屈了自己。」

李敏淑笑著點頭，拿帕子擦擦汗，又看寧霏。「寧王府還沒派人來接妹妹？」這都半個月了吧？

這話一下子戳到寧霏的傷疤上，勉強擠出的笑容保持不了了，瞪李敏淑一眼，轉頭進了內室。

趙氏心疼女兒，想衝李敏淑發幾句火，但看看李敏淑的肚子，只能說道：「會不會說話？巴不得妳妹妹趕緊走是不是？吃妳的還是穿妳的了？」

她說著便擺手。「行了行了，都回去吧，今兒不用在我這裡吃飯，明兒也不用來請安。」

於是，李敏淑跟著馬欣榮出了榮華堂，又壓低聲音問道：「大嫂，寧王府是怎麼回事？真不打算把妹妹接回去了？」

「等著吧，這兩天就該上門了。」馬欣榮挑挑眉。「寧王世子是個胡來的，但寧王可不是個傻的。」

之前寧王府是在張望，現下太子安然無恙，寧震也要回來了，若不想徹底得罪寧家，這兩天必會來人的。

李敏淑嘖嘖了兩聲。「拖了半個月，我瞧著，妹妹在寧王府的地位，也不過是那麼回事。」

「妳身子重，別亂跑了，趕緊回去歇著吧。」

李敏淑一張嘴說不出什麼好話，馬欣榮也不打算和她說，擺擺手，轉個彎，直接回明心堂。

李敏淑倒是想嘮叨幾句呢，但馬欣榮不接話，也只好將話嚥下去，回自己的院子了。

說曹操曹操到，早上馬欣榮妯娌倆還在說寧王府的事，吃過午飯，寧王府就來人了。

大約因為前半個月沒動靜，知道這事做得不地道，一來就來了尊大佛——寧王府老太妃。

寧念之第一次進宮時，還得了老太妃的見面禮，覺得老太妃是個慈祥的人。可惜，她的眼光不太好，運氣也不太好。

馬欣榮正在看帳本，聽人通傳，忙親自迎出去，又讓人去通知趙氏。

老太妃一進門，便抓住趙氏的手，蹲下身子，準備行禮。

「親家，我來給你們賠禮了。」

趙氏有些慌張，都帶個老字，先不提誥命等級，只說她閨女嫁的是人家孫子，兩人輩分上就差了一截。

趙氏不敢託大，忙托著老太妃的胳膊，誠惶誠恐地搖頭。「老太妃說哪裡的話，當不起您的禮。」

「當得起、當得起，這事是我那不成器的孫子做得不厚道，是我們寧王府對不住你們家寧霏，這禮是應當的。」老太妃說道。但她的胳膊被托著，遂不強行行禮了。她輩分高，若非要行禮，倒顯得欺負人。

馬欣榮見狀，在旁邊打圓場，先讓兩個老太太落坐，然後端上茶水，站在一邊伺候著。

「也是我那兒媳糊塗，不過一個庶子，竟使她昏了頭，處置得不妥，讓孫媳生氣，受了委屈。」

老太妃嘆口氣，又抓起趙氏的手，道：「親家，妳放心，我已經說過兒媳了，必會給寧霏一個公道。」

趙氏忙說道：「老太妃言重了，也是我那閨女不爭氣。不過一個奸生子，寧王府也是講規矩的人家，將來去母留子，若她喜歡，抱到身邊養，不喜歡就找人養著，難道寧王府還少幾個奶娘？」

老太妃聞言，有些尷尬，心裡暗暗責怪寧王妃，當初怎麼不這樣解決就算了！

「妳放心，寧王府定不會留下那外室，礙寧霏的眼。」老太妃保證道，頓了頓，又有些猶豫。「只是，寧霏那脾氣，也太要強了些……」

「老太妃也放心，這些日子，我已經訓斥過霏兒了。」趙氏忙說道。老太妃都責罵了寧王世子，她自然也得數落閨女一番。

「霏兒那性子就是倔，像極了她爹。沒出嫁之前，有家裡人寵著，這成了親，就是別人家的媳婦兒，哪能再和以前一樣驕縱。上敬公婆，下愛幼子，伺候好相公，這才是她的本分。」

既然兩家不打算和離，自然是圓滿解決最好，你退一步，我讓一步，按下去就成了。

兩人又客氣幾句，老太妃便走人了。

寧念之有些不解，等馬欣榮送完老太妃，回到明心堂，才問：「不是來接小姑姑嗎？老太妃怎麼沒說要帶小姑姑回去呢？」

馬欣榮知道閨女肯定豎起耳朵去聽榮華堂的動靜了，便伸指點點她的腦門。「妳還小呢，不知道這裡面的彎彎繞繞。哪裡只來一次就將人帶走的？妳且等著吧，明兒會是寧王妃，等寧王妃來過，就是寧王世子了。怎麼也得來個五、六趟，才能讓妳小姑姑跟他們回去。」

寧念之聽了，忍不住咂咂嘴，可真是夠折騰的。

老太妃想息事寧人，來鎮國公府時，說話比較客氣，多是責備寧王妃和寧王世子。但寧王妃便有些倨傲了，兩邊各打三十大板，開頭先說自家兒子做得不對，但一轉頭，隨即說了寧霏的錯處。

寧念之這才知道，那次難產，寧霏傷了身子，大半年不能伺候寧王世子，又不願意給寧王世子找姨娘或通房。礙著之前寧霏早產的事，寧王府理虧，遂也沒打算給寧王世子添人。於是，寧王世子憋不住了，不願意待在府裡，這才找了外室。

寧念之聽到這裡，內心對寧王世子的印象，又下降了一個層次。簡直畜生不如啊，不過是大半年沒女人，就做出這樣的事情，真是色中餓鬼。

寧震在外面打仗，好幾個月，甚至一整年見不著馬欣榮也是有的，但他可沒找什麼女人！

原本她還覺得寧霏太鬧騰，所以夫妻不睦，現在卻有些同情寧霏，遇上這種色中餓鬼，也算命不好了。但想想，幸好寧王世子還要臉，沒把什麼髒的、臭的都給弄到手。

雖然寧念之覺得寧王世子的理由實在太不可思議，但趙氏和寧王妃卻覺得，這事就是寧霏做錯了。為妻的不能伺候相公，還不給他找伺候的人，寧王世子是有理由休掉她的，沒休她，已經是看鎮國公府和兒子的面子。

而趙氏竟然因為這個，對上寧王妃時，有些氣短了。

寧念之實在無法理解，轉頭找馬欣榮問去。

明心堂裡，馬欣榮得知閨女又偷聽了，又氣又笑，抬手拽她耳朵。

「都說了這事妳小孩子家家的不要管，怎麼非得插一手？」

「娘，不是我故意聽的，祖母讓我陪著小姑姑，小姑姑又想知道寧王妃的態度，非得在暖閣聽著，我也沒辦法啊。」

寧念之攤手，靠在馬欣榮身邊。「娘，您就和我說說唄，這事明明不是小姑姑不講理，怎麼寧王妃的態度好像挺囂張啊。」

馬欣榮心想，閨女都聽到了，若不解釋一下，怕是不鬧明白不甘休。無奈之下，只好說給她聽。

「七出裡有一條惡疾，若妳小姑姑不能伺候寧王世子，給他找了通房或姨娘，就不算有錯。可她不能伺候，還非得讓寧王世子守著，就是罪了。」

惡疾的意思，原本是指婦人患了重病，不能參加祭祀，但後來泛指造成夫家不便，不僅限於祭祀了。再者，不許納妾的事，私底下商量還可以，但放在明面上，就成了善妒，同樣是七出之一。

如果寧霏只占一條，鎮國公府自然能挽回她的名聲，畢竟，有之前紅袖鬧得她早產的事，寧王府理虧。

可她占了兩條，要是寧王府想休妻，也能將自家名聲洗清白的。這世道一向如此，若國泰民安、強盛安康，女人的地位還能高些，但終歸是要被男人壓一頭的。

雖然馬欣榮也覺得這事不公平，卻沒辦法去要公平。相比之下，她已經過得很好，京城裡，至少有七成婦人是羨慕她的。

「所以，以後妳嫁了人，做什麼事情都得有個由頭，自己不方便出面，就得往男人身上推。」馬欣榮說著，伸手捏寧念之的臉頰。「妳真以為，這些年，外面沒人說過我善妒之類的話？我過得好，自然就有眼紅的人要酸幾句。人言可畏，說的人多了，這事就成了我的罪名。」

「但是，妳爹在外面說話了，那就變成男人的守諾。」馬欣榮頓了頓，又道：「以後呢，妳只要拿捏住東良就好，這外面的事情，能讓他解決的，妳就不要出面。就算出面，也定要他給妳圓回來才行。」

馬欣榮停下來，喝了口茶，繼續道：「歸根結柢，這事還得看男人，若他喜歡妳，自然願意為妳承擔；若他不喜歡妳，哪怕妳什麼都沒做錯，也能去找錯處。

「之前我總擔心，妳嫁給東良，就是遠嫁，怕以後沒幾次見妳的機會了，萬一妳受了委屈，也沒人給妳撐腰。

「現在看來，妳能嫁給東良，也是一件幸事。哪怕他將來不喜歡妳了，還有兄妹之情，以及寧家的養育之恩，不會把事情做得太絕，讓妳沒了活路。」

寧念之笑著點頭。「娘說得是。不過娘真不用擔心我會受委屈，我也不是那種死心眼的，君若無心我便休嘛，難不成弟弟們還養不起一個和離歸家的姊姊不成？」

馬欣榮忍不住笑，又虎著臉說道：「他們要敢不養妳，回頭我抽死他們！妳放心，不管什麼時候，寧家總有妳的一席之地，要是受了委屈，只管回來！」

娘兒倆說了一會兒話，見自家娘親要忙，寧念之便行禮告退，回芙蓉院去。

寧王妃來過後，接下來就是寧王世子，寧震不在家，便由寧博出面。

寧念之和馬欣榮樂得輕鬆，眼看著快中秋，寧震他們馬上要回來了，娘兒倆就開始商量中秋家宴要怎麼準備了。

第七十五章

趕在中秋節那天，寧震總算帶著原東良回京了。下午進城，先入宮見皇帝，天色擦黑才從宮裡出來，各回各家。

原東良想直接跟著寧震回去，但周氏還在原府等著，不能丟下，只能眼巴巴地看著寧震進了鎮國公府的門，自己在門口站了一會兒，才依依不捨地回自家去。

馬欣榮和寧念之親自出來迎接寧震，寧震抱著小兒子，一邊往裡面走，一邊聽他奶聲奶氣地背詩，心情很愉快，不時哈哈笑兩聲。

寧震先回明心堂洗漱更衣，又聽馬欣榮跟寧念之說了最近家裡發生的事，才帶著一家子去榮華堂。

難得的好日子，雖然趙氏和寧霏心情不好，卻也不敢擺臉色。李敏淑熬過了孕吐，忽然胃口大開，總覺得肚子餓，這會兒還沒開飯，就先抓著點心吃。

「爹。」寧震進了門，領著妻子兒女向寧博行禮。

寧博點頭，他這才轉身，又給趙氏行禮。

趙氏忙道：「幾個月不見，老大瘦了些，在外面吃苦了，現在回來，可得好好休養才是。老大家的，妳可得盡心些，照顧好他。」

馬欣榮忙行禮。「是，老太太放心，我定會照顧好相公的。」

寧霏不怎麼願意說話，但趙氏在後面不停戳她，只好扯著笑容，上前行禮打招呼。

「大哥，你總算回來了，我……咳，我很想你。」

寧震有些吃驚，萬沒想到居然能從寧霏嘴裡聽見這樣等同於示弱的話，但想起剛才馬欣榮說的那些事，頓時有些了然。

按說，中秋佳節，是要一家團圓的，若寧王世子還想和寧霏過下去，定要在中秋之前把人接回去。

偏偏，老太妃來過了，寧王妃也來，寧王世子登門見了寧博一面，就再也沒下文，寧霏肯定會著急啊。

再看看寧霄，寧震就忍不住皺眉了。

「二弟可問過寧王世子，小妹的事，寧王府到底打算如何解決？」

寧霄冷不防被自家大哥問了，有些發懵，好一會兒才反應過來，忙道：「下朝時見過寧王，寧王倒是挺和善，只說定會讓寧王世子上門賠罪。」然後就沒了。

寧震忍不住扶額，這弟弟雖說不像趙氏那樣難纏，算是幸事，但也實在太木頭了點。人家說願意來，就不再過問，那現在沒來怎麼辦？

寧霏眼圈發紅，趙氏也有些氣悶，娘兒倆心情複雜得很。以前非得鬧騰著和大房作對，壞了感情，偏偏這時候，能為她們出頭的，只有大房了，自家親兒子、親哥哥，完全指望不上。

寧博見狀，皺眉道：「行了，先吃飯，這些事以後再說。既然寧王府不願意來接人，咱們又不是非得巴著他們過，霏兒只管安心在家住著。之後，不管和離還是休妻，寧王府總得選一個，不可能一直拖著的。」

寧霏驚呼一聲：「爹！」

「怎麼，到了現在，妳還想在寧王府享福？」寧博厲眼看向寧霏。

寧霏一窒，喃喃道：「還有孩子，我九死一生才生了孩子，那老……」

寧博閉了閉眼。「總有解決辦法的，先吃飯吧。」

寧霏只好閉嘴不言了，但心裡存著事，也沒吃好。

寧震的胃口倒是挺不錯，出門在外，雖說不至於挨餓，但也不可能吃得這麼好，連吃了三碗飯，才放下碗筷。

馬欣榮看了，有些擔心。「等會兒咱們在花園裡多轉轉，消消食。多大的人了，吃飯還沒個節制，萬一撐著了怎麼辦？」

「放心吧，撐不著的。」寧震笑著說道。

李敏淑見狀，心裡有些發酸。「大哥跟大嫂還是這麼要好，連吃個飯都要說幾句悄悄話。」

這話一說，寧寶珠忍不住扶額，馬欣榮也接不上話。原以為李敏淑懷孕之後，聰明了些，沒想到還是這麼不會說話，開口前都不經過腦子。

她家相公還在這兒呢，就表現出很羨慕大哥大嫂的樣子，讓她家相公怎麼想？

寧寶珠絞盡腦汁，想為自家娘親打圓場，忽然拍手道：「對了，之前太學同窗說的賞菊宴，訂在八月十八。大姊，到時候妳去不去？」

寧念之順著她的話說下去。「八月十八？我應該有空。是在誰家辦呢？」

「戶部侍郎家。」寧寶珠忙說道。

寧安和聞言，在旁邊插了一句。「可要我送妳們過去？戶部侍郎家，離咱們家有點遠吧？那天我不用去書院，送妳們去吧。」

「哥哥，可用不著你，有原大哥在呢。」寧寶珠笑咪咪地說道。

馬欣榮轉頭看寧安成。「說起來，你們兄弟倆去書院也有一段時日了，從不曾見你們往家裡帶過朋友。不如，過兩天也請幾個同窗到咱們府裡聚聚？」

寧安成有些猶豫，寧安和眼睛一亮，卻又有些不好意思。「大伯母，這樣會不會讓您受累？」

「沒事，你們小孩子家的聚會，能忙到哪裡去？頂多是讓人給你們準備些吃的喝的，收拾一下園子，讓你們有個去處，不算麻煩。回頭你們把名單和飲食忌諱什麼的跟我說一聲，訂下日子，我幫你們準備。」

馬欣榮拍板決定，寧安和趕緊點頭，拉了寧安成，開始討論要請什麼人來。兩個孩子上同一間書院，有不少共同的同窗，倒是能說到一起去。

瞧著兄弟倆相談甚歡，寧博忍不住摸著鬍子笑。兄弟和睦，才能興家啊。

吃完飯，馬欣榮讓人準備祭品拜月。這是女人的事，寧博索性帶了寧震兄弟到書房說話，留下一群女人在這裡搗騰。

「嫦娥娘娘保佑，願我閨女越長越漂亮，將來有閉月羞花之貌，也越來越心靈手巧……」

馬欣榮閉著眼睛，嘀嘀咕咕地祈禱，趙氏也認真地幫寧霏禱告。

然後，大家分一塊大月餅吃，儀式就算結束了。

今天晚上的月色特別好，寧念之回芙蓉院時，都不用讓人挑燈。

聽雪她們早已備好洗澡水，寧念之進了淨房沐浴，坐在浴桶裡，看著映在窗紙上的樹枝影子。

又是一年中秋節啊……

「妹妹？」

她正傷春悲秋，忽然聽見窗戶被人敲了兩下，瞬間回神。

這聲音，實在是太熟悉了！

不等她回答，那人又問道：「可是已經睡下了？」

「原大哥等等。」寧念之忙說道，嘩啦一聲從水中站起身，聽雪和映雪忙拿布巾過來給她裹上。

原東良原還以為寧念之已經躺下了，聽見水聲，才忽然反應過來，她是在洗澡。

接著，他腦海裡出現了一個浴桶，以及，浴桶裡的那個人……

瞬間，原東良的臉色爆紅，感覺全身的血氣往上衝，腦袋都快燒起來了。

雖然，寧念之的年紀還小，但原東良今年已經十八歲了。長年練武，吃得好、睡得好，身上該長的地方，都已經長好了。即便沒經過事兒，也沒少聽軍營裡那些老兵們說葷話。

再者，男人的本能，還用人教嗎？

越是不讓自己去想，那些畫面越像鑽空子一樣地往腦袋裡跑。

妹妹還小……但前段日子，妹妹胸前好像長大了一點點，兩個多月沒見，應該更大了些吧？

妹妹還小……妹妹皮膚白淨，一雙手柔軟細膩，臉上更是連瑕疵都沒有，身上想必更白嫩吧？

妹妹還小……之前妹妹來了癸水，再過兩年就及笄，及笄之後，可以嫁人了吧？

原東良一邊在心裡唾棄自己，一邊又忍不住去想；一會兒拍拍腦袋，想把那些東西都扔出去；一會兒又臉色爆紅，恨不能親自看一眼。

正當他和自己爭鬥得激烈時，聽見身邊一聲喊——

「原大哥？」

剛剛在泡澡，寧念之的聲音帶了些沙啞，卻像含了幾分水意，又柔又軟，勾人心魄。

再細看，她的臉色粉潤，眸光似水，笑容也帶著幾分欣喜。

「怎麼這會兒過來了？」

「來看看妳。」原東良費盡力氣，才能控制住自己的雙手，免得那手唐突地去摸她白玉一樣的臉頰。

只是，他臉上那層紅，卻是怎麼都消不下來。

「臉這麼紅，晚上吃酒了？」寧念之吃驚地問道。

原東良搖頭，眼睛盯著寧念之的唇瓣，看著軟乎乎的，水潤飽滿，不知道咬一口是什麼味道？

「已經入秋，天氣變涼，原大哥也不多穿件衣服。別在這兒站著了，到前面坐吧。」寧念之笑著說道，轉身往院子前面走。

她走了兩步，沒聽見動靜，便轉頭。

「原大哥？」

原東良不是詩人，這會兒腦袋裡卻忽然冒出一句詩——回眸一笑百媚生。

月色如水，寧念之又穿著一身月白色衣服，微風吹拂裙襬，整個人好像要飛起來一樣，恍如月宮仙子，美得動人心魄。

當然，這動的，是原東良的心魄。

「妹妹，妳真漂亮。」原東良呆傻地說道。

寧念之愣了下，忍不住噗哧一聲笑出來。

「原大哥，你今兒是怎麼了？傻乎乎的。我又不是忽然改變模樣，還是和以前一樣啊。」說著，張開胳膊，轉個身。「大約是你太久沒見到我了，才覺得我忽然變漂亮。」

原東良衝動之下說完那句話，忽然回過神了。表現得太急色，會讓妹妹討厭的，現在妹妹還是孩子呢，不能嚇著她了，要等她長大。

「沒有，妹妹確實越來越漂亮了。」原東良笑著說道，緊走一步，跟上寧念之。

「幾個月不見，我很想念妹妹，妹妹可曾想我了？」

「若我說不想，原大哥會如何？」寧念之狡黠地笑，眼神越發靈動。

原東良看了，差點又控制不住自己，趕緊深吸一口氣，心裡對自己非常滿意。幸好他沒有拖拖拉拉，早早表明心意，讓妹妹對他轉變態度，從哥哥變成未來夫婿。

有道是近水樓臺先得月，先下手為強。不然，妹妹的好，遲早會有不少人看見，到時候他能不能搶到，還真不好說。

感謝爹娘收養他，感謝狼娘把他送到妹妹身邊，感謝祖母沒有阻止他，還幫著他試探爹娘的心意。感謝神仙、感謝佛祖，感謝一切能感謝的人，沒有讓他錯過妹妹。

「妹妹沒想我也沒關係，我每天多想妹妹一些就足夠了。」原東良笑著說道。

寧念之有些驚訝。「幾個月不見，原大哥越發會說話了。」

「對著妹妹，有些話，自然而然就說出來了。」

原東良抬手，輕輕抓住寧念之的頭髮，沁涼、柔軟、光滑，握著就不想放開。

「所有的話，都是出自肺腑，並非為了哄妹妹開心。」

寧念之聽了，更是忍不住想笑，卻又撐著，不想讓原東良看見，便趕緊轉頭，把頭髮從他手裡拽出來，往前面走去。

「今兒晚飯吃了什麼？」

「紅燒魚、清蒸排骨、山藥肉粥、東坡肉……」原東良把晚飯的菜式一樣樣報出來。

「怎麼都是肉啊，不膩嗎？」

「還有月餅。」

進了芙蓉院的前廳，寧念之忙給原東良倒茶，又道：「老夫人還好吧？她這個年紀了，最好少吃這些大魚大肉的。」

「多謝妹妹關心，祖母並未多吃，而且還有幾樣素菜呢。」原東良忙說道，向寧念之抱拳行禮。「祖母還說，這段時日多虧了妹妹，時常帶著寶珠妹妹去陪她說話，讓她沒那麼難熬。妹妹的心意，我記在心裡了。」

「你可別多想，我才不是為了你。老夫人對我很好，我不忍心讓她一個人待在家裡。」

寧念之忙說道。

原東良點頭。「是，我沒多想。妹妹向來善良體貼，就算沒有我，也定會時常去照顧祖母的。」

看寧念之有些羞惱了，他忙岔開話題。「我給妹妹帶了禮物，妹妹要不要看看？」

寧念之挑眉。「你不是跟著我爹去辦差嗎？哪來的閒工夫，還給我帶了禮物回來？」

「雖說是辦差，但總能抽出半天工夫的。」原東良笑著說道，把掛在腰上的袋子解下來，打開給寧念之看。

裡面是個圓鼓鼓的東西，上面雕刻著花紋，有一排空洞，看著倒是陌生得很。

「這個是塤，一種樂器。」原東良解釋道：「是合川那裡的特產，當地人都會吹兩下。我特意跟人學了，妹妹要不要聽？」

寧念之點點頭，原東良拿起塤，垂眸吹了一下試音，頓了一會兒，悠揚的曲調就響起來。

說實話，和琴簫一類的樂器比起來，塤的聲音太過低沈，但別有一種醇厚古樸。這曲子也選得好，寧念之一下子就喜歡上了，一曲聽完，還有些回不過神。

「好聽嗎？」原東良抬手捏捏她的臉頰。「若是喜歡，等成親後，我天天吹給妳聽好不好？」

寧念之本來還打算說兩句高雅的話來誇讚一番，但聽見原東良的話，瞬間無語了，臉色微微紅起來。

「胡說什麼呢，誰說以後……哼哼，現在還早著呢。」

「不早了，再等兩、三年。」原東良含笑說道，盯著寧念之瞧。「到時，妹妹可願意嫁我？」

寧念之目瞪口呆，以前不都是偷偷摸摸地暗示嗎？今兒怎麼忽然直接問出來了？這可讓她怎麼回答？女兒家要矜持、矜持……

「妹妹不喜歡我？」見寧念之不說話，原東良的表情有些受傷，但隨即便振奮精神。「不過不要緊，妹妹現在還小，我會等著妹妹。到時候，妹妹肯定就會喜歡上我了。」

寧念之抽了抽嘴角。木頭變滑頭，差別太大，有些接受不了。

「咱們到花園裡走走？」原東良又問道。

寧念之跟著起身。「好。前段日子，我親手種了一盆菊花，長得挺好，快開花了，正好去看看。」

「對了，我記得花園裡不是還有幾盆曇花嗎？是妳前兩年種的。」

寧念之挑眉。「對啊，但現在肯定看不到花開的。」

「看看花盆也是好的。」

原東良笑著，看看寧念之捏在一起、放在小腹前的手，心又蠢蠢欲動了……

第七十六章

兩人進了花園，寧念之沒注意到原東良的異狀，一邊走，一邊看周圍的花花草草。

「大晚上的來賞花，果然和白天不一樣，尤其是陽光正好的時候。對了，之前辦差時，原大哥可曾遇見什麼稀罕事？」

「嗯，陽光比較耀眼，月光比較柔順。」原東良心不在焉地說道。「稀奇古怪的事情啊，還真有，是我們路過一個鎮子，在茶水攤吃飯時，聽人家說的。

「鎮子裡有一對夫妻，年近四十都沒生孩子，做丈夫的情深，不願辜負妻子，就領養一個兒子，卻沒想到，妻子竟忽然懷了孕。於是，這養子不高興了，偌大家產，以前說是要留給他的，偏偏這對夫妻又得了親生子……」

寧念之瞪大眼睛。「所以，是為了家產謀財害命？」

「是，養子本來打算把養母推下水，但不知道怎麼回事，腳底一滑，摔進池塘，反而淹死了自己。」

原東良隨口說道，終於忍不住，在寧念之詢問的目光中，把盯著半天的白嫩小手握在了掌心。

「咳咳，那也是善有善報，惡有惡報了。」寧念之轉頭說道，輕輕掙扎一下，卻沒掙開。

正好，晚上有些冷，原東良是男子漢大丈夫，身上熱，這樣拉著，其實挺舒服，就是說話時總會不自覺地去想那雙握在一起的手，不太自在。

和自己握著自己的感覺非常不一樣，原東良的手掌更大些，骨節分明，虎口又有一層厚厚的繭子，不刺人，感覺有些敦厚。

「這也說不準。」原東良笑了一下，終於得償心願，連腳步都帶了幾分輕快。「好了，這些事情和咱們無關，妹妹聽個稀罕就行。」

兩人一邊走，一邊說些閒話，剛剛的尷尬慢慢散去，如鼓的心跳也逐漸平靜。

「這次原大哥回來，也算立了功，以後去哪邊當差，可是定下來了？」

本是一句平平常常的問話，卻半天沒得到原東良的回答，寧念之一轉頭，正好對上原東良的眼神。

深情、專注、喜愛，這些寧念之都能看得出來，但另有一種意味，讓她有些不明白。

「原大哥？」

「妹妹，本來我想晚點說的，可……」原東良抹把臉，對著寧念之道：「還是早早跟妹妹說一聲，妹妹好有準備。後天，我就要離開了。」

寧念之瞪大眼睛。離開？

「前幾天，我祖母收到信，說祖父病了，想讓我們回去。」

中了武狀元，該得的榮耀已經得了，也讓皇帝親口讚譽過，又跟著寧震辦了差事。留在京城，也沒別的要緊事得做了。

只除了寧念之。

可是，妹妹年紀小，這兩、三年還不能出嫁。以爹娘的性子，能答應把妹妹許給他，已經很不容易，不把妹妹留到十七、八歲，肯定不會讓她嫁人。

這幾年，他倒是想留在京城，可祖父那邊卻是等不得了。有時候，原東良都想，不如放棄西疆的一切，反正現在他是武狀元，能留在京畿營做出一番事業，何必為了原家那點東西費心費力？又離妹妹那麼遠，一年不見得能見一次面，何苦來著？

可祖父祖母不答應，下午進宮，皇帝的意思也是讓他回去。原家世代在西疆駐守，與其換個皇帝不熟悉的人去掌管，不如讓原東良這個自己看中的人過去。

再者，原東良將來要娶寧家的姑娘，有這道關係，不愁拴不住他。

祖母苦口婆心的勸說還在耳邊響著，頂天立地的好男人，娶了媳婦兒，是要讓她享福的，而不是讓她跟著他受苦。趁著這幾年，做出一番事業，將來也好帶著聘禮來迎娶。

現在他在京城耗著，雖說也能有自己的事業，可是要幾年才能做出來？三年？五年？他能等，妹妹能等嗎？將來成親了，難道要讓別人說，鎮國公府的嫡長女居然只嫁了個五、六品又寸功未立的武將嗎？

「妹妹，如果我走了，妳會想我嗎？」原東良問道。

寧念之點頭，人都快走了，還矯情什麼？不是早就想明白了，自己心裡其實也喜歡他嗎？不是早就應承下來，自己將來會嫁給他嗎？

平日裡遮遮掩掩地，能當小兒女樂趣，但人都要走了，何必讓人堵心呢？

「真的要走？」寧念之仰頭看原東良，忽然想起，這兩年，大約是天天見面，竟然沒發現，這少年又變了模樣。十一歲初離開的稚嫩和堅定，十五歲回來後的張揚和生氣，到了十八歲，又變成沈穩內斂。

原東良點頭。「若我留下，自然可以天天守在妹妹身邊，可妹妹喜歡的，是那種只顧兒女情長、整日沈浸在情愛之中的男人嗎？」

這輩子，寧念之最崇拜的男人是寧震，最喜歡的男人也是他。頂天立地，上能保家衛國，下能護衛妻兒。最看不起的男人是寧王世子，貪好女色，無半點建樹。

沒人比原東良更了解寧念之，也沒人比寧念之更了解原東良。

如果原東良是安於現狀，不思進取之人，當年也不會跟著原丁坤離開了。就算感於周氏的舐犢之情，最多也只是把周氏接到京城來。

所以，原東良說出的這番話，兩個人都明白，是沒有商量餘地的。

原東良要走，寧念之不會強留。

就如原東良所說，寧念之還小，前一個三年都能等，難道後一個三年，就等不下去了嗎？

「兩情若是久長時，又豈在朝朝暮暮。」寧念之低聲呢喃一句，抬頭看著原東良的眼睛。

「我給你時間。三年之後，若你能帶著聘禮回來，將來我就跟你去西疆；若三年之後……」

原東良大喜，抬手把人摟進自己懷裡。

「妹妹，妳放心，三年之後，哪怕是爬，我都會爬回來的。再者，每年過年，我也會儘量趕回來。還有，每個月一封信……不，半個月一封信，就算妳我不能見面，也不能斷了聯繫。我知道妹妹畫藝高超，如果能時常給我寄幾幅小像，那便更好了。」

這厚臉皮的話一說出來，離別的傷感，忽然被沖淡了幾分。

寧念之在他腳上踩了一下。「快放開我，像什麼樣子！」

「妹妹……」

原東良捨不得，雖被推開，雙手還是搭在寧念之肩膀上，猶豫半天，終於鼓足勇氣，出其不意地低頭，在她嘴唇上親了一下。

雖只是簡簡單單碰了下，但兩個人都驚呆了。

一個純粹是嚇的，萬沒想到原東良會有這個舉動；一個是吃驚於那感覺，簡直太好了，這世上萬物，再沒有比這個滋味更好的了！

「你你你……」

還是寧念之先反應過來，臉色爆紅，僅有的一點把原東良當小孩子養大的感情，瞬間絲毫不剩，記憶中小孩子的模樣，全被眼前這個少年的形象給取代了。

「妹妹，說好了，要等我。」原東良趕緊說道，試圖轉移寧念之的注意。

「我後天就要走，明兒和祖母過來告辭。妳每天要想我……也不用，吃飯時想想就行了，想太多，我怕妳會難過。其餘時候，要多照顧自己，天冷了加衣服，天熱也別吃冰的，閒時出門走走，別委屈了自己，知道嗎？」

明知道他是故意的，但寧念之還真的跟著轉移了注意力，畢竟，也不好意思計較剛才的事情。離別在即，追究這個，好像太薄情了。

「我得了空，就來看妳，如果到時候妳沒有照顧好自己，我會難過的。」

原東良說著，再次把她抱在懷裡。

這次，寧念之沒有掙扎了。

沒等她說出安慰的話，身後就響起暴雷──

「臭小子！膽兒肥了啊，給我鬆開！」

兩個人迅速轉頭，就見寧震大踏步過來，表情像是要吃人。

原東良一驚，趕緊攔在寧念之身前。

「爹，您誤會了，我我我……我先送妹妹回去，等會兒再來給您請安。」說完，他拽著寧念之的手，趕緊往後跑。

寧震在後面跳腳。「給我滾回來！念之自有丫鬟送回去，你跟著添什麼亂?!正好今兒吃太飽，咱們到練武場比劃比劃！你聽見了沒有?滾回來！」

原東良跑得更快了，寧念之跟在後面，終於忍不住，哈哈大笑起來。

第二天，周氏來辭行，馬欣榮特意準備了筵席，兩家人坐在一起，算是餞行。

寧博和寧震領著原東良去了前面書房，想來是不放心，要交代些事情。

周氏則拉了馬欣榮的手，轉頭看向寧念之，換著花樣把她誇了一通。

「念之長得漂亮，心性也好，為人溫柔善良，上能照顧母親，下又憐愛弟妹，女紅書畫，樣樣拿得出手。這樣的女孩子，誰家能得了，就是誰家的福氣。」

周氏說著，伸手從腕上摘下一只鐲子。

「寧夫人，眼看我和東良要啟程離京，客氣的話，便不多說了。

「這鐲子，是當年我嫁給老將軍時，婆母給的，一直戴在身上。如果寧夫人願意，我想把它送給念之，妳覺得如何？」

馬欣榮忙說道：「老夫人客氣了，念之年紀還小……」

周氏搖頭。「我知道念之年紀還小，但念之這麼優秀，現在小，就有不少人看出她的好處，若是再等兩年，看見念之的人，都能瞧出她的好。我們家東良遠在西疆，如果錯過……

怕是這輩子，再也找不到比念之更好的了。」

看馬欣榮還有些為難，周氏又道：「寧夫人，不是我自誇，我這孫子，也是妳看著長大的，品性如何，妳是清楚的，絕對是好兒郎。若能得念之為妻，這輩子，他不會有二心，我也定將念之當親孫女兒看，不會讓念之受委屈，我老婆子說到做到。

「要是將來有一天，念之覺得委屈了，我願以三倍的嫁妝補償，絕不會因為東良是我的親孫子，就偏向他。」

這種事情，寧念之不好再聽，便做出害羞的樣子，轉身跑出房門，還聽見周氏的笑聲。

「念之也會害羞了，不小了……」

最後，馬欣榮還是接了周氏的鐲子，然後給了寧念之，讓她好好收著。這鐲子有些大，寧念之戴著不合適，只能先珍藏起來。

隔天一大早，馬欣榮帶著孩子們去原家。

原家門口，已經排了一溜馬車，下人來來回回地把收拾好的箱籠往車上抬。

當初原東良帶周氏來時，就有不少行李，後來馬欣榮又添置了不少東西，現在回去，也要給眾人帶禮物，加起來，十輛馬車還不太夠裝。

原東良扶周氏出來，瞧見馬欣榮領著幾個孩子站在那兒，忙過來行禮。

馬欣榮抬手，本想和以前一樣，揉揉兒子的腦袋，但這些年，原東良長得太快，手搆不著了，只好退而求其次，拍拍他的肩膀。

「你也大了，有自己的事情要做，當爹娘的不能替你走以後的路，但爹娘永遠在背後看著你，要是受了委屈，別忘記回來求助。爹娘不是外人，如果走不下去了，回來休息一下，這裡永遠是你的家。

「男子漢大丈夫，建功立業當然重要，但最重要的還是自己的身體。保護好自己，將來才有更多的希望；照顧好自己，將來才有餘力照顧別人。」

馬欣榮說了幾句，忽然說不下去，眼圈微微發紅。

上一次原東良離開，雖然知道得好久不見，但知道原東良到了西疆會被原老將軍照顧；可這次，原東良大了，不能等著原老將軍照看，要去建立屬於他的事業了。

一個是被庇佑，一個是要去打拚；前者只要安享富貴榮華，後者則要辛辛苦苦，說不定還會吃不飽、穿不暖。這麼一想，馬欣榮就心疼得不行。

寧念之見狀，在後面捏了捏馬欣榮的胳膊。「娘，大哥已經大了，早晚有這麼一天的，您別擔心。有老夫人照顧大哥呢，大哥定不會吃太多苦的。」

周氏忙點頭。「是啊，妳放心，我自己的親孫子，我不照顧，要誰來照顧？再過幾年，必定讓妳看見長得更高、更壯實的東良。時候不早，我們該出發了。」

馬欣榮點點頭，擺擺手，示意原東良將周氏扶上馬車。

原東良看著馬欣榮，忽然撲通一聲跪倒在地，砰砰砰磕了三個響頭。

「娘不要擔心，我定會早日歸來的。」

起身後，他再看向寧念之。「妹妹，等我回來。」

第七十七章

初時，寧念之不覺得日子有什麼不一樣，之前兩個多月，原東良也不在京城，她已經習慣了。但一個月過去，她心裡忽然多了幾分想念。

天氣逐漸變冷，西疆有沒有跟著變冷呢？這會兒，他走到哪裡了？路上可有添置衣服？吃了什麼、喝了什麼，趕路辛不辛苦？怎麼到現在都還沒有信來呢？

針線房送了今年冬天的衣服過來，寧念之又開始想，之前聽原東良說，西疆四季如春，那棉衣用得著還是用不著？要是半路上買的，穿著會不會不暖和？

直到十月，總算收到了原東良的第一封信，平安抵達西疆。

冬天的第一場雪下來時，寧念之又想起，去年冬天，原東良帶著弟弟們打雪仗，她和寶珠也參加了，玩得挺痛快。今年原東良不在，怎麼有點提不起興致呢？

冬至吃餃子，她又想，西疆吃得到餃子嗎？別人做的，不知道合不合他的口味？若能再加上一碗羊肉湯，就更好了。

年底，她收到第二封來信。十一月寫的信，現在才到，厚厚一疊，原東良恨不得把每天吃了幾頓飯、菜色是什麼都寫上去，詳細得讓人看完，眼前即能浮現出他的生活。

寧念之正看得入神，卻聽見寧寶珠的聲音。「大姊大姊，快出來啊，今兒終於不下雪了，咱們出去玩會兒吧？整天在屋子裡悶著，都快悶出病來了。」

寧念之將信塞到盒子裡，掛上小鎖，再把盒子放進床頭的百寶箱，才整理了衣裙出去。

寧寶珠穿得厚厚的，整個人比平時要胖三圈，白白的兔毛圍在脖子上，襯得一張小臉越發白淨。現在，她總算也有些少女的樣子了。

寧念之招呼寧寶珠進來，在她身邊坐下。「二嬸可還好？」

有丫鬟過來替寧寶珠把身上的披風解下來，寧寶珠伸出胳膊，劃了兩圈，穿太厚，都快動彈不得，這下輕鬆了，還真不習慣呢。

「好得很，還要多謝大伯母呢，年底不好找穩婆和大夫，若不是大伯母，這會兒哪有人願意上咱們家守著。」寧寶珠笑嘻嘻地說道。再三天就過年了，誰不想回家過個團圓年？

「這是應當的，我娘當家呢，這事她不管，誰管？」寧念之笑著說道。看看外面的天色，總算放晴了，不過，陽光白慘慘的，看著沒一點暖意。

「咱們出去玩吧？」寧寶珠又問道。

寧念之搖搖頭，有些懶洋洋。「不太想動，又太冷，還不如在屋裡烤火呢。咱們來下棋如何？」

「下棋肯定贏不了妳啊，我又不傻，明知道不會贏，還要上趕著求敗。」寧寶珠嘟囔，眼珠子一轉，笑得挺曖昧。「原大哥是不是給妳寫信了？」

寧念之掃她一眼，沒說話。

寧寶珠見狀，笑咪咪地繼續說：「前幾天祖母知道妳跟原大哥訂親後，那生氣的樣子，簡直恨不能讓大伯母立即去西疆，將親事給退掉呢。」

趙氏一直不知道寧念之跟原東良的事，後來周氏送鐲子時，才隱約知道一些，但那時她還在為寧霏的事情焦頭爛額，又不好當著原家人的面撕扯，就暫且沒出聲。

三天前，隨著原東良的信來的，還有原家的年禮。寧念之和原東良的親事，兩家長輩已是心照不宣，年禮裡，就有一份是原東良特意給寧念之準備的。

這下，趙氏立刻炸了，這兩日天天拽著馬欣榮嘀咕，說原東良配不上寧念之，鬧得連寧寶珠都知道了，才來打趣寧念之。

「不過，我倒覺得原大哥挺好的。你們從小一起長大，知根知底，原大哥將來肯定不會辜負妳。我總算看出來了，原大哥怕是早打著妳的主意，從小對妳就不一樣。咱們一起出去玩，明明都是妹妹，他卻從來只顧著妳，半點目光都不願意分給我，我還以為是他不喜歡我呢。」

她嘖嘖了兩聲，又說道：「現下看來，那就是對待娘子和對待妹妹的不一樣啊。買點心時，對妹妹，那是買什麼吃什麼；對媳婦兒，就是吃什麼買什麼。」

「大姊，妳說，我那會兒怎麼就沒眼色呢？每次原大哥帶妳出去玩，還非得要跟著，不知原大哥背地裡是不是常常覺得我礙眼得很。」

就算寧念之臉皮厚，和同齡的小姑娘比起來，對這種話題一向平靜以待，但這會兒也有點兒繃不住了，臉色微紅地瞪寧寶珠一眼。

「胡說什麼呢！」

寧寶珠哈哈大笑，伸手要捏寧念之的臉頰。

「大姊長得真好看，害羞時更好看，我是個女孩子，瞧了都忍不住想摸一下呢，難怪原大哥會動心。大姊大姊，給我摸一下唄。」

「膽兒肥了啊妳。」寧念之奮起反抗，姊妹倆在軟榻上扭成一團。屋裡生了炭盆，暖和得很，鬧一會兒，就有些出汗了。

寧念之坐起身子，將頭髮往後面攏了攏。

「好了，說正經事。昨兒寧王府不是送了年禮嗎？妳可有看出什麼不妥來？」

原東良走了沒兩天，寧王世子就上門來接寧霏了。寧震出面，和寧王世子關在書房，說了大半天的話。出來時，寧王世子的臉色不怎麼好，也沒去見寧霏，轉身便走人。

又過兩天，寧王親自帶著寧王世子上門，當著寧博和趙氏的面，將那外室送過來，說把人交給寧家處置。至於她腹中的孩子，若寧家願意留著，寧王府感激不盡；若是不願意留，寧王府也絕無二話。

以寧霏的性子，自然是不願意留的。但走到這一步，趙氏還不算太傻，將寧霏叫進房，勸了一會兒，才讓寧霏點頭。

現在寧王府已經不怎麼看重寧霏了，再折騰下去，勢必連最後的情分都保不住，還不如給寧王府一個面子，將孩子留下來，好回了寧王府，等日後站穩腳跟再說。

反正，那孩子還沒出生呢，是男是女還說不準，暫時不用擔心會搶嫡子的風頭，就算是男孩，將來能不能長大也兩說，沒必要非得這會兒撕破臉。除了讓寧王府覺得寧霏蠻橫不講理、寧家仗勢欺人之外，再沒別的情分。

至此，寧霏總算回了寧王府，外室則被趙氏養在她的陪嫁莊子上，只等孩子生下來，送回寧王府。生完孩子，這姑娘便沒了活路。

寧念之倒是有些惋惜，才二十來歲的姑娘，像花一樣呢，卻已經沒了後半輩子。但沒有多少同情，從那外室爬上寧王世子的床開始，就應該想到，可能會有這麼一天。

當妾室有什麼好？稍有過錯，就被主母發賣，何況她還非得和主母對上。寧霏可不是無依無靠的人，萬不會忍受這種氣。

「比往年少了些。」寧寶珠猶豫一下，伸出兩根手指道。「至少少了兩成。」

「嗯，看來小姑姑的事，還是沒善了啊。」寧念之嘆氣。

寧寶珠撇撇嘴。「年禮又不是小姑姑能決定的，大約是寧王妃作的主。我聽哥哥說了，這不光是咱們和寧王府之間的事，說不定，還牽扯到太子和大皇子呢。」

寧念之挑眉。「安和哥哥竟然能看出這些？」

寧寶珠驕傲地挺胸。「妳可別小看哥哥，哥哥和安成一起唸書，雖說比不上安成，但在書院也算是佼佼者。他們兄弟倆又時常湊在一起嘀嘀咕咕，知道這些也不意外。」

寧念之忍不住笑。「好好好，之前是我低估他。對不住，以後再也不會小看安和哥哥了。」

寧寶珠這才露出大大的笑容。姊妹倆正說著話，寧寶珠身邊的丫鬟卻急匆匆地跑進來。

「姑娘，快，夫人發動了！」

寧寶珠一驚，有些慌亂。「發動了?!大姊，我應該怎麼做?我娘不會有事吧？」

「趕緊去看看。」寧念之忙說道，一邊讓聽雪拿披風過來、一邊問那丫鬟：「老太太和我娘那邊，可都讓人通知了？」

小丫鬟回道：「奴婢過來時，二夫人身邊的嬤嬤正往榮華堂報信，想來老夫人已經知道了。大夫人那裡還沒去說。」

寧念之擺手。「聽雪，快叫我娘過去。另外，到庫房領上了年頭的人參來。還有，讓廚房準備熱水，備上湯藥，能救急的全都備上。」

說完，她急匆匆地拉了寧寶珠出去，直奔二房的院子。

姊妹倆剛進門，就聽見李敏淑一聲痛呼，但趙氏還沒到。

寧寶珠著急，想往裡面衝，李敏淑身邊的丫鬟忙攔住她。

「姑娘，您可不能進去，省得衝撞了。夫人才剛發動，還得等會兒呢，您先回去等著？」生孩子這種事，沒出閣的小姑娘是不能看的。

那丫鬟硬是攔著寧寶珠，不讓她進去，耗到馬欣榮過來，才鬆了口氣。

馬欣榮一邊掀開簾子進去，一邊吩咐身邊的陳嬤嬤。「把兩位姑娘帶去芙蓉院，別讓她們靠近。」

陳嬤嬤應了，她力氣大，拽著兩個小姑娘往回走。

寧寶珠扒著她的胳膊求情。「我們不去大姊的院子，太遠了。陳嬤嬤，妳鬆開手，我保證不進去，就在外面等著行不行？」

「不行，二姑娘這樣，二夫人知道了也不安心啊。再者，外面冷，萬一凍著姑娘怎麼辦？」陳嬤嬤毫不留情。

寧寶珠眼巴巴地看著寧念之。「大姊，妳幫幫我，我不站在外面，就在……」頓了下，道：「就在隔壁的竹軒等著好不好？」

竹軒和二房只隔著一片小竹林，是李敏淑特意留下給寧安和當小書房的。但寧安和一到六歲，就被寧博強硬地放到外院去，便沒用上。

後來二房多了幾個姨娘，李敏淑心裡不舒服，便不許那些姨娘們住進來。不過是座三間房的小院子，馬欣榮也大方，不住就不住，府裡不缺這幾間屋子。

寧念之不忍心，當年馬欣榮生孩子時，她也是這樣，不能接近，但絕不會離得太遠。設身處地想了下，遂忍不住開口幫寧寶珠說了幾句話。

陳嬤嬤無奈。「好吧，妳們就在竹軒等著，可不能糊弄老奴，不許去產房，知道嗎？」

看兩個小姑娘連連點頭應了，陳嬤嬤這才轉個方向，將人帶到竹軒，又去前面忙了。李敏淑的娘家離得遠，老一輩也過世了，這會兒生孩子，自然找不到娘家人幫忙。

本來請了趙氏，按說這是親兒媳呢，得進去寬寬她的心，但趙氏不願意，說身上不太舒服，怕過了病氣給她，只願意在外面等著。

沒辦法，馬欣榮只好獨自進去了。

雖然李敏淑生過孩子，但這會兒最小的寧寶珠都十三歲了，為著再懷孕生子的執念，光養身子都用了十年，這會兒身上痛得說不出話，只能眼巴巴地看著馬欣榮。

馬欣榮忙上前拉住她的手。「快別說話，寶珠和安和都在外面等著呢，二弟妹加把勁，早些生了孩子，好讓他們安心。之前大夫不是給妳把過脈，說這胎健康得很嗎？來，我說，妳跟著做。」

又是一陣疼痛，李敏淑手一緊，差點沒將馬欣榮的指頭給捏碎。

馬欣榮也只能忍著，鎮定說道：「吸氣，呼，對，慢慢呼，把勁兒往下面使。」

這邊在用勁，那邊的孩子也坐不住，寧寶珠在屋裡不停轉圈；寧安和則站在院子門口，盯著產房，神情嚴肅，一語不發。

「大姊妳說，都半個時辰了，怎還沒生下來？」寧寶珠蹉了會兒，轉頭問念之。

寧念之擺擺手。「別著急，生孩子哪有那麼快的，我娘生安平時，足足兩個時辰，穩婆還說生得快呢。眼看要中午了，你們兩個先過來吃些熱飯菜，不要二嬸還沒生下孩子，便撐不住了。」

平時一說起吃飯，寧寶珠是兩眼發光，這會兒卻沒心情地搖頭。「我吃不下，大姊自己吃吧。對了，要不要給祖母和大伯母送些飯菜去？」

「還用妳說，已經讓人準備，馬上就送來了。」寧念之笑著說道，正打算端碗喝口湯，忽然聽見不遠處有說話聲。

「當真要這樣做？」

「不是我們要這樣做，是我們不得不這樣做。如果二夫人不死，咱們永無出頭之日。」

「可咱們又不能扶正，過兩年，老爺不照樣會續弦嗎？誰能保證新的二夫人比現在這個強？」

「妳傻了？在新夫人進門之前，難不成妳還勾不住老爺嗎？只要有了孩子，新夫人是什麼性子，和咱們有什麼關係？」

「可二夫人……」

「誰讓二夫人那麼狠毒，竟然讓我吃了絕育的藥。她倒好，自己調理一段時日，現下要生孩子了。我一想到這個，心裡就不舒服，我一定要報仇！」

「但大夫人和老太太都在，咱們不能靠近……」

「說妳蠢就是蠢，咱們何必靠近？廚房的人不是要給她送湯藥嗎？趁此機會，我將人引開，妳立刻把藥放進去。我告訴妳，現在咱們倆已經是一條繩上的螞蚱，若我出事，妳也活不了！」

「我……我有些害怕……」

「哈哈哈，害怕？當初雲姨娘讓妳幫忙時，妳怎麼不說害怕？」

寧念之立刻站起來，難道雲姨娘的事還沒料理乾淨？二嬸的院子，也管得太鬆散了吧，連真正的幕後之人都沒查清楚。

「大姊？」寧寶珠正在轉圈，被寧念之這動作嚇一跳，連忙問道：「怎麼了？」

「有些不舒服，總覺得今兒的飯菜口味不對。」寧念之皺眉，看向寧安和。

「安和哥哥，你到廚房問問，看二嬸的湯藥是誰經手的。若沒事，由你親自送過來；若經了別人的手，先把人抓住。」

寧安和的表情變了變。「妳的意思是，有人對我娘下手？」

寧念之道：「說不定只是我太緊張了，但以防萬一，你還是趕緊去。」

寧安和繃著臉點頭，轉身就走。

寧寶珠的臉色慘白一片。「定是那些姨娘搞鬼，若我娘出事，她們便能得到好處！不行，我不放心，我得去看看！」不等寧念之說話，也像一陣風一樣地衝了出去。

寧念之也生怕去得晚了，來不及阻止那些人下藥，遂趕緊跟上寧寶珠出門。

第七十八章

姊妹倆往外跑，在二房的院子門口遇見拎著食盒的丫鬟。

寧寶珠反應快，一抬手，把食盒打落。

那丫鬟不知所措，又驚又怕。「二姑娘，您這是……」

趙氏看見，皺眉道：「寶珠，妳這是做什麼？多大年紀了，還這樣毛毛躁躁。這可是給妳娘準備的湯藥，妳弄灑了，她吃不到，等會兒身上沒力氣怎麼辦？」

寧寶珠氣急。「這湯有問題！」

丫鬟聞言，更是怕得要命，撲通一聲跪下。

「二姑娘，您不能冤枉奴婢啊！這一路上，奴婢沒讓人碰過食盒，奴婢用性命保證，絕對不會害夫人的！」

這會兒，趙氏也有些不高興了。「寶珠，妳是不是想太多了？」

寧寶珠不說話，只憂心地看向產房。

產房裡，李敏淑已經疼得神志不清，馬欣榮不曉得外面的事情，只不停地喊她、安撫她。

「二弟妹，再堅持堅持。妳想想，孩子生出來了，肯定會和他大哥一樣，長得英俊瀟灑，將來文武雙全，妳捨得不讓他出來見見世面嗎？來，睜開眼睛，和我一起用力，往下，使勁往下。」

寧寶珠到底是姑娘家，聽著裡面的慘叫，現在又看誰都覺得是要害自己娘親的人，心裡恐慌至極，卻不知道應該做什麼，只能轉頭看寧念之。

寧念之也顧不上安撫趙氏，叫來李敏淑身邊的嬤嬤。

「妳守在門口，仔細檢查進出的丫鬟，可不能帶了什麼東西進去。外面有我看著，絕不會有事的。」

她說著，又叫一起跟來的馬嬤嬤。「嬤嬤，妳去廚房幫忙，準備參片。」

馬欣榮的聲音又傳出來。「弟妹，用力啊！」

這時，寧安和帶著人急匆匆地過來。「廚房那邊已經問過了，這是我親眼盯著盛出來的，先讓大夫看看？」

寧念之點頭，寧安和忙把湯藥送到大夫面前，確定沒問題了，才讓人端進產房裡。

幸好，鎮國公府是馬欣榮管家，那兩個想害人的姨娘想往廚房伸手，也伸不到，只能在半路上想辦法，但又被寧念之擋住，沒讓李敏淑沾到不好的東西。

但李敏淑年紀大，已經吃了十年的藥，懷孕時又補得太多，這會兒生得很不順利。

從上午開始，她一直疼到晚上，中間生怕餓著，還喝了一碗湯。直到點燈的時辰，還沒生下來。

馬欣榮沒辦法了，只好讓大夫進去把脈，果然是難產。

李敏淑已經沒力氣，半死不活地躺在床上，拽著馬欣榮，有氣無力地說：「大嫂……我怕是不行了，以後，我的孩子就交給妳，望大嫂憐憫，將他們撫養成人。我知道，以前是我做得不好，有對不住的地方，還請大嫂見諒……」

馬欣榮皺眉。「妳有工夫想這些，倒不如省些勁兒，趕緊把孩子生出來。安和跟寶珠的年紀也不小了，難道妳不想看著安和娶妻生子，看著寶珠嫁人？再想想妳肚裡的孩子，妳吃了十年湯藥，不就是為了他嗎？事到臨頭，卻又想放棄？」

李敏淑聞言，咬咬牙，吸了口氣，又開始使勁。

是啊，為了這孩子，她吃了十年苦頭，終於到成功的時候，卻要放棄，那十年的苦豈不是白吃了？

不行，不能放棄，再加把勁，說不定，馬上就能生出來了，她不能在這個關頭停。

「安和跟寶珠還在外面等著，妳聽見沒有？他們在叫妳，妳捨得離開他們嗎？」

「還差一點點就看見孩子的頭，快，再加把勁！」

馬欣榮在李敏淑耳邊呼喊，李敏淑咬牙使勁，嘴裡含住參片，猛地衝上一股勁——

「生了！」穩婆大喜，忙把孩子拽出來，剪斷臍帶，倒提著拍一下，小小的孩子哇的一聲哭了。

穩婆一邊處理小孩身上的穢物，一邊笑吟吟地說：「小少爺哭聲大，精神足，身子好著呢。」

李敏淑鬆了口氣，然後覺得身子一沈，意識忽然變得輕飄飄，再也察覺不到身上的疼痛。

朦朧間，她聽見有人喊：「不好了，是血崩！快，大夫呢?!」

「二弟妹，妳可不能睡啊！妳不想看看孩子嗎？妳看，孩子的眉眼和妳有八分相似，還等著妳抱他呢！二弟妹，妳快醒醒……」

最終，李敏淑還是保住了性命，但身子受損得厲害。

大夫看了，忍不住搖頭，說是從今以後，她只能靜養著，不能激動，也只能吃清淡的食物。不能操心，不能勞累，還要每天吃藥。

在寧念之看來，這樣的日子苦得不行，但對寧寶珠跟寧安和來說，能保住娘親的性命，已經是上天最大的恩賜。只要人還活著，一切都好。

馬欣榮也拉著李敏淑的手，開解道：「二弟妹，妳想想，若妳有個萬一，依照老太太的性子，會讓二弟當一輩子的鰥夫嗎？怕是過沒兩年，就要找人進門。

「安和還好說，到底是男孩子，只要自己有出息，將來總能過得好；可寶珠呢？誰會費盡心思給她挑選夫婿？還有剛生下來的孩子，他還這麼小，如果沒了親娘保護，妳覺得他能活到多大？」

李敏淑眼眶發紅，經過生死，她才看得更明白。以前怨天尤人，見馬欣榮過得好，就覺得她是狐狸精，心裡憤憤不平；寧震承了爵，就覺得寧博偏心，明明都是親生兒子，卻將家產全給了大房。

所以，有事沒事，她就要念叨幾句大房的不是；瞅準了機會，就要把公中的錢財往自己懷裡揣。她不喜歡大房，覺得大房是擋在她富貴榮華路上的攔路石，恨不能有多遠踹多遠。

偏偏，在最緊要關頭，是馬欣榮在照顧她、鼓勵她。她喜歡錢財，現在卻忽然想明白，沒了命，有再多錢財也白搭，留下來給誰花？新夫人進門後，閨女跟兒子還能保住那些東西嗎？

若她死了，趙氏提起來，可能還要罵兩句；寧霄提起來，大概也就前三個月會哭一哭；唯一傷心難過的，怕只有兩個孩子了。

她捨得離開，將孩子們留下來任人折磨？

當初怎麼就著了魔呢？瞧著馬欣榮一個接一個地生孩子，丈夫寶貝、娘家疼愛，寧博看重，孩子們又貼心孝順，於是腦袋像進水一樣，覺得肯定是孩子生得多的緣故，要死要活地非得再生一個，卻沒想過，萬一她出了意外，孩子可怎麼辦？

馬欣榮又道：「大夫也說了，只要妳好好養著，身子就能好轉。瞧，為了再要個孩子，妳吃十年的湯藥都不覺得苦，現在不過是和以前一樣，再吃十來年的湯藥。到時候，說不定身體就完全好了呢。

「那會兒，安和已經娶妻生子，妳等著抱孫子就行。寶珠也嫁人了，妳不想看著她出門嗎？還有妳用自己的命換來的孩子，難道不想親眼看著他長大？」

李敏淑連連點頭。「大嫂說得是，是我糊塗了。現在我已經想明白，大嫂不用為我擔心，為了孩子們，我會撐下去的。我還等著喝媳婦兒的茶呢，可不能現在就倒下去。」

見李敏淑確實有了活著的慾望，馬欣榮才點頭，抬手給她掖掖被子。

「那行，妳好好休息，其餘的事情別多想，聽大夫的，只管好好養著身子。孩子那邊也別操心，之前不是已經找好奶娘嗎？回頭我會多看顧，等妳出月子，便能常常見到孩子了。」

李敏淑笑著點頭，看馬欣榮起身要走，忽然想起一件事，忙拽住她的衣袖。

「大嫂，萬一老太太說要養著孩子……」

馬欣榮有些為難，李敏淑傷了身子，得長年吃藥，怕趙氏還真會想辦法把孩子抱到身邊養著。

「二弟妹放心，老太太是孩子的親祖母，難不成會虧待了他？妳只管放心靜養，過個一、兩年，身子好轉，不就能把孩子抱回來了嗎？」

馬欣榮頓了頓，又勸解道：「再者，妳看看寧旭，以前在老太太身邊時，身子不也養得很壯實？這樣吧，如果老太太真的這麼做，回頭我讓奶娘每天抱著孩子過來給妳瞧一瞧好不好？」
李敏淑也知道馬欣榮阻止不了趙氏，想想，三歲前，孩子還不懂事，養在趙氏身邊沒什麼妨礙，只要吃好穿暖就行。
不過，她得趕快養好身子，不然，等孩子三歲以後開始啟蒙，若還放在趙氏那裡，怕就要養出一個紈袴了。
寧霄和寧霏可都是趙氏養大的，一個書呆子、一個自私自利，都不是什麼好東西。
李敏淑心裡憋著一股勁兒，強迫自己安心休養，想著寧寶珠的年紀也不小了，索性將二房的事情全交到閨女手裡，也算鍛鍊鍛鍊她管家的本事。
之後，李敏淑每天除了吃就是睡，月子坐了三個月，直到春暖花開，身子才稍稍好了些。之前發青慘白的臉，總算有了點血色。
這日，去榮華堂的半路上，李敏淑向寧寶珠問起生產那日的事，寧寶珠便將最後的處置說了一遍。
「祖母的意思是，把人送到莊子去，畢竟，有個姨娘生了珍珠妹妹，不好處置太過。但大伯母說，這樣的人不能留，今兒能對主母下手，明兒就能對嫡子嫡女下手，非得要將人發賣了。」
李敏淑趕忙問道：「那然後呢？」

「祖母說，這是二房的人，得讓爹爹開口。然後，大伯盯著爹爹作出了決定。」寧寶珠忍不住笑。「兩個姨娘都被發賣了。祖父也說，咱們二房的孩子不少了，沒必要再有庶子庶女，以後爹爹再買姨娘，就買灌過藥的。」

寧博也是無奈，若寧霄是個心有成算的，能壓得住一屋子鶯鶯燕燕，那還好說，但三天兩頭就鬧出姨娘謀害主母的事，說明他鎮壓不住，索性從根源上斷了。沒有孩子傍身，妾室過得好不好，就得看主母的心情。

反正，二房又不是沒子嗣，府裡人丁也興旺，大房有三個兒子呢，二房兩個，和寧博那輩相比，已經多了太多。孩子多了，也不代表全是有出息的。

李敏淑聞言，露出笑容，府裡的事情，果然還是得由老爺子開口才行。可惜以前她不懂事，得罪了他，讓他看見她就頭疼，從來不願意插手二房的事情。

如果當初她和大嫂一樣聰明，把老爺子當親爹，只要是老爺子希望的，哪怕有損自己這房的利益，也要讓他高興，說不定早就得到他的庇護了。

不過，孝順老人家這樣的事，不能光是嘴上說得好聽，得和大嫂一樣，看能為老人家做什麼。

李敏淑在生死路上走了一趟，腦袋忽然清醒很多。看看像花朵一樣的閨女，更是下定決心，以後定要多多親近大嫂才行。

趙氏那樣子，怕是指望不上，她也沒那麼多精神。寶珠的親事，怕還是要煩勞大嫂留意。

李敏淑和寧寶珠到了榮華堂，請安行禮後，趙氏果然說起孩子的事情來。

「……之前我怕他年幼，不能離了親生母親，這才沒有開口。眼下孩子長大了些，妳身子又不好，我看，是不是把孩子放在我身邊？」

李敏淑忙說道：「老太太疼愛孫子，兒媳感激不盡，只是，他小孩子家家，正是不懂事的時候，吃喝拉撒，又整日整夜地啼哭，怕是會擾了您的清靜。」

趙氏微微皺眉。「有奶娘照看著，難不成孩子哭鬧，就沒個人哄哄嗎？」

「這孩子大約是因為難產，性子有些執拗，見不到我就哄不住。」李敏淑解釋道。

趙氏正打算說話，馬欣榮就帶著寧念之過來了，一進門便笑道：「還有件事，得請老太太拿主意呢。」

趙氏不吭聲，馬欣榮也不在意，直接說：「眼看到了春天，之前念之說，冬天時，同窗請她們姊妹賞梅，咱們是不是也辦個宴會，邀幾位小姑娘過來玩耍？」

趙氏無趣地擺擺手。「這種小事，不用問我了，不過是個宴會，妳看著辦就行。」

她頓了頓，忽然坐起身子。「對了，霏兒正好閒著沒事，要是辦宴會，也把她請過來吧，正好讓我問問她在寧王府過得怎麼樣。」

馬欣榮有些無奈，還能過得怎麼樣？寧霏那脾氣改不了，寧王世子也不是個願意吃虧的人，兩個人見面不吵架就好了，想要恩恩愛愛，還差得遠呢。

不過，寧霏總算有些長進，知道把兒子抱回來養著。既然相公靠不上，她又不想和離，只能靠兒子了。將兒子養在身邊，以後才不用擔心他和她不親近。

「行，回頭我給妹妹送個信兒，看妹妹願不願意來。」馬欣榮笑著說道。

另一邊，寧寶珠湊在寧念之身邊比劃，嘀咕道：「現在弟弟長這麼大，喝奶可有勁了，就是太喜歡哭，哭聲又響。他一哭，我的院子都能聽見動靜呢。」

趙氏動動手指，哭鬧得太厲害？她還是別抱過來了，要不然，以後沒輕鬆日子過了。

不過，趙氏立刻又想到個好人選。「珍珠的姨娘不是被發賣了嗎？大人做錯事，和小孩子沒關係。珍珠才多大，沒了親娘照看，怕那些下人捧高踩低，背地裡對她不好。正好今兒有空，讓她挪到我院子裡來吧。」

寧珍珠是二房的庶女，才四歲，正是懵懵懂懂的時候。誰養好她，以後可就和誰貼心了。

雖說李敏淑腦袋清楚了，但寧珍珠的生母要出手害她，她沒遷怒到這小孩身上就不錯了，更不要提養活寧珍珠的事，她連自家小兒子都快顧不上了呢。

聽見趙氏願意接手，她心裡衡量著，立刻同意，但面上還是要猶豫一下。

「老太太上了年紀，我怕珍珠會累著您……」

「無妨，又不用我親自端碗筷餵飯，有嬤嬤、有丫鬟，還怕照顧不好一個小孩子嗎？」

趙氏不在意，李敏淑就點頭了。「那好吧，回頭我讓人把珍珠的東西收拾收拾，給您送過來。」

寧念之和寧寶珠的年紀都大了，沒必要在趙氏跟前爭寵，對於趙氏將庶女養在身邊的事情，也都不在意。不管怎樣，將來都只是一筆嫁妝的事，也不指望她能聯姻給寧家帶來好處。一個家族強不強盛，靠的不是女人嫁得好不好，而是男人爭不爭氣。

再者，趙氏是真寂寞，寧霏那性子，在寧王府受了委屈，才會到鎮國公府求助，平常沒事，頂多是送個口信或送點東西回來，極少親自來探望趙氏。

寧震和趙氏不親，連帶著幾個孩子過來請安時，也是規規矩矩的。二房的孩子，庶子不能太疼愛，嫡子又長大懂事，不會跟她過分親密。趙氏養著庶孫女，身邊也能熱鬧些。

這事定下來後，下午，寧珍珠就搬去榮華堂了。

第七十九章

李敏淑能起床了，寧寶珠高興得很，跟在寧念之後面嘀嘀咕咕地說話。

「咱們真要舉辦宴會？大姊想好邀請誰了嗎？對了，大姊，明年妳就及笄了，到時候原大哥是不是會回來？

「難得有空，下午咱們到街上轉轉吧，買點胭脂水粉好不好？對了，上次在外面看到一間鋪子，賣的小荷包挺好看的，咱們府裡的針線房能做出那種樣子來嗎？

「聽說徐記出了新的點心，我還沒去過呢。這些天太忙了，一放學，只能趕緊回家，都沒空去買，下午也繞去瞧瞧？」

寧念之被她嘮叨得頭疼。「好，下午出去逛逛，中午可別吃太多，要不然，買了點心，妳也吃不下去。」

寧寶珠忙點頭。「大姊放心吧，不管買多少，我都能吃得下。」

寧念之打量她一下，打死不承認有些羨慕寧寶珠，吃多少都不胖，簡直是所有女子的夢想。哎，她就沒那麼好的福氣了，想要長不胖，除了多動動，沒別的辦法了。

姊妹倆約好下午出門玩耍，午飯就吃得有些匆忙。

馬車出了寧家，寧寶珠又開始和寧念之嘀嘀咕咕。「年前，這邊有個賣豌豆糕的攤子，挺好吃，但今年怎麼不在這兒了？」

寧念之也不知道，寧寶珠嘀咕兩句，又換了話題。「這攤的絹花做得精巧，就是用料不太好，太粗糙了。如果，我給料子讓他們做，這樣行不行呢？」

「應該可以。」寧念之點頭。

寧寶珠見狀，忙掀開車簾招手。賣珠花的婦人猶豫一下，抬手指了指自己，見寧寶珠點頭，才趕緊上前行禮。「這位姑娘，可是要買珠花？」

「不是。我給珍珠和布料，妳能幫我做幾個絹花嗎？」寧寶珠問道。

婦人忙點頭，喜不自禁，這馬車上有鎮國公府的圖徽，若她做的珠花讓這位姑娘滿意，還怕以後沒生意找上門？

「可以可以，姑娘想要什麼樣子的，我回去趕，兩天就能做出來了。」

寧寶珠搖頭。「我沒帶著東西，回頭讓人給妳送過來，看著做就行了。訂金也先給妳，做得好，我另有打賞；如果做得不好……」

婦人忙道：「如果做得不好，分文不要，另外再送姑娘十朵絹花！」

寧寶珠噗哧一聲笑出來，要不是看不上攤子擺的那些，還用自己給珠子嗎？遂擺擺手，放下車簾。

「妳等著，明兒我讓人送東西過來。」

馬車繼續往前走，到了大街，寧寶珠就不願意待在車上了，拉著寧念之下來，看見鋪子就進去看，賣首飾的、賣胭脂水粉的、賣布料的，甚至連書鋪都不放過。

半條街走下來，寧念之有些累，坐在椅子上歇歇，看寧寶珠扒在櫃檯上，指揮店小二拿東西。然後，遠處傳來喊聲。「讓開，加急戰報！加急戰報！」

寧念之迅速起身走到門口，見街上人群已經散開，有馬匹從遠處飛奔過來。

京城是不允許跑馬的，要是讓馬跑得太快，就會被巡捕營的人抓去蹲大牢。但眼前這個，是唯一的例外——加急戰報。

信差穿著代表驛站的灰褐色衣服，看那樣子，就是好幾天沒休息了，風馳電掣般從街上跑過。寧念之看著那馬匹的背影，忍不住皺了皺眉。

一般來說，這樣加急的戰報，只有兩種情況，一種是受災，一種是打仗。冬天才剛剛過去，春暖花開，想來應該不是受災。那麼，有九成的可能，是要打仗了？

「大姊？」寧寶珠也湊過來，往街上看。

寧念之回神，捏捏她的臉頰。「看完了？有沒有看中的？」

「還沒看完呢，我剛聽見聲音，說有加急戰報？」寧寶珠好奇地問道。

這會兒，街上已經恢復平靜，該擺攤的又出來擺攤，該走路的也繼續走了。

「嗯，大約是有什麼急事。」寧念之說道，轉頭看櫃檯。「沒有看中的？」

「不是，看上兩個，我都挺喜歡的，不知道應該選哪一個，大姊幫我看看？」寧寶珠說道，拽了寧念之，一起到櫃檯旁邊看。

寧念之抬手指了指。「這個不錯。」

「可是，我也喜歡那個啊。」寧寶珠更猶豫了。

寧念之見狀，索性不管她，讓她自個兒想去，又坐下來歇歇腿了。

這時，腳步聲響起，寧念之抬頭一看，是趙頤年。

「欸，沒想到能碰見妳們，妳們在這兒買什麼？」趙頤年好奇地問道。這間可是古玩店，小姑娘家家的，不是應該去賣胭脂水粉的鋪子逛逛嗎？

「我想買個玉鎖。」寧寶珠轉頭看他一眼，嘆氣道：「不過，不知道應該買哪一個呢。」

趙頤年湊過來看。「這款式，是給男孩子買的？哦，我想起來了，妳又多了個弟弟。之前你們家辦滿月宴，我娘有去，說妳弟弟生得白淨，挺好看的。依我看，妳應該買這個。」

「為什麼？」寧寶珠好奇地問。

趙頤年指了指其中一個玉鎖，笑著說：「瞧見沒？這上面有虎紋，適合男孩子戴。」

他和寧念之選的一樣，於是寧寶珠一揮手。「掌櫃的，給我包起來，多少錢？」

「這位公子和姑娘真真好眼光，這可是漢朝的古物，是武帝戴過的東西。這個價。」掌櫃的伸出手指比個數字。

寧寶珠吃驚地張大嘴，趙頤年噗哧一聲笑出來。「掌櫃的，你當我們是肥羊啊，想隨便割一刀？還漢朝呢，我瞧著連永朝的都不是。前幾年，大元出了個雕刻大家，我記得，他最喜歡仿古雕了……」

掌櫃的臉色立即變了變，連忙笑道：「是嗎？那可能是老朽看錯，老朽上了年紀，老眼昏花，都分不清楚了。這位公子，那您看，這東西值多少價？」

趙頤年抬手比劃一下，掌櫃的苦了臉。「這位公子，小的收進來時，可不是這個價錢，這可賠太多了。您看，是不是再多給點兒？」

「再多沒有了。那位雖然是大家，但留下來的東西不少，這玉鎖不過是個小玩意兒，三百兩願意賣，我們便拿走，不願意就算了。」

說完，他轉頭看寧寶珠。「若是有空，我帶妳們到別處看看，定能買到更好的。」

掌櫃的有些急了，忙道：「四百兩！也要讓小的賺個辛苦錢是不？這位公子您也說了，那位是大家，留下的東西雖多，但件件是精品，就衝這玉質、雕工，四百兩也不多。」

趙頤年卻不買帳，堅持三百兩，兩個人你來我往，看得寧寶珠都忍不住張大了嘴。

一開始，這掌櫃可是打算要三千兩的！趙頤年一出現，三千變三百，簡直就是……變化太快，她有點跟不上啊。

最後，掌櫃的認輸，趙頤年成功用三百兩將東西買下。

寧寶珠看了，急忙擺手。「怎麼能讓你掏錢呢？我來我來。」

但趙頤年已經搶先把銀票塞到掌櫃的手裡，笑咪咪地看寧寶珠。「又不是什麼貴重東西，就當是我送給妳弟弟的見面禮。那天我沒過去，還沒看過他呢，回頭等他大些，我再找機會見見。」

「但是太貴重了。」寧寶珠有些無措。不過是個小嬰兒，一般給見面禮，不會超過一百兩的。

寧寶珠轉頭看寧念之，寧念之卻瞇著眼打量趙頤年。

無事獻殷勤，非奸即盜。難不成，這小子想求自家妹妹？

上輩子，趙家落魄了，而鎮國公府沒了頂梁柱，也落魄得不行，趙家求娶寧念之，不算太過分。可這輩子，寧震還在，寧博的身體也很好，趙家可就有些配不上寧家了。

沒等寧念之開口，趙頤年又說道：「對了，有家新開的食肆，專做麵食，尤其是蔥油麵，好吃得很。兩位姑娘能不能賞光，讓我請妳們吃頓飯？」

寧寶珠眼睛瞬間亮了。「新開的食肆？在哪條街？」

趙頤年笑得眼睛都瞇起來了，回答：「安康街，剛開了小半個月。」

寧寶珠聽見，立刻拿起掌櫃包好的盒子，興高采烈地打算跟著趙頤年去新開的食肆轉轉。

寧念之無語，一碗麵就把寧寶珠勾走？也太容易了吧？

她趕緊把人拽住。「妳不是還打算去買首飾嗎？」

「首飾什麼時候買都行，要是沒空去逛，讓他們送來挑也可以啊，還是去食肆更重要。」寧寶珠笑嘻嘻地抱著寧念之的胳膊晃了晃。「大姊去吧，轉了半天，難道妳不餓嗎？」

她當然餓，可是……

趙頤年也忙道：「寧大姑娘，雖說只是個小小食肆，但店家勤快得很，打掃得很乾淨，東西也好吃，賞個臉吧？」

接著，他又壓低聲音道：「好久沒見原兄弟了，我也想問問他的情況呢。」

好吧，看在原東良的面子上，她去一趟，反正只是吃個飯，吃完就沒事了。寧寶珠也不是時常出門，趙頤年總不能找到鎮國公府來吧。便點頭答應。

寧念之一點頭，寧寶珠就差點蹦起來了。「哈哈，我就知道大姊最好了，那咱們趕緊去。趙公子，要是不好吃，我可會對你不客氣的。」

「肯定好吃，我不會騙妳的。」趙頤年笑著說道，告訴寧寶珠：「他們家的麵，都是花了一個時辰才揉出來的；煮麵的湯，則是用家傳秘方熬的骨頭湯。麵條勁道，湯夠味。這會兒天氣還有些冷，吃一碗麵、喝一碗湯，那滋味，保證妳想再來一碗。」

趙頤年從小就是個吃貨，寧寶珠不遑多讓，兩個人一說起吃食，就是久逢知己，一個人說完，另一個立刻接上，聊得好不熱鬧，寧念之完全沒能找到插嘴的機會。

那食肆果然和趙頤年說的一樣，地方雖然不大，但收拾得非常乾淨，小二也機靈，看見一位公子帶著兩個姑娘，便趕緊領他們到稍微角落的地方坐下，口齒伶俐地報上了自家的招牌飯菜。

寧寶珠轉頭看趙頤年，趙頤年壓低聲音道：「如果喜歡稍微辣些的，牛肉麵最好；如果不喜歡辣，清湯麵最好；若是……」介紹得清清楚楚。

等麵端上來，寧寶珠吃了一口，忍不住對趙頤年點頭。「你說得對，這麵的味道真好，下次我還要來吃。」

「下次妳想吃了，我帶妳來。」趙頤年連忙說道。

寧念之聽了，咳嗽一下，瞪趙頤年一眼。

趙頤年訕訕笑了兩聲，背著寧寶珠，衝寧念之拱拳。

寧念之無語了，她不過是十四歲的小姑娘好吧？是不是找錯人求情了？回頭等寧安和知道了這事，不修理他才怪！

不過眼下不是計較這個的時候，趙頤年在別的事情上或許不可靠，但在吃食上，卻是最可靠不過。這麵果然好吃，還是等吃完飯，再說其他的吧。

趙頤年也有分寸，吃完飯付了帳，把姊妹倆送到馬車前，便轉身告辭了。

姊妹倆上了車，寧寶珠還在嘰嘰喳喳地說那食肆的好。「只當他們家的麵條好吃，沒想到餅也好吃呢。尤其是這個肉餅，香噴噴的，我還能再吃三個！」

「這些不是妳要帶回去給大家嚐的嗎？」寧念之問道。

寧寶珠有些發愁。「哎，早知道就多買些了。沒關係，反正知道食肆在哪裡，這些先讓大家嚐嚐，明兒我再讓人去買。」

轉眼回到鎮國公府，姊妹倆便分開，一個去明心堂，一個去自家娘親的院子了。

寧安平大了，馬欣榮正摟著他識字，一見寧念之進來，寧安平就姊姊、姊姊的喊著，往寧念之身上撲。

寧念之拿出今兒買的肉餅，一邊掰碎了餵他吃，一邊和馬欣榮說話。「今兒在街上看見傳信的差役，說是有加急戰報，又有什麼事情了嗎？」

馬欣榮皺眉想了想，搖搖頭。「沒聽妳爹說起哪裡不太平，我也不清楚，等妳爹回來了再問問。今兒都買了些什麼？」

「就寶珠添了些東西，我倒是沒買什麼。」寧念之說道，猶豫一下，還是說了趙頤年的事。

「……看他那樣子，像是對寶珠有意。但寶珠年紀小，現在二嬸的身子又不好，若是有個萬一……」

馬欣榮聽了，噗哧一聲笑出來。「妳自己才多大，還擔心寶珠有個萬一？寶珠從小和妳一起長大，雖然天真單純了點，但該學的沒少學，自己應該有分寸的。若是她不開竅，趙頤年再怎麼樣都沒用；若是寶珠開竅了，以趙家的家世，也還配得上寶珠。」

寧念之眨眨眼，馬欣榮點點她的額頭。「妳二叔現在只是個五品官，趙家好歹還有個爵位，如果趙頤年爭氣些，趙家不是沒有再起來的一天。若非咱們府裡沒分家，寶珠還有些配不上趙頤年呢。」

寧念之抽了抽嘴角。對啊，她居然忘了這個。

「行了，妳別操心這事，小小年紀倒像個老太太一樣，什麼都想管。」

馬欣榮無奈，忍不住捏捏閨女的臉頰。「妳這個年紀，正是玩耍的時候，得了空，多出門走走，別什麼事情都要插一手。寶珠不是小孩子了，妳還能照顧她一輩子不成？」

其實，這事挺正常的，玩得好了，兩個人互相愛慕，就讓人上門提親，也不是什麼大事。成親之前沒見過面、沒接觸過的，只是少數。大多數的人家，兩個人成親之前，要麼是相看過，要麼是相處過了。

聽了馬欣榮的話，寧念之覺得，是她太操心了。寧寶珠是她的妹妹，又不是閨女，有必要這樣死守嚴防嗎？就是親閨女，到了年紀，不照樣要開始留意親事？

她都能在十三歲時訂下終身，寧寶珠都快十四了，也到了該開竅的時候。如果寶珠不喜歡，趙頤年再獻殷勤也沒用；如果寶珠自己喜歡，家世的差距又算得了什麼？

想通了，也就放開了。寧念之忙拿剛才買的肉餅讓馬欣榮嚐，娘兒倆一邊陪著寧安平認字，一邊有一句、沒一句地聊天，等著寧震回來吃飯。

第八十章

晚上，寧震回了明心堂，臉色很凝重，不若以往的輕鬆自在。

見寧念之也在，他沒多說什麼，連馬欣榮問起今兒的戰報，也只是擺擺手，不讓她多問。

吃了飯，看寧念之走遠了，寧震才說道：「西涼國打進來了。」

西涼國位於西疆，緊挨著大元朝的雲城。原家世世代代駐守西疆，宅邸正在雲城。

另一邊，寧念之早發現情況不對，一出門便豎起耳朵聽明心堂的動靜，心裡猛地一緊，頓住腳步，再也沒辦法往前走。

聽雪差點撞到寧念之的後背，有些疑惑地繞到旁邊問：「姑娘？」

寧念之穩住心神，對她道：「我忽然想起，有東西忘在娘親那兒了，想回去拿……」說著，直接轉身走了。

這時，寧震還在和馬欣榮說話。「西涼國安分守己十多年，這期間並無戰事，現在忽然反了，雲城那邊沒有防備，當天就被屠了將近三千人……」

不管死的是士兵還是百姓，這罪責，原丁坤都逃不掉。要是西涼國有備而來，一個是安逸數十年，一個是磨刀霍霍數十年，這會兒，怕情況已經十分緊急，不然，也不會有加急戰報了。

西疆是原家的地盤，若原家撐得住，何必這樣急慌慌地往京城送信？自己把事情解決妥當，回頭上摺子請功就行，何必擔這罪名？

明心堂外，寧念之走得更急了。

寧震繼續說道：「事情發生後，原老將軍又氣又急，再加上之前本就病得不輕，現下更是起不了床。而原家的幾個兒子……」

寧震沈默一下，馬欣榮立刻明白，也急了。「東良還小，這才回去沒多久，忽然出了這事，原家怕是上下不一心，能有多少人服從他？」

寧震嘆氣。「但是我不能去。」

將領不光得有高強的身手、足智多謀，還要有個本領，就是善於利用地形。北疆多草原，西疆多水多山，寧家的大本營在北疆，就算寧震有再大的本事，但他從沒去過西疆，領兵作戰也沒有勝算。

「那怎麼辦？」馬欣榮更著急，坐都坐不住了，起身在屋子裡不停轉圈。「朝中可有對西疆比較熟悉的將領？原家和咱們不一樣，他們是一直駐守在那邊……」

寧震沒說話，馬欣榮嘀咕兩句，又說道：「不行，我實在不放心。現下東良可有傳消息來？之前不是還寫信嗎？」

寧震搖頭。「最近的一封信，是年前收到的，年後還未曾收過東良的來信。西疆那邊的情況，我知道的也不多，今兒皇上才剛告訴我們這些事而已。至於要不要派人去、派誰去，只能等明兒上朝再議。」

大軍出動不是小事，誰帶兵去西疆、帶多少人、糧草怎麼算、到了之後主帥是誰，這些事，得要商議之後才能定下來。

馬欣榮聽了，半晌沒說話，好半天忽然一拍手。「這事不能讓念之知道……」

話音未落，寧念之掀開門簾進來。「娘，我已經知道了。」

馬欣榮愣了下，有些著急，正要開口，卻被寧震攔住了。

「妳娘是說，準備及笄禮的事，先不能讓妳知道，打算給妳一個驚喜。」

馬欣榮連忙點頭。「對對，我們準備給妳大大的驚喜呢。」

縱使寧念之心裡又著急、又擔憂，這會兒聽他們這麼說，實在哭笑不得，很是無奈。

「爹、娘，我都聽見了。原大哥有危險是嗎？現在情況到底如何？原老將軍不能出面，難道他那些手下沒人支持原大哥嗎？」

「自然是有的，但人都有私心，東良才回去多久，原家那些兒子們在西疆多久？」寧震皺眉說道，被馬欣榮捅了一下，趕緊改口。「當然，妳原大哥是正統嫡孫，定有不少人支持東良那小子。上次他不是說了嗎？原家的勢力，他至少掌握了三成，這都回去好久了，難不成連兩成都沒收攏？加起來至少有一半吧。」

寧念之擰眉。「目前戰況如何？」

寧震嘆氣。「這事哪怕最後是大元贏了，原家怕也脫不了罪。」

原家駐守西疆的目的是什麼？皇帝可不是讓原家去那邊當土皇帝享福，他們最主要的職責，就是守護西疆，防止西涼國叛亂。

現在好了，在原老將軍毫不知情、毫無準備、毫無提防的情況下，西涼國反了，還是有備而來，來勢洶洶，一下子砍掉三千人，迫使西疆的官員不得不送信回朝求助。

三千條人命，還只是頭一天的情況，從西疆送信到京城，最快也要一個月，誰知道一個月下來，那邊會是什麼情況？最壞的，怕是雲城已經被攻下了。

當然，寧震不會跟寧念之說這些，一個小姑娘家家的，他不願她操心，只能笑著哄道：「妳別擔心，東良這小子要是保護不好自己，就白跟我學了這麼些年的功夫，定會平平安安的。」

寧念之抿抿唇，身手好不算本事，自古以來，能當將軍的人，不一定是武功最好的。原東良身手好，能考上武狀元，也是有本事的，但他年紀不大，沒經驗……不，他是經歷過戰爭的，所以，她應該對他多些信心？

這樣想著，寧念之就當沒看穿寧震的敷衍，點頭應道：「爹，若是有什麼變化，您一定要告訴我。如果原大哥出了事，這輩子，我不要嫁人了。」

寧震聞言，頓時呆住，急忙轉頭看馬欣榮。

馬欣榮張張嘴，想說什麼又說不出口，只好嘆氣。

「放心吧，有妳爹在呢，定會保得東良平安。」

寧震抹了把臉。算了，不說自家閨女已經和原東良訂親的事，就衝著原東良喊他十多年的爹，也不能眼睜睜地瞧著他出事。

「行了，包在妳爹身上，爹保證，明兒就派人去西疆打探消息，絕不會瞞著妳。妳也別太擔心，東良習武，就算今天不上戰場，將來也有一天會去，妳得學會放開，不能為這事發愁，毀了自己的身子，明白嗎？」

萬一原東良出了事，到時候，嫁不嫁不是寧念之說了算。小孩子之間，能有多深厚的感情？三、五年過去，照樣淡忘。

馬欣榮卻是深知自家閨女的執拗，打小就這樣，想知道的事情，無所不用其極，偷聽、偷看、偷問，非得弄個明白；想要的東西，今兒不弄到手，明兒也要想辦法爭取。她說不嫁人，以後可能真的不嫁。

於是，馬欣榮有些著急了，使勁拍了寧震一下。

「你上點心，不是女婿，也還是兒子呢！明兒就讓人去打探，再多給些人手，留在東良身邊聽候差遣。你說，皇上會派誰去西疆？」

「暫時還摸不準。」寧震搖頭道。

朝中武將不少，但各人有各人的職責，像寧家負責北疆，原家駐守西疆，蕭將軍率領京城兵馬，李將軍則是游擊將軍。要去西疆，勢必得對那邊有所了解，去過西疆的將領有三位，但有位已經上了年紀，不到緊要關頭，怕是不會出面。剩下兩個，一個太年輕，一個和原家並未有太多聯繫，前幾年周氏進京時，甚至沒拜訪過那家。

思來想去，還是年長這位比較適合。但到底是哪個去，還是皇帝說了算。

寧震揉揉額頭，拍了拍寧念之。「妳放心，不管如何，爹都會讓人把東良看護好，絕對讓他平平安安。」

寧念之點點頭，其實，若有可能，她倒想自己去。可她有自知之明，眼下西疆說不清是什麼情況，爹娘肯定不會讓她出門。再者，她跟原東良還沒成親，完全沒理由找過去。

雖然答應爹娘照顧自己，但接連幾天，寧念之都有些心神不寧，更是時刻不放鬆對爹娘那邊的關注，生怕他們得了不好的消息，會瞞著她。

朝堂上很快就有了決議，皇帝與眾臣挑定人選，領命後，率領五萬兵馬出發，糧草隨後就到。等確定西疆的戰情，再決定是否多派兵馬。

寧震也得了些消息，不過，不是好消息。

原丁坤重病不起，西涼國早有準備，帶著三十萬大軍，一鼓作氣殺進雲城，三天工夫，就將雲城拿下了。原家的庶子們只能帶著兵馬後撤，現在暫守流曼城。

幸好那些人沒傻到家，大敵當頭時還內鬥，雖說誰也不服誰，但對基本的戰略執行還算齊心協力。比如說，緊閉城門。

當然，這方法一點都不高明，甚至可以說，是最沒用的辦法。西涼國都打下雲城了，想要讓原家的罪責輕一點，得儘量將功贖罪，起碼要把雲城奪回來。

原東良倒是想這麼幹，可惜，他能命令的士兵實在太少了些。西疆軍共有十萬兵馬，到他這兒，只能指揮三萬人。

三萬對三十萬，除非原東良想找死，否則，也只能先躲著了。

「可總躲著也不是事兒啊。」原東良的親衛劉鐵柱抱著胳膊，皺眉說道：「咱們願意躲著，但西涼國不會給咱們機會躲。這都第三天了，前兩天西涼國一直在外面罵陣，今兒怕要動手了。」

原東良皺眉看著桌子上的地形圖，心裡盤算，西涼和流曼城中間，只隔著雲城，雲城算是原家的大本營，之前忙著撤退，糧草什麼的沒來得及帶，現下全落到西涼手裡了。

十萬大軍，流曼城怕是養不了一個月，現下，要麼是等，朝廷援軍一個月後必定會到，然後向附近城鎮求助，先籌集糧草。要麼是打回去，就算搶不回雲城，也不能讓西涼太好過。再一個，偷偷繞到西涼大軍後方，燒了他們的糧草。

但最後一個辦法怕是不可行，既然西涼能出其不意地攻打雲城，說明早就做好準備，定不會輕易讓他們打探到糧草在哪裡。

「少將軍，您說，咱們怎麼辦？」劉鐵柱問道。

原東良抬手。「打。若是龜縮在這兒，等援軍來了，咱們雖然能活命，但兵權可就不在咱們手上了。」

劉鐵柱愣了下。「可是二將軍說了，不開城門。」

二將軍是原東良的二叔，原丁坤共有三個庶子，都成家了。今年原東良十九歲了，他們在軍中的時間，自然不少於五、六年，也掌握了一些勢力。

「城門口的兵是誰的？」原東良問道。

劉鐵柱摸著下巴想了一下。「是二將軍的。」

「嗯，今天晚上，咱們來個偷襲。」原東良伸手點了點地圖。「這些天以來，西涼沒有輸過，防備多少會鬆懈，又有二將軍他們在這兒頂著，咱們趁夜出城，兵分兩路，一路走西邊，一路走南邊。西邊為主，咱們殺過去；南邊的人馬則隱藏行蹤，在西涼軍營中製造混亂。」

劉鐵柱聽了，有些猶豫。「咱們只有三萬人馬，西涼可是有三十萬呢。」到時候打起來，自家這邊肯定不占優勢。

原東良笑了一下。「誰說咱們只有三萬人馬了？二將軍那邊，還有三萬呢。三將軍和四將軍的人加起來，也有三萬。」

劉彪眨眨眼，困惑道：「可是……」

原東良把地圖捲起來。「放心，你只管吩咐下去，到時候，二將軍他們定會出手幫忙的。」
劉彪不太明白，但見原東良已經出門，便趕緊加快腳步，出去叫了幾個副將，把原東良的命令傳達下去。只是，他仍不明白，二將軍他們可是恨不得除掉自家少將軍，怎麼可能會把人手挪給他用？
原東良沒空給手下解疑釋惑，出了房門，就先去探望原丁坤。正巧，二將軍也在，原東良面無表情地抱拳，算是行禮了，接著直接走到原丁坤床邊，低頭看他。
「祖父，今兒感覺可好？」
原丁坤昏昏沈沈，連話都聽得不太清楚，只費力地抬抬手。
原東良忙在床邊坐下，伸手握住他。「祖父可是有什麼吩咐？」
「西涼……罵陣？」原丁坤含糊不清地問道。
原東良點點頭。「已經罵了兩天。明兒，我想迎戰。」
原丁坤立刻急了，搖頭。「你……還小，沒經驗……」
原東良彎了彎唇角。「祖父不用擔心，反正已經到了這一步，就算我們不打，西涼也要攻進來的，不如迎戰。」
原丁坤更著急了，但越著急，話越是說不清楚。

原東良只當看不出他的意思，又安慰他幾句，便抬頭看二將軍。

「二叔，我正好有事找你呢，咱們到外面談？」

二將軍垂著眼簾，看原丁坤一眼，慢悠悠地點頭。

「行，咱們去外面說吧。」

兩人走出房外，原東良笑著問道：「二叔，若流曼城只剩下三萬兵馬，您能守幾天？」

二將軍微微皺眉。「三萬兵馬，怕是只能守三天。」

原東良點頭。「朝廷的援兵，至少還要一個月才到。這可不是派人送信的時候，單槍匹馬，只管趕路就行，大軍行進要慢得多。

「二叔也不用懷疑我，咱們現在最重要的，不是爭奪自家的十萬兵馬，而是先想辦法把原家保住。

「沒守住雲城，祖父這輩子的仕途，大約已經走到底了，若連流曼城都失守，我好歹還有個岳父在京城，怎樣也能將我撈出來，日後自有重新出頭的機會。可二叔您麼……」

二將軍是庶子，娶妻時，周氏不願意操心，二將軍也不認識西疆之外的大家閨秀，娶的是雲城知府的女兒，現下雲城被奪，妻族這邊幫不了他了。

原東良老神在在，繼續道：「哪怕這會兒我扔下流曼城，直接去京城，我岳父也能保我沒事。可若流曼城沒了，二叔……」拉長聲音，看二將軍的臉色變了，這才收起笑容，端正臉色。「眼下這情況，二叔可有應對的辦法？」

二將軍沈默不語。

原東良見狀，對他招手。「二叔，姪兒倒是有個辦法，咱們這樣……」把想到的戰術說出來。

二將軍聽完，考慮半天，終於點頭了。

京城裡，寧念之仍不知道戰場的消息，再次收到原東良的來信時，已經是朝廷援軍出發半個月之後了。大約是戰事剛起，原東良就已經寫好的。

信的內容，輕描淡寫地提了幾句西涼攻進來的事，其他多是在安慰寧念之，讓她不要擔心。

有原東良的信，寧念之心裡的焦躁總算減輕了些。

一個月後，她又收到信，原東良帶人消滅西涼五萬人馬，一戰成名。

當兵的人想得簡單些，誰的本事更高強，就更願意追隨誰。只有將領強大，他們活下去的機會才更大。生死相關的事，沒人願意選擇一個無能的將領。

哪怕之前二將軍他們占了不少優勢，但在原東良首戰告捷後，就有不少人往原東良這邊靠了。原東良乘機拿了原丁坤的兵符，徹底將原家的勢力收攏到自己手裡。

然後，他一鼓作氣，在朝廷援軍到達之前，把雲城拿回來了。

拿回來還不算完，既然西涼挑起戰爭，大元朝也不是坐以待斃的，自然要打回去。但原東良這邊，已經是占了優勢，有原家的十萬兵馬，又有從流曼城等地方召來的十萬兵馬，再加上朝廷的五萬援軍，總共二十五萬，對上西涼三十萬兵馬，也是不落下風。

至此，寧念之總算鬆了口氣，只要朝廷這邊占上風，這場戰爭便幾乎沒什麼可擔憂的了，大元獲勝，不過是時間早晚的問題。

年底，西涼增兵四十萬，從雲城西邊繞過去，直奔紅同城。原東良親自帶兵攔截，卻因情報錯誤，被人圍困在峽谷內。

但寧家收到消息時，原東良已經以少勝多，從峽谷裡出來，倒打一耙，再次滅了西涼五萬兵馬。

直到來年八月，寧念之及笄的大日子時，西疆的戰爭仍沒有完結。

第八十一章

這日，寧念之到明心堂請過安，微微蹙眉，嘆口氣道：「娘，及笄禮就不大辦了吧？之前我看爹書房的邸報，朝廷這邊好像輸了……」

「那不過是暫時的，打仗麼，肯定有輸有贏。」馬欣榮不在意地擺擺手。「西涼怕是撐不了多久，妳就不用操心了。及笄禮可是女孩子一輩子一次的事情，娘就妳這麼個女兒，定是要大辦一場。」

寧念之托著腮幫子，繼續嘆氣。「可是我沒心情啊。」

「那是妳在家悶著了。我早說過，讓妳經常和寶珠出門走走，就是不想出門，在家裡辦宴會也行。可妳非得悶在屋子裡，不願意動便會多想，想得太多，可不就要煩悶了。」

馬欣榮說著，揉揉閨女的頭髮。「聽話，得了空，和寶珠一塊兒去玩吧。及笄禮的事，娘親還要好好準備呢。」

日子過得很快，隨即到了寧念之及笄那天。

一早，寧念之就被聽雪她們叫起來。

她打個哈欠，一點都不想動，只聽聽雪與匆匆地說道：「姑娘，原少爺送了賀禮過來。」

寧念之眼睛一亮，趕緊跳下床。「在哪兒？」

「送到明心堂了。」聽雪笑著說道，過來幫寧念之梳頭髮。「姑娘別著急，等會兒過去就能看見了。今兒可是姑娘的大日子，要打扮得漂漂亮亮才行。」

梳好頭，她又取來首飾，幫寧念之戴上。「這套珍珠首飾，是夫人特意準備的，能買到三百顆完全一樣大小的粉色珍珠，可不容易。姑娘看看，是不是襯得臉色特別好看？」

寧念之搖搖頭，耳朵上的墜子在臉頰兩邊晃蕩，確實挺好看的。

不過，這會兒她可沒心思欣賞，只顧著想原東良送來的賀禮。

說實話，她是有些失望的，因為她和原東良約好了，及笄禮這天，原東良是能趕回來的。

偏偏，去年西涼犯境，西疆大亂，原東良一時半會兒脫不開身。幾場仗打下來，立了戰功，原東良也升職，成了朝廷冊封的四品將軍，不再是以前勢單力薄的少將軍。這樣一來，他更不能隨意離開。

之前，他寫了信來告罪，雖說寧念之能理解，可多多少少，還是有些失望。畢竟，他們兩年沒見面，不知道原東良現在是什麼樣子了。

等聽雪把寧念之打扮好後，寧念之急著去看原東良送來的賀禮，起身就往外面跑，幾個丫鬟趕緊跟上。

寧念之進門，就聽見寧震的笑聲。

「這小子，還算是有心。」

馬欣榮的聲音裡也帶了幾分喜悅。「他在西疆沒事就好，省得我們替他操心了。沒想到，他還有空給念之收集這些東西，可見對念之是極有心的。」

寧震點點頭。「要是他對念之沒這個心思，當年我會輕易答應這事嗎？」

寧念之一腳跨進房門，道：「爹、娘，原大哥送了賀禮來，是什麼呢？誰送來的？知道原大哥的消息嗎？他怎麼樣，過得好不好？戰事什麼時候能結束？」

寧震聽了，立刻搖頭。「閨女大了啊，一進門，也不說先問問爹娘好不好，怎麼就想著問原東良那臭小子呢？」

「我每天都可以看見爹娘，有什麼好問的？」寧念之撇嘴，見桌上放著一封信，抬手就要去拿。

寧震忙壓住。「這可不是妳能看的。喏，那些是東良送來的東西，那兩箱是給我和妳娘的，這兩箱是妳的，快看看他給妳送了什麼。」

寧震越是不讓看，寧念之越想看，假意轉身去開箱子，眼瞅著寧震端茶的空隙，迅速轉身，把那封信抓在手裡，抽出來看兩眼，就忍不住紅了臉。

馬欣榮忙上前拿回來，寧震忍不住笑。「說了不是給妳看的吧？非得要看。這可是東良那小子寫的求親信，是證據，若將來東良對妳不好，我和妳娘就拿著這封信打上門去。」

隨著信來的還有庚帖，雖然原東良沒來，但也沒忘記辦正事。

今兒可是寧念之的及笄禮，過了這天，等於向眾人宣佈——家有千金，待字閨中，求娶的快來！

他們兩家雖然訂親了，但並未宣揚，如果有人求娶寧念之，原東良還真沒辦法阻止，所以得先下手為強，將庚帖送上。若爹娘能順便宣佈訂親的事情，那更好了。

就是不說，先合了八字，下次他便能直接帶聘禮過來。

至於那八字，好不好，都是原東良一句話。反正他真正的八字，早不知道扔哪兒去了。他用的，是當年寧震夫妻撿到他的時辰。

寧念之伸手拍拍臉，誰說不能看啊？回頭她悄悄看，不讓人知道，不就行了嗎？不過一封信，只看頭一句，她就能猜到後面寫什麼，肯定是以後只對她一個人好之類的保證。

她一邊想著，一邊去開箱子。送給寧震夫妻的，多是一些滋補身子的藥材，還有玉石擺件之類的東西。送給她的就比較雜了，他畫的畫、寫的信，還有吃的、玩的、用的，應有盡有。他挺有心，挑的多是她喜歡的。

一家子吃了早飯，寧念之便回芙蓉院等著。

大約一個時辰後，客人陸陸續續地過來，長輩們留在榮華堂，由馬欣榮和李敏淑招呼，小姑娘們則聚在芙蓉院裡。

及笄禮開始前，小姑娘們先送上自己的禮物，這些東西並不貴重，多是帕子、香囊、荷包之類，大多是親手做的。八公主也帶來皇后的賞賜，不過，是偷偷給的。

吉時快到時，寧寶珠領著大家去前面，等著觀禮。

寧念之在丫鬟的伺候下，換上第一身衣服，深吸一口氣，雙手疊放在小腹前，姿態優雅地踏出門，迎著陽光，走向等著她的寧震和馬欣榮。

一天勞累，等客人都走了，寧念之才算鬆口氣，跟馬欣榮回了明心堂。她捶捶肩膀，順勢在軟榻上坐下。實在太累了，雖說飯菜不用她親手做，但來的賓客裡，可有不少小姑娘，還有太學的同窗，加起來有二、三十個，都由她和寧寶珠招呼。一天下來，嘴巴都要說乾了。

「一轉眼，以前娘抱在手心裡的寶貝，就長大了。」馬欣榮抬手比劃一下，笑道：「果然是女大十八變，我還記得妳小時候長得黑黑胖胖，妳爹還說，怕將來會嫁不出去，要我多多準備嫁妝才行。沒想到，回京之後就變了樣子，越來越好看。」

寧安越沒見過寧念之小時候的樣子，好奇地在一邊追問：「娘，大姊小時候真的很黑嗎？有多黑？」

「那種普通的木炭，見過吧？就跟木炭一樣黑。」寧震忍著笑說道。「我還想著，我和你娘都不黑，你大姊怎就那麼黑呢？然後又想，是不是你外祖父太黑的緣故。好在，你大姊養著養著，就變白了。」

一白遮三醜，再加上寧念之的五官生得不錯，現在看起來，也是個漂亮姑娘了。

「哇，好黑啊。」寧安越感嘆道。

馬欣榮笑著笑著，卻忽然嘆了口氣。「其實，不是你大姊生得黑，而是她跟著我吃苦了。」

剛滿月，就被親娘抱到白水城去，一路上餐風露宿，她這個大人都覺得苦，更不要說小孩子了。

當初，她是安排好的，雖說趙氏不喜歡大房，但肯定會照顧孩子長大。就算趙氏不管，娘家那邊，她也打過招呼，每過幾天就會上門探望。

可計劃趕不上變化，她安排得再好，也架不住閨女哭死哭活地不撒手。後來，也不知道怎麼就鬼迷心竅，帶著她上路了。

不過，幸好如此，若是沒有閨女，怕是他們夫妻倆都要死在白水城。閨女就是個福星，一路庇佑她平安抵達白水城，指引她找到替寧震翻身的證據，帶領她去見寧震。

現在，她和寧震有四個兒女，可最疼愛的，永遠是寧念之。不光因為寧念之是他們唯一的閨女，還因為念之從小就跟著他們吃苦受累，好好的一個小姑娘，卻被養成了黑黑的毛猴子。

「大姊可辛苦了。」寧安成嘟囔了一句。

寧震有些好奇。「你還記得小時候的事情？」

寧安成眨眨眼，沒說話，寧安越又好奇地追問，寧震便道：「那會兒你娘也忙，雖然白水城是城鎮，居住的多是軍中士兵，帶著家眷的也不少，你娘要安撫這些人的心思，有時候得早出晚歸。所以，你大哥就是大姊幫著帶大的。」

寧安越張著小嘴，表示震驚，馬欣榮又笑著補充。「你大姊從小就聰明，三歲多一點，便會幫著娘親帶孩子，照顧你大哥吃喝，比我這個當娘的做得還好呢。」

馬欣榮越說，越覺得當年虧待了親閨女，看寧念之的眼神越發柔和，看得寧念之渾身起雞皮疙瘩，忍不住抬手揉揉胳膊。

「快別說了，又不是要我親自做，不是還有人幫忙嗎？爹娘誇大了。」

美好的事情，時日久了，在心裡的記憶會更加美好。

寧震和馬欣榮本就看寧念之哪兒都好，想起小時候，肯定更好，調皮是活潑，好玩是為了帶弟弟，簡直把寧念之誇成了一朵花。

但他們完全想不起來，寧念之帶著原東良打遍白水城無敵手，初時，可是有不少人領著自家孩子上門討公道的。後來原東良開始學武，寧念之閒著沒事，就領著一群娃娃兵在路上挖坑做陷阱，上門討公道的人便全是大人了。那調皮勁兒，連男孩子都比不上。

「一轉眼，妳就變成大姑娘了。」

馬欣榮感嘆完，接著換寧震，眼神也很柔和。「吾家有女初長成，明兒上門提親的人，肯定能把咱們家的門檻給跨爛，便宜東良那小子了。」

這時，寧安越帶頭，三個毛孩子非得要看看原東良今兒送來的賀禮，寧念之被纏得頭疼，只好打開箱子讓他們看，又哄道：「原大哥也給你們準備了禮物，早上送到娘親這邊，沒來得及給你們送過去。要不要看看？」

這個更吸引人，於是兄弟三人又一窩蜂地去看原東良給他們帶的禮物了。

夜深，寧念之回了芙蓉院，準備沐浴休息。映雪她們早已準備好洗澡水，溫熱的水拍在身上，寧念之舒服得都不想出來了。可水慢慢變冷，還是得出來。

大約是心情好，她躺在床上，翻來覆去，有些睡不著。她不喜歡有人在外面守夜，所以臥室裡只剩她一個人。

及笄後，就是大姑娘了。

今兒收到原東良送來的信，西疆那邊，應該很快就能安穩下來，到時候，他就要上門提親。

當姑娘和當媳婦兒是不一樣的，不過，原東良的爹娘不在了，上面沒有公婆，老夫人又是好相處的，嫁了人，只是換個地方住。人還是熟悉的，不過就是離爹娘有些遠。再等幾年，說不定原家也能回京呢？到時候，還是能時常見面的。

嫁人之後，日子和現在肯定不一樣，得管家、得理事……最重要的是，要生孩子。男孩子要長得像原東良，女孩子要長得像自己，兩個都要，兒女雙全湊成好才行。

想到高興的地方，寧念之忍不住笑，反正現在就她一個人，也不用覺得不好意思，不過，還是有些害羞，遂將被子拽到頭頂，躲在被子裡憋氣。臉蛋太熱，一定是在被子裡捂出來的，絕對不是她想的東西太沒羞沒臊。

她正樂著，忽然聽見窗外有聲音，神色一凝，有些懊惱。剛才想得太入神，竟是沒注意到周圍的動靜，被人摸到門口了才反應過來。

會是誰？寧家的家丁可不是吃素的，有不少從戰場上下來的老兵，防守嚴密。不是寧念之吹牛，就是寧震，怕都沒幾成把握能毫無損傷地從外面摸進內院。

是敵是友？是從內院來的丫鬟，還是從外面闖入的賊人？

寧念之悄無聲息地從被子裡出來，拽過床尾的衣服穿上，赤腳下床，蹲在地上挪動，從牆上拿下一把刀。

這刀是原東良送她的，特意為她打造，很適合女孩子用。

她目不轉睛地盯著窗戶，等著那人進來，若是不對勁，一刀下去就可以完事了。

這時，鐵絲從縫隙中伸進來，慢慢撥動窗戶上的插銷，木條一點一點地移動，將落不落時，鐵絲縮回去，窗戶被打開了。

寧念之越發緊張，緊緊地靠在牆上。現下已經確定，肯定是賊人了。

窗戶被推開一條縫，有隻手伸進來，快如閃電地接住掉下來的木條，打開窗戶，身影閃進來，動作還挺快的。

但寧念之的反應也不慢，一刀下去，眼看要劃在那人的脖子上，那人一轉身，抬手用手裡的木條擋住刀鋒，然後，寧念之就聽見一個略熟悉的聲音——

「妹妹，是我！」

第八十二章

看見差點被她一刀解決的人，竟是兩年不見的原東良，寧念之簡直驚呆了，完全不敢相信。這會兒，他不是還在西疆嗎？

今兒早上賀禮送到時，跟來的人還說，戰事正緊張，將軍抽不開身呢。到了晚上，人怎麼就忽然從西疆飛過來了？

「真的是我！」原東良沒聽見寧念之出聲，以為她不相信呢，趕緊把自己的臉湊過來。「是妳原大哥，原東良，不是壞人。」

寧念之抽了抽嘴角，將手裡的刀收回來。「你怎麼回事？怎麼忽然出現了？不是說西疆那邊戰事繁忙，抽不開身嗎？要是有空，怎麼白天不出現？」

大白天光明正大地上門不行嗎？非得等晚上偷偷摸摸，有毛病吧？

「我可是偷偷進京的，不能讓人發現。」原東良忙擺手。將領隨意離開戰場，若被抓到了，可是殺頭的罪名。所以，白天是絕不能現身的，只能等晚上。

「西疆那邊，沒有你行嗎？」寧念之皺眉問道。

原東良點頭。「妳放心，若是有事，我也不敢輕易離開，我不會拿西疆的幾十萬條人命開玩笑。我祖父的身子已經大好，我離開一段時日也不會有事。」

再加上，之前他和原二叔有協定，總得給他們留些立功的機會。戰功這種東西，是不能獨吞的，若半點出頭的機會都不留給別人，也是犯忌諱的。

不過，這裡面的彎彎繞繞，原東良不願意讓寧念之去費心思，只能連連保證，他這次回來，絕不會出事，又裝可憐博同情。

「妳看，我連著趕路一個月，每天晚上只睡兩個時辰，吃飯都是在馬背上啃乾糧。」

月光太明亮，寧念之就是想忽視都忽視不了。兩年前分離時，原東良還是個英俊的小夥子呢，雖說不是白白淨淨，卻也很吸引人。現下，滿臉鬍碴、眼窩深陷、雙頰內凹，別說當年的英俊瀟灑了，簡直就是難民的模樣。

而且，這會兒寧念之的心神放鬆，鼻子也通了，聞到原東良身上散發的味道……唉，別提了。

寧念之簡直無語。「你一路上都沒洗過澡？」

原東良尷尬地哈哈笑兩聲。「這不是沒空嗎？我只能空出兩個月，之前說是受傷了，要休養，但時日也不能太長。」頓了頓，又補充道：「我就是為了來見妳一面，現在該走了。」

寧念之吃驚。「不給爹娘請安了嗎？」

原東良想了想，搖搖頭。「不了，我回來的事情，越少人知道越好，只妳見過就行，其餘人，還是不見了。好妹妹，妳可有吃食讓我墊墊肚子？」

說著，他看見寧念之光著腳站在地上，忙轉身到床邊拿了鞋子，蹲下身，抓著寧念之的腳腕往上套。

「大晚上的，天氣這麼冷，怎麼能光著腳站在地上呢？之前不總和妳說，女孩子家家，不能著涼嗎？怎麼就記不住？看吧，這會兒腳是不是特別冷？」

念叨完，也不穿鞋了，乾脆把寧念之的腳抓在手裡使勁搓，想把它暖熱。

寧念之羞得不行，膝蓋一彎，衝著他的臉輕輕撞了下，腳得到自由，就趕緊穿上鞋子，急匆匆去外面端了茶水跟點心來。

茶水不太熱，溫溫的，正好入口。原東良也不用茶杯，拎著水壺，仰頭就倒，咕嚕咕嚕喝下半壺水，才算滿足了。

他一邊吃點心，一邊看著寧念之傻笑。

寧念之心裡有些發酸，這傻子，連著趕路一個月，就只為了看她一眼嗎？簡直太不划算了，若只看一眼，難道不能看畫像？

但是，酸軟之餘，又有些高興和甜蜜。有這樣一個人，能日夜奔波，就只是為了看她一眼，把她放在心裡最重要的位置，當成生命中最重要的存在。這樣的感情，一輩子能得到一次，真是十輩子積攢下來的福氣了。

「我沒能來參加妳的及笄禮，妳沒有生氣吧？」原東良嚥下嘴裡的點心，才小心翼翼地問道。

他說著，又忍了忍，沒忍住，往寧念之身邊挪了挪，拉起寧念之的手，包在自己掌心。

「我送的禮物，妳都看見了嗎？」

寧念之點頭，掙扎一下沒掙開，索性不動了。反正，以前也不是沒拉過，看在這人連著趕路一個月的分上，先讓讓他吧。

「沒生氣，我又不是小孩子，明知道你正忙著，卻非得要求你過來。你能正好在這一天將賀禮送來，就已經很有心了，我高興還來不及呢。」

寧念之笑著說道：「那些東西，我很喜歡，多謝你了。」

原東良搖頭。「咱們之間，還要說什麼客氣話，妳喜歡，我就高興了。妳開心，我就開心；妳不開心，我也會不開心。所以，我只求妳這輩子開開心心，每天都笑容滿面，便別無所求。」

寧念之聽了，覺得臉頰有些發熱。有些事情，不是活了兩輩子，就有本事端得住。上輩子，她也沒聽過什麼甜言蜜語，猛一聽原東良這麼說，還真是心跳如鼓。

「你吃完了，就趕緊休息。」

寧念之也不敢對上原東良的目光，剛才只看一眼，就有些受不住了。那眼神太灼熱，簡直能將人燙傷，她越發覺得臉上像是著了火。

「我想多看看妳。」原東良笑著說道。雖然這會兒疲憊得很，但最喜歡的人就在跟前，光顧著興奮，哪想休息啊，粗糙的手指在細膩手背上摩挲了兩下。

「念之，等我。等西疆那邊安穩下來，我就帶著聘禮來娶妳。」

寧念之噗哧一聲笑出來。「你來之前，可千萬要記得和爹娘說一聲，不然，爹要是把你趕出去，那我就沒辦法了。」

說到寧震，原東良便忍不住苦了臉。「到時候，還不知道爹要怎麼為難我呢。不過，為了念之，我絕不會躲過去，念之只管等著將來嫁我為妻就行了。

「以後，我會蓋座大房子給念之住，念之喜歡什麼樣的房子？要不要大花園？花園裡再放一架鞦韆好不好？要不要挖個池塘？種了荷花，夏天能賞荷，秋天能吃蓮藕。」

寧念之無語，還沒成親呢，就先商量蓋房子的事情，是不是想太多？既然原東良是嫡孫，成親之後，肯定要住在原家的老宅裡，就算要蓋房子，也得等原丁坤同意吧？

「若是念之得空，就在家裡畫幾張圖，把以後想住什麼樣的房子畫下來，我再讓人蓋。」原東良笑著說道。「全都聽念之的。」

連妹妹都不喊，換成念之了。

「原大哥，不管什麼樣的房子都好，只要有你在就行。」寧念之認真地看著他。「為了我，你一定要平平安安，我可不想嫁個身子不好的相公。所以，上了戰場，要保護好自己，別受傷知道嗎？」

原東良點頭，眼睛閃亮亮地看寧念之。「但凡念之說的話，我都會放在心裡，定不會讓念之失望。」

「我只要你平平安安，哪怕沒立功，一輩子只當個四品武將也沒關係。」寧念之一字一頓地說。「我不求你位極人臣，不求你富貴榮華，只求你身強力壯，長命百歲。」

原東良沈默，過了一會兒，使勁點頭。「為了妳，我會保重自己，不用擔心。」

「好，既然原大哥答應我了，那現在趕緊躺下休息。」寧念之伸手，往床鋪上指了指。「我會看著時間，再過兩個時辰，就叫你起床。」

原東良不想睡，但剛才才答應寧念之要保重自己，這會兒就反悔，萬一惹惱了她，可怎麼辦？

想著，他一拍腦袋，從胸前衣服裡掏出個小盒子，遞給寧念之。

「差點忘記了，這是給念之的及笄禮，快看看喜不喜歡。」

寧念之無奈，明知道他在轉移話題，還是不忍心拒絕，只好打開盒子。

果然，裡面是一對琉璃人偶，和往年送她的生辰禮物是一樣的，不過，每年的樣子都不同。

這一對，也是按照他們兩個的相貌來燒製。寧念之的人偶穿著水藍色衣服，正站在桌前提筆畫畫；原東良的人偶則拎著大刀騎在馬上，轉頭對寧念之笑，表情栩栩如生。

寧念之伸手摸了摸，控制不住臉上的笑容。「喜歡，太喜歡了，謝謝原大哥。」

「妳喜歡就好。」原東良也笑得滿意，拉了寧念之起身。「和其他的放在一起？」

寧念之點點頭，去開床頭的櫃子，小心捧著琉璃人偶，把它們放進去。裡面已經擺了三對人偶，第一對就是規規矩矩地各自站著，第二對是坐在桌前下棋，這是第三對了。

「我說過，以後每年都要親手送妳禮物，等我們七老八十，再把這些拿出來看。」原東良站在寧念之身後，笑著拍了拍她的肩膀。「給我們的兒孫講，我們年輕時是怎麼相愛的，讓他們也羨慕羨慕。」

聽前面的還感動著呢，到後面一句，寧念之就忍不住笑出來。讓兒孫們羨慕？他倒是會想！

「我很喜歡這些琉璃人偶，非常非常喜歡。」寧念之轉頭，仰頭看原東良。「原大哥送過生辰禮物了，現下，是不是該休息了？」

原東良瞪著眼睛不說話，寧念之索性一伸手，把人拽倒在床，抬手拉過被子蓋在他身上。

「睡覺，要不然我生氣了。快點，閉上眼睛。」

原東良不想睡，時間難得，明兒就要走了，他想多看看寧念之。

可他為了能在今兒趕到京城，已經連著三天沒合眼了，這會兒躺在柔軟的床鋪上，被子、枕頭，全都是寧念之的味道。

甜甜的香味，讓人身子發軟，心神放鬆，閉上眼睛後，就再也不捨得睜開，立刻陷入夢鄉。

寧念之趴在床頭，笑咪咪地看熟睡的原東良。

雖說這人趕路趕了一個月，疲憊勞累，有些不好看了，但底子還在呢。斜飛入鬢的眉毛、高挺的鼻子，還有好看的嘴唇。雖然長滿鬍子，但也沒完全將嘴唇遮住。

她的手懸在空中，照著他的眉毛、鼻子畫了一圈，然後，眼睛就定在嘴唇上了。看起來軟軟的，摸著不知道是什麼感覺？

寧念之有些掙扎，半晌，做賊似的四處看了看，確定沒人，便迅速地把手指按在原東良的嘴唇上。

果然，和想像中一樣柔軟。這人看起來挺壯實的，高高大大，一瞧就是十分硬氣的男人，卻沒想到，嘴唇竟然那麼軟。

寧念之玩心大起，又按了兩下，沒控制好，力氣太大了，原東良有所察覺，微微皺了皺眉，她忙心虛地收回手指。

等原東良的表情又恢復平靜，寧念之才無聲地拍拍胸，鬆了口氣，捂著臉頰不好意思。幸好原大哥睡著了，她剛才的行為……太不符合大家閨秀的規矩了。

生怕再這樣看著原東良，又會看入神，她便躡手躡腳地起身，到桌邊倒了杯水貼在臉上，總算把臉上的熱給降下來。

軟榻上放著毯子，寧念之沒敢驚動幾個丫鬟，打算縮在軟榻上，睡過一晚。

她以為自己會睡不著，畢竟，今兒的驚喜太大了些，原東良能在她及笄時特意趕過來，這份心意，就是給她最大、最好的禮物了。

剛才，想著原東良的事，她還睡不著呢。沒想到，閉上眼睛沒多久，居然不知不覺，就睡著了。

早上清醒，一看見外面的天色，寧念之猛地坐起來。壞了壞了，都已經這會兒，原東良會不會起晚了？萬一出城時遇見熟人，就糟糕了！

她急著起身喊原東良，卻聽見聽雪的聲音。

「姑娘醒了？」

寧念之忙道：「先不用進來。」然後連滾帶爬地下床。

正打算開口叫原東良，她卻忽然反應過來。剛才，她是從床上下來的吧？再一轉頭，寧念之有些懵了，她果然是從床上下來，那原本睡在床上的人呢？

她在房裡找了一圈，軟榻上沒有，床底下沒有，櫃子裡也沒有。

寧念之嘆口氣，是走了嗎？她竟然睡著了，睡前還說要原東良安心休息呢，結果倒好，她睡得太沈，竟連人是什麼時候走的都不知道！

她坐回床上，抱著枕頭，實在太沮喪了。

她轉身，想把枕頭放回去，卻發現那位置有封信，拆開一看，果然是原東良留下的。大半夜，應該是從她的書房拿紙筆寫成，信紙上的花紋太熟悉了，天天見呢。

信寫得不長，就幾句話，總結下來，一句是他走了，一句是等他回來。

寧念之放下信，眨眨眼，拍拍臉頰，才不會承認她有點失落。原東良竟然不叫醒她，偷偷摸摸地走了！

但是，男人有正事，不可能一直留在女人身邊婆婆媽媽，當初不也是她鼓勵他去建功立業嗎？到了這會兒，卻來哀怨他陪著她的工夫不多，連她及笄的日子，也只能匆匆地待兩個時辰。

那話怎麼說來著，悔教夫婿覓封侯？將來有一天，也不知道她會不會後悔。但若是原東良，她應當沒機會後悔吧？就是她不教他上進，難不成，原東良會甘於平庸？

但凡男人，只要有想保護的人，便不會一輩子碌碌無為，總不能等成親生了孩子，還躲在岳家的庇佑下？時日短了還行，時日長了，被人罵吃軟飯，心裡能沒有怨恨，夫妻之間會沒有嫌隙？

什麼悔教夫婿覓封侯，說穿了，還不是要看男人的本性？想要納妾的，就是不教他上進，他都能找到機會找姨娘或通房；心志堅定的，以後步步高升，也不會拋棄糟糠之妻。

寧念之將心裡的煩悶排解掉，小心地把信摺好放在床頭的櫃子裡，然後才揚聲喊聽雪她們進來。

既然原東良無礙，西疆那邊的戰事也快結束，她便不用太過操心了。

轉眼又是兩年，寧念之已經十七歲，過完年就是十八，正值花兒一樣的年紀，也到了要嫁人的時候。

之前寧念之及笄，有不少人家上門提親。因著收了周氏的鐲子，寧震夫妻也答應這門親事，這會兒念之到了年紀，不用再藏著掖著。但因為西疆的戰事，也沒有大肆宣揚就是了。

眼下，西疆的戰爭總算結束，五天前，捷報已經送到皇帝的案頭上，如果沒什麼意外，原東良要進京接受封賞。到時候，這門親事，就要塵埃落定了。

去年，寧寶珠及笄後，趙頤年的娘便親自領著兒子，上門提親。

自從那次難產之後，李敏淑就想得特別開，趙家雖然不像以前那樣風光了，但家底還在。趙頤年本人呢，長得也不錯，沒什麼不良嗜好，又不像別的世家子弟一樣，房裡恨不得養上十七、八個人。最重要的是，他和寶珠有話聊，兩個人算是彼此有情。

拿她的夫妻生活和大嫂的相比，李敏淑深覺得，夫妻之間，還是要有感情比較好，於是應下了這門親事。

本來，李敏淑還想多留寧寶珠兩年，但寧寶珠的親事訂下後，趙氏卻鬧了一場。因為太子的年紀不小了，馬上就要選妃，若寧寶珠沒訂親，也能到宮裡走一趟。

早在寧念之得到翺翔九天的姻緣籤時，趙氏就開始盤算這事。沒想到，先是大房不聲不響地把閨女許出去，接著是二房，也是訂了親後才告訴她。

家裡就這麼兩個嫡女，寧珍珠年紀還小，太子那裡是巴望不上了。

趙氏氣得要死，恨不得指著李敏淑的鼻子罵。雖說這幾年李敏淑想通不少，但性子沒怎麼改，心眼小，又記仇，當下便氣著了。

她的身子本來就不好，一氣之下，差點沒再臥床。這下子，不光嚇著寧寶珠，也嚇著她自己。閨女才剛訂親，她要是出事，指不定要拖累閨女了。

所以，李敏淑不敢多留寧寶珠了。反正，十七歲嫁人，也不算太早了。

再者，如果寧寶珠不嫁，說不定趙氏會想什麼歪招呢，索性斷了她以後的算計。

於是，寧寶珠的婚期訂在明年三月，正好是春暖花開的時候。現下，寧寶珠都不怎麼出門了，整日被李敏淑看著，在自己房裡繡嫁妝。

第八十三章

這日，寧念之去找寧寶珠時，她正可憐巴巴地坐在繡架前忙碌。聽見丫鬟的通報，立刻跳起來。

「大姊，妳來了？真是太好了！妳是不是來找我出去玩的？咱們去外面逛逛吧？不知道徐記出了新的點心沒有？對了，每年這時候，他們家的蟹黃膏特別多，還很難買，咱們趕緊去買幾瓶吧！」

寧念之忍不住笑，戳戳她額頭。「我還以為妳要嫁人，會多難過呢，看妳還是這麼能說，我就放心了。我可不是來帶妳出去玩的，要不然，下次二嬸就不讓我進門了。」

寧寶珠露出鬱悶的表情。「哎，我娘就是瞎操心，這些東西，明明丫鬟就能做，非得要我親自動手……」

「親自動手的有好寓意嘛。」寧念之笑著說道。

大約是人少了什麼，就期盼著兒女能有什麼。二嬸沒有享受過一生一世一雙人的感情，便恨不得閨女跟兒子能得到。聽人說親自繡嫁妝，以後即能和夫婿白頭到老，遂盯著寧寶珠一針一線地做。

其實這種話，是信則靈，不信則不靈。男人要找通房或姨娘，難道靠幾床繡品就能阻止了？

「好了，看我給妳帶了什麼？」寧念之捏捏寧寶珠的臉頰，打開手裡的盒子讓她看。

看清裡面的東西，寧寶珠眼睛立刻亮了。「呀，好漂亮的書籤，大姊親手做的？我就知道，除了大姊，沒人能做出這樣好看的書籤來。這是送我的嗎？」

寧寶珠就這點好，心寬，寧念之也最喜歡她這一點。

「像不像真正的菊花？」寧念之笑著撚起一張問道。

寧寶珠使勁點頭。「像！真好看，這是用什麼做成的？」

「紙啊，用了上好的菊花搗汁染製，還有菊花的香氣呢，妳聞聞。」寧念之說著，把書籤送到寧寶珠鼻子下。

寧寶珠深吸一口氣，滿臉驚喜。「真的有！這書籤這麼好看，大姊當真捨得送我？」

「自然捨得。明年妳就嫁人了，咱們姊妹倆一分別，不知道下次見面是什麼時候。妳存著我送妳的東西，若是想我了，就拿出來看看。」寧念之打趣地說道。

寧寶珠還真點頭了。「大姊說得是，那我也應該送大姊東西才是。讓我想想啊，送什麼東西比較好呢？」

說著，她不管寧念之了，自己進房，翻箱倒櫃找東西去。

寧念之哭笑不得，趕緊喊道：「可不要找什麼貴重的東西，我也不缺那些，還是自己動手做的比較有意思。比如說，妳給我畫張像，或者做個荷包、香囊之類的。」

她的話剛說完，寧寶珠就衝出來了。

「才不做荷包呢！這兩天，我做得眼花撩亂，腦袋裡只剩下一片紅色。要不然，我做些信紙？多做些，咱們寫信時可以用。」

寧念之點頭。「也好。那妳想做什麼樣的？」

「現下是秋天嘛，只能做菊花信紙了。」寧寶珠拍手說道。「要不然，做螃蟹的？」

寧念之抽了抽嘴角，實在無法想像螃蟹信紙是什麼樣子的。當初薛濤箋可是風雅的象徵，後來閨閣女子都會弄些類似的，不是梅花箋就是牡丹箋，或用其他花草去做。總之，女孩子麼，弄些花花草草的，才顯得雅致。

到了寧寶珠這兒，她竟然想弄螃蟹的！這要怎麼做？就算真製出來，會有人用嗎？

「妳高興就行。」寧念之無語地看著寧寶珠，見她興致勃勃，已經開始盤算要怎麼弄了，只好無奈地點頭。「不過既然是妳要送我的禮物，那我不來摻和，妳自己做吧。」

寧寶珠完全沒聽出寧念之的嫌棄，還覺得這是應當的，立刻點頭應下來。

說了幾句閒話，寧念之便起身告辭了。

這幾日，寧念之不太出門，得了馬欣榮的話，要她在家幫忙照看寧安平。

去年六月分，寧念之姊妹已經上完太學的課，不用再去。而寧念之又不喜歡出門逛街，偶爾得了帖子，才去參加宴會。這幾日，要幫馬欣榮的忙，更是不出門了。

這回，寧震知道閨女的耳朵比尋常人要靈，和馬欣榮說些不太想讓寧念之知道的話時，就湊到她耳邊。如此苦心，夫妻倆真將消息給瞞住了。

於是，直到原東良率領大軍進城，寧念之都還不知道呢。

今兒，寧念之正在屋裡閒坐，翻看話本，聽雪進來稟報。「姑娘，咱們家來了客人，夫人讓您去見見。」

寧念之一臉迷茫。「客人？什麼時候來的？哪兒來的？我怎麼不知道今天有客人上門？」

聽雪笑嘻嘻地幫她梳妝打扮。「半個時辰前來的，奴婢也沒見過，不知道是誰家的。是夫人身邊的陳嬤嬤來傳話，大約是馬家的幾位少爺或少奶奶吧。」

特別親近的人家，自然就不用特意寫帖子了。

寧念之也覺得是馬家的人，遂擺擺手示意聽雪。「頭髮隨意綰一下就行，不用太麻煩了，又不是去見外人。」

「那不行，就算是馬家的幾位少奶奶來，姑娘也得收拾妥當呢。」聽雪忙道，見寧念之斜睨她，忙吐吐舌頭，做了個鬼臉。「這是陳嬤嬤交代的，不是奴婢自己說的。」

寧念之不出聲了，反正不用自己動手，那就梳吧。折騰了一會兒，才算收拾妥當，然後帶著聽雪她們去了明心堂。

寧念之還沒進門，就聽見爽朗的婦人笑聲。

「早聽說寧家的大姑娘才貌雙全，溫柔端莊，今日若能見一面，回頭我也有對別人吹噓的本錢了。」

這話說得有點太粗俗，也太客氣見外，很明顯，對方是沒見過她的。那麼，還真是外客？

「念之過來了？快進來。」

寧念之正在門口猶豫著，自家娘親喊她，才抬腳進門。

然後，她就愣住了。

坐在寧震下首那個人，實在太眼熟了！

十八歲和二十二歲，長相真沒有太大差別，頂多就是曬黑了些。大約來之前特意收拾過，除了神情有些滄桑外，眼睛依然明亮，相貌照樣英俊，看著她時，永遠帶著深情和喜悅。

「念之。」原東良站起身，衝寧念之伸手。

寧念之緊走幾步，正要撲過去，寧震便使勁咳嗽了兩聲。

陌生的婦人見狀，又說道：「哎呀呀，真是郎才女貌！站在一起，一看就是金童玉女，天造地設，合該做夫妻的！」

這話一說，寧念之剛見到原東良的滿心歡喜，忽然就變成了好笑。

她轉身去看，這婦人大約三十多歲，站在馬欣榮那邊，感覺很是和善。見寧念之不動，原東良忙上前一步，想拉她的手，卻被一塊點心砸中手腕。一回頭，就對上寧震的目光。

寧震繃著臉，抬手指了指，原東良只好無奈地收手退回去。

那位婦人說了幾句誇獎的話，又笑呵呵地上前來拉寧念之。

「寧姑娘長得可真俊，我原先只聽老姑媽將妳誇成一朵花，還覺得是老人家喜歡沒過門的孫媳，誇大了呢。卻沒想到，老姑媽誇的，可不及姑娘的三成。寧姑娘可是我見過最漂亮的姑娘了！」

馬欣榮聽了，笑得合不攏嘴。「過獎了，我家閨女啊，從小不怎麼喜歡出門，這才養得白白淨淨，長相隨了她爹，就是有福氣的，連皇后娘娘都誇讚過我家閨女呢。」

那婦人瞪大眼睛。「真的？連皇后娘娘都誇讚過？那我們家東良可真是有眼光！哎呀呀，這可是八輩子攢下來的福氣，若能娶了寧姑娘，東良這輩子就算圓滿了。」

寧念之有點搞不清楚狀況，剛才話裡透出來的意思，這婦人應當是原東良的親戚，可這話說下來，又好像是提親，她到底是媒婆還是親戚？

原東良見寧念之疑惑，趕緊湊過來解釋。「是提親。祖母本打算親自來的，但年紀大了，受不住奔波，剛出雲城就病了，所以只能請別人來。她是我祖母娘家的親戚，就是會說。」

肯定得找個能說會道的啊，要不然，一開口就得罪人，原東良也別想成親了。

寧念之還是有些暈。「這就上門提親了？」

西疆的戰事結束後，按照正常規矩，不應當是原東良帶著大軍回來受朝廷嘉獎，然後升官發財，再選好日子上門提親嗎？怎麼忽然跳到了最後一步呢？

大軍是什麼時候進城的？原東良是什麼時候回來的？朝廷的封賞下來了嗎？這些，她怎麼一點都不知道？

「爹娘說，要給妳驚喜。」原東良忙說道。

寧念之無語，驚喜什麼啊，簡直是驚嚇！好端端在家待著呢，兩年沒見的人忽然冒出來提親，難道就沒有個循序漸進的過程嗎？

原東良看見她的表情，有些委屈。「咱們不是早說好了嗎？等我回來，妳就嫁給我。」

寧念之被噎住，好吧，她是說過這樣的話。類似的承諾，從十三歲說到十七歲；對原東良的喜歡，也從十一歲那年持續到現在。她已經十七歲了，好像真沒那個必要，再去糾結什麼慢慢來的過程。

她活了兩輩子，原東良也不是小孩，難不成還要學那些小兒女們今兒歡喜、明兒傷心地鬧騰一場？

該說的，五年前說過了，三年前也說過了，平常書信來往也說過了。她知道這輩子要嫁給原東良，他也說過這輩子只會娶她，既然如此，今兒上門提親，好像也沒什麼不對。

那婦人果然會說，將寧念之誇讚一番後，又開始誇原東良。「不是我自誇，我們家東良啊，絕對是難得的好兒郎……」

原東良可沒心情聽這些，算下來，他已經兩年沒見過寧念之，這會兒見了，恨不能把人裝在自己眼睛裡，臉上那情意，遮都遮不住。

寧念之原本還安穩地坐著，但沒多久，就有些撐不住了，轉頭剜原東良一眼。

原東良卻是渾不在意，笑一下，繼續看寧念之，覺得自家妹妹簡直太完美，哪裡都好看。

婦人看看他們，忽然說道：「兩個孩子從小一起長大，想來這幾年沒見面，有不少話要說，不如讓孩子們到園子裡轉轉？」

寧念之趕緊看向馬欣榮，馬欣榮笑咪咪地點頭。「我正有這個打算。念之，東良有兩年沒回來了，妳帶著他去走走，咱們府裡可是改變不少呢。」

寧念之起身，行了禮，帶原東良出門，還聽得見那媒婆的聲音。

「這八字不用合了，定是天造地設的一雙。如果寧夫人願意，今兒換了庚帖，回頭我就和東良挑日子把聘禮送過來？

「送聘禮得選好日子，我們是誠心誠意求娶寧姑娘。您瞧，這大雁是我們家東良親自獵來的，包准活蹦亂跳，絕不會敷衍……」

兩人出了明心堂，原東良才緊走幾步，抓住寧念之的手。

「妹妹。」

寧念之側頭看他，原東良傻笑。「幾年不見，妹妹越發好看了。平日可曾有想我？」

見寧念之不說話，原東良也不在意，說道：「我每天都會想念妹妹的。」抬手輕撫她的頭髮。「妹妹長高了些，之前還只到我的胸口，現在都快到下巴了。」

寧念之挑挑眉，伸手比劃一下，忍不住露出笑容。「是啊，長高了不少呢。」

原東良也笑，笑了一會兒，忽然有些緊張地盯著寧念之，眼睛都不會眨了。

「妹妹，有句話，我想親口問問妳。」

他知道兩個人之間有承諾，但兩年不見，寧念之又是這麼好的姑娘，整個京城找不到比她更好的。他能看出寧念之的好，別人也能看出來。一家有女百家求，窈窕淑女，更是君子好逑，他不在時，肯定有不少人想向寧念之提親。

不是對寧念之沒信心，她肯定會信守承諾，可他有些怕，生怕她只是為了承諾才嫁給他，而不是因為喜歡。

「念之，妳願意嫁給我嗎？妳還喜歡我嗎？」原東良緊盯著寧念之，生怕錯過她的任何表情。

寧念之錯愕一下，隨即忍不住笑，抬起手。

這時，兩人的手是握在一塊兒的，外面那隻手，大大的、骨節分明，皮膚曬成古銅色；

裡面那隻，軟軟的、細膩柔滑，是好看的玉白色。外面那隻手的主人有些緊張，掌心微濕；裡面那隻手，卻是沒有掙扎。

「原大哥，若是不喜歡，我是會委屈自己的人嗎？」寧念之晃了晃手。「如果不喜歡，誰敢碰我的手，我早將人揍趴了。就算兩年沒見面，但我們不是有寫信？還是，原大哥寫信時，是找別人代筆的？」

原東良趕緊搖頭。「沒有，但凡給妹妹的信，都是我自己寫的。」

「那就是了。我喜歡兩年前的原大哥，也喜歡這兩年和我寫信的原大哥。這兩人是同個人，我喜歡的，從未變過。」寧念之抬頭看原東良。「只是，原大哥，你的喜歡，是不是也沒變過？」

「自然沒有，我這輩子只喜歡念之，不管是以前，還是以後，都只喜歡妳。」原東良堅定地道：「我發誓，心裡只有妹妹一個人，妹妹嫁給我，我必定對妹妹好。」

寧念之笑咪咪地點頭。「好，如果原大哥做不到，那我可是不會客氣的。」

原東良也笑。「妹妹儘管不客氣。」

說完，兩個人就不出聲了，互相盯著對方看，好一會兒，又忍不住笑了。笑完，總算能正正常常地說話了。

原東良難捨這會兒的溫存，索性不鬆開寧念之的手，熟門熟路地帶著人往花園裡走。

寧念之也不反抗，邊走邊側頭問道：「你什麼時候回來的？」

「三天前到京城的。本來我想早些寫信告訴妳，畢竟，這輩子也沒幾次帶兵入京的機會，想讓妳去看看。」原東良有些惋惜。「只是，爹娘將這事瞞下來，只說等我回來，給妳個驚喜。」

「所謂的驚喜，就是上門提親？」寧念之挑眉。

原東良點頭。「嗯，娘說，這樣妳會開心。」

所以，為了讓寧念之開心，看不看他進城都行。反正，當年他考中武狀元時，也曾騎馬遊街，寧念之已經看過了。這種榮耀，有過就行。

兩個人聊著天，說說這幾年發生的事。多年不見，總會想知道對方過得好不好。

「寶珠要成親了，你今年不回來，明年她就出嫁了。」寧念之笑著說道。

原東良有些吃驚。「寶珠要成親了？說的是哪家子弟？」

「你認識的，以前和你玩得挺好的趙頤年。」寧念之挑眉。「我記得趙頤年小時候也是個溫和有禮的小孩子，但不知道怎麼回事，和你玩兩年之後，臉皮就變得特別厚了。」

原東良忍不住揉揉鼻子，這……還真說不定被他影響了。當初他追求寧念之時，趙頤年那小子可是沒少出主意。雖然，大多沒用上。

兩人剛走到花園裡，寧寶珠就領著丫鬟衝過來了。

「大姊，聽說今兒有人上門提親，是誰不長眼啊？難道不知妳已經和原大哥訂親了嗎？」

她衝到跟前，看見原東良，愣了一下。「原大哥？」隨即恍然大悟地一拍手。「今兒來提親的是你？我就說呢，你和我大姊的事情雖說沒明著宣揚，但該知道的也都知道，誰會來提親呢，沒想到是你。不過，原大哥是什麼時候回來的？」

「剛回來。」原東良輕咳一聲，伸手遞個荷包給她。「聽妳大姊說，妳快要成親了，這是送妳的禮物，看看喜不喜歡。」

寧念之微微挑眉，寧寶珠要成親的事，他是剛剛才知道的吧？反應倒是挺快的。

荷包裡是一對玉珮，看起來挺貴重。

寧寶珠不知道這玉珮原是原東良要送給寧念之的，還真以為是原東良給她準備的賀禮，高興地接了，笑得見牙不見眼。

「喜歡！原大哥真客氣，等你和我大姊成親時，我也會給你們準備賀禮的。」

寧念之聞言，捏捏她的腮幫子。「嫁妝繡完了是不是？」

「還沒呢。」寧寶珠嘆氣，但隨即開心起來。「原大哥都上門提親了，說明你們的親事很快就要辦了。到時候，大姊得和我一起繡嫁妝了。」

原東良忙道：「念之不喜歡做針線活，只要做一套枕套和被罩就行。剩下的讓針線房來做，免得累著了。」

寧寶珠瞪大眼睛，看寧念之笑著點頭應下，整個人都傻了，難道只有她要辛辛苦苦地做那些針線活嗎？

「寶珠，我不能陪妳了。」寧念之笑得純良。

寧寶珠悲憤地哼唧兩聲，轉身跑走了。

以前她年紀小，原大哥來找寧念之時，總是湊上前礙眼。現在，哼哼，她才不會這麼不識趣呢。

「寶珠還是這麼……」原東良頓了下，含蓄地說道：「活蹦亂跳的。」

寧念之忍不住笑。「她要是一輩子都能這麼開開心心，我就放心了。」

原東良聞言，抽了抽嘴角。「妳放心什麼？妳不過是她大姊，還是堂姊，就算從小一起長大，寶珠也有自己的親娘，以後還有自己的相公跟孩子，妳就別瞎操心了。若是閒了，不如多關心關心我？」

寧念之瞪大眼睛，伸手點了點原東良。「你連寶珠妹妹的醋都吃啊。」

「就算有了孩子，我也必須是妳心裡最重要的人。」原東良繃著一張臉說道，耳朵卻微微發紅。

他們的孩子，不知道會像寧念之還是像他？最好能有個和寧念之一樣的閨女，粉粉嫩嫩的，是天底下最可愛的姑娘。

寧念之張張嘴，臉紅尷尬，於是岔開話題。「這次，你能在京城停留多久？」

原東良笑著回答：「大概能停留好幾個月，至少兩個月。妳不要心急，這次，我定要迎娶妳。」

寧念之臉色一紅，呸他一聲，不好意思再追問了。

經過這幾年的調養，原丁坤的身子已經好了，西疆有他看著。再者，戰後的事，也有知府等文官處理，原東良不用急著回去。等朝廷的嘉獎過後，就讓另外幾位將軍先帶大軍回去，他則留在京城，準備娶親。

九月分，在西疆備好的聘禮，被原丁坤派人送過來了。

原東良親自帶聘禮去鎮國公府，請媒婆跟著，選定了好日子，這門親事，就算正式定下來了。

大約是之前離別的日子太多，所以這次回來，原東良幾乎每天都要上門，躲著寧震，找寧念之說說話。

馬欣榮倒是不阻止，反正兩個孩子已經訂親，連成親的日子都選好，這輩子就是夫妻了。成親之前，再多接觸接觸，加深感情，也是好的。

第八十四章

一轉眼過了小半年，春暖花開三月分，寧寶珠哭哭啼啼地被寧安和揹出鎮國公府，坐上喜轎，跟著趙頤年進了趙家大門，從此以後，成了趙家婦。

六月分，寧安和的親事也定下來了，是禮部侍郎的嫡女，那姑娘性子溫柔、端方知禮，且禮部侍郎是正四品的官，真說起來，還是寧安和高攀。

因對媳婦兒特別滿意，加上寧寶珠進門三個月便有了身子，李敏淑人逢喜事精神爽，連身上的病痛都沒有了，走路帶風。不到半個月，就把寧安和的聘禮準備好，七月底送過去，正式成親的日子訂在十二月。

可惜，寧念之看不到了。因為八月底，她就該啟程去西疆了。

送親的人不少，寧家的老少爺兒統統要去，連寧博都堅持去一趟。

寧震苦口婆心勸解大半天，寧博完全沒聽進去，只擺著手說道：「念之是我從小看到大的，一眾兒孫裡，我最疼愛的就是念之。現下她成親，我哪能不去？

「再者，東良沒有親生父母，親事是原丁坤和原夫人作主。雖然你是長輩，但輩分差了一截，萬一原家哪裡做得不妥當，你也不好直接說，由我開口更合適。」

寧博上了年紀，有些小孩子脾氣，執拗得很，下了決心，就非要做到。

寧震實在沒辦法，只好順了寧博的心意，讓他一起去西疆。

寧念之出門，自然要一身嫁衣，這些步驟跟講究，和寧寶珠成親時一模一樣。

這日，寧念之一大早起床，就讓全福夫人為她開臉梳髮，穿上嫁衣、戴穩鳳冠，然後抱著玉如意，讓寧安成揹著出了門。

後面跟著的是嫁妝，從寧念之五、六歲時就開始準備了。大到各種家什，小到鍋碗瓢盆，總共九十八抬。另外還有八抬是添妝，馬家沒有閨女，把寧念之當自家女兒看大，添妝自然不會少。而八公主和寧念之交好，寧念之出嫁，她這邊也少不了賀禮。

當然，最貴重的是皇后娘娘的賞賜，兩株鮮豔紅潤的珊瑚樹，將近一人高，價值千金。

原東良騎馬，帶著新娘子和嫁妝在城裡轉了一圈，這才出城。

接著，轎子停下，換馬車，寧念之將新娘子的嫁衣脫下收好，整個隊伍換了裝束，打扮成普通的行商隊伍，在城外休息一晚。因為不投宿，所以吃食什麼的，早吩咐莊子準備好，寧震派人去取。第二天一早，就接著趕路了。

吉日訂在十月十六，緊趕慢趕地，眾人總算在十月十二日趕到雲城。

原丁坤早就等在城門口，目光一掃，看見寧博，趕緊上前迎接。

「沒想到親家親自過來了，我竟沒出來迎接，太失禮了，還請見諒。」

寧博哈哈笑。「親家可不要謙虛，你都在城門口相迎了，這還不算出來迎接的話，是不是得去流曼城才算數？那就太客氣了，我要驚恐呢。」

兩個人客套一番，原丁坤笑道：「我已經準備好莊子，這莊子是念之的嫁妝，正好能從這邊出嫁。」

其實，莊子是周氏準備的。

寧念之雖是遠嫁，但也得從自己的地方出門。寧家人從京城趕過來，要麼是包間客棧，要麼得買個院子。

客棧的話，肯定不太放心，買院子又怕來不及。周氏想得周到，就拿出一座自己的莊子，偷偷歸到寧念之的嫁妝裡，也算是給孫媳的一份見面禮。這意思是心照不宣的，原丁坤大方，寧家也不會推辭，老人家的心意，安心收下就行了。

到了這會兒，按規矩，原東良不能陪著寧念之了，得回去準備迎親，趁著寧博跟原丁坤說話，趕緊湊到馬車邊，向寧念之囑咐幾句。

「念之，等會兒我要先回府了。妳別緊張，今兒回去好好休息，且休整兩天，等十六日那天，我就上門來迎娶妳。」

「東良，該回去了！」原丁坤喊了聲。

原東良忙應了，又有些躊躇，還有什麼話沒交代呢？想了想，好像都說了，只好依依不捨，一步三回頭地跟著自家祖父回去。

原丁坤周到，留了個管家給他們帶路，寧家人便直接去了莊子。

莊子的人大約都被敲打過，對寧家人挺熱情，一進門就備好了熱水跟熱飯菜。

接連趕路一個多月，著實累得很了。寧念之也心疼身邊的丫鬟，見莊子這邊備著兩個丫鬟，索性讓聽雪她們先去休息，自己在小丫鬟的伺候下梳洗一番，吃過晚飯，就趕緊回房休息了。

三天工夫很快就過去。十五日晚上，原家來送信，說是已經準備妥當，只等著明兒迎親。

寧念之緊張得一晚上沒睡著，之前從寧家出來時，心裡明白，接下來還要趕路，並不算是真正的成親。這會兒，卻是實打實地，出了莊子，就要進原家的大門，從此以後，就是原家婦。

喜娘有兩個，一個是寧家那邊送嫁的，一個是原家這邊迎娶的。出京之前，是送嫁的喜娘作主；到了雲城，就是迎娶的喜娘作主了。

一早起來，原家的喜娘就帶著丫鬟給寧念之梳妝打扮，還要喋喋不休地重複之前的交代。「雲城這邊的習俗和京城不太一樣，進門時要跨火盆，表示新媳婦進門，能紅紅火火過日子。至於拜天地這些，都是一樣的，不用緊張。

「進了洞房，新娘要坐床尾，不能坐床頭，誰坐床頭誰當家，如果一起坐呢，就是舉案齊眉、夫妻相親相敬。坐好之後，就是掀蓋頭了。
「寧姑娘不用害怕，也不用緊張，我會一直跟著妳，悄聲在妳耳邊提醒這些事，不會出錯的。」
喜娘替寧念之將最後一根珠簪簪上，笑著說道：「萬一出錯，也不要緊，就說是京城那邊的規矩，誰也不會再去打聽。錯了，便將錯就錯，別再重做一次，婚禮最忌諱倒回來重做了。」
寧念之點頭，看著喜娘拿蓋頭幫她蓋上，然後，眼前就是一片紅色了。
等了不到一炷香工夫，聽見外面有嗩吶的聲音，吹的是鳳求凰。
之前該走的儀式，在京城已經走過，比如攔門之類的，這會兒就不用再來一遍。所以，原東良順順利利進了門，由寧安成出面，再次揹著寧念之，把她送到花轎上。
花轎出了莊子，小廝抬著籮筐走在兩旁，不停往周圍扔花生、糖果、瓜子等等，偶爾還有銅錢，路人搶到，就要喊兩聲百年好合之類的話。
一路上熱熱鬧鬧，繞城一圈，花轎終於抵達原府。
原東良親自來扶寧念之下轎，新人進門，新娘子跨火盆，然後拜天地。
早上起來，寧念之就沒吃多少東西，這會兒肚子有些餓，只得把雙手貼在肚子上，默默在心裡將想吃的點心名字唸了兩遍，才算壓下這股餓勁。
接著拜高堂，原東良的親生爹娘都不在了，拜的是牌位。拜完公婆後，再拜原丁坤和周氏。

隔著蓋頭，寧念之什麼也看不見。一言一行，只靠身邊的喜娘提醒。喜娘說拜，她就趕緊跟著拜；喜娘來攙扶，她就趕緊跟著起來。

拜完之後，便入了洞房。和京城那邊不太一樣，照京城的儀式，入洞房時已經是晚上；但依雲城的規矩，卻還沒到午時呢。

有賓客跟著原東良過來，鬧著要看新娘子，原東良笑哈哈地把人都趕出去，才回身站在床前，有些緊張地問道：「妹妹，我要掀開蓋頭了，妳準備好了嗎？」

寧念之無語，這要怎麼準備？只好輕輕點頭，就看見蓋頭下出現一雙手，手指捏住蓋頭的穗子，然後——寧念之眨眨眼，眼前忽然一片明亮了。

原東良穿著大紅色的喜服，眼睛亮晶晶，嘴角往上，笑容燦爛。「妹妹。」然後便說不出話了。

寧念之也仰頭看他，又不是沒見過。好吧，可能還真沒見過新娘裝扮的她。出京時，她是直接在馬車上換下衣服，白天沒露面，晚上洗漱後，也就和平常一樣了。

原東良笑了半天，才說出一句話：「真漂亮。」

大約是因為她坐著，原東良站著，比她高了一大截，讓她的氣勢有些弱。又或者是因為這房間的佈置、這周圍的氣息，寧念之覺得臉上越發熱了，燒得慌，竟然有些害羞，眼神游移，不願意對上原東良的目光。

兩個人正沈默著，旁邊喜娘端上盤子，裡面放著兩杯酒。

原東良抬手端起來，一杯捏在自己手裡，一杯遞給寧念之，非常主動地伸胳膊纏住寧念之的手臂，一飲而盡。然後，笑咪咪地看寧念之。

「請新郎、新娘喝交杯酒。」

寧念之也不落後，酒杯碰唇，仰頭後，亮出空杯子。

原東良還想說什麼來著，但外面催得緊，只好趕緊起身。

「我先去外面應付著，若妳累了，就先換衣服，休息一會兒，等下午客人們都走了，還有認親的事呢。不過，這個不是太重要，除了祖父祖母，剩下的人不認也行。妳已經認識祖父祖母，他們對妳的印象很好，所以不需要太擔心。

「肚子餓了，先吃些點心，等會兒廚房會給妳送些飯菜過來，挑著自己喜歡吃的就行。要是無聊，那邊有幾本書，讓聽雪拿給妳看。」

寧念之忍不住笑。「好了，才一會兒工夫，我會找事做的，你別擔心。快去吧，免得前面等急了。」

外面的小廝又喊了聲，原東良這才轉身，卻又一步三回頭地看寧念之。

寧念之衝他擺擺手，他才出門去招呼前面的客人。

等原東良出去後，寧念之才轉了轉脖子。鳳冠重得很，壓得她脖子疼。

馬欣榮生怕自家閨女受委屈，對鳳冠可是講究得很，純金打造，華貴非常，上面鑲嵌的全是貴重的寶石和東珠。鳳冠下，還有配套的簪子和珠花，全部加起來將近十六斤重，脖子都要被壓斷了。

「姑娘，要先把鳳冠摘下來嗎？」聽雪瞧見寧念之伸手揉脖子，趕緊過來幫忙。

喜娘在一邊說道：「現下能換衣服了。不過，可不能再叫姑娘，要改口叫少奶奶。」這是還沒請封誥命呢，等冊封誥命的聖旨下來，就是少夫人了。

「多謝嬤嬤提醒，我這是還沒轉過來呢。」聽雪有些不好意思，手腳麻利地幫寧念之拆鳳冠跟頭飾。

映雪則在旁邊開箱子找衣服。這些是提前送過來的，比嫁妝早到些，共有十來箱，都是寧念之在家穿的衣服。

映雪翻找半天，沒找到等會兒要讓寧念之穿的衣裳，有些著急。「那件大紅色的裙子放在哪個箱子了？沒送到這邊來嗎？」

喜娘看了一眼，疑惑地說：「是不是等會兒認親時要穿的衣服？那個好像是放在嫁妝裡面的。嫁妝裡的都是新衣服，這邊先送過來的，都是舊衣裳。」

映雪一拍腦袋。「哎呀，瞧我這記性。姑……咳，少奶奶，奴婢這就去拿，也把配套的首飾一起取過來。」

寧念之點點頭，讓她去了。

寧念之的嫁妝是唐嬤嬤和馬嬤嬤帶人看著的，從出莊子到進門，兩位嬤嬤寸步不離。

映雪去了招待嬤嬤的小廳，一說衣服的事，馬嬤嬤便笑道：「我還想著妳什麼時候要過來拿呢。這都準備好了。對了，原府可有人給姑娘送吃食？從早上到現在，姑娘可連一口水都沒喝。」

「嬤嬤別擔心，姑爺交代了，一會兒就有人送去了。倒是嬤嬤，妳們這邊可有吃的？」映雪忙問道。

馬嬤嬤笑咪咪地點頭，抬手點了點，讓映雪自己看。原家確實準備得妥當，早送了酒席過來，她們領著幾個小丫鬟，這會兒已經吃得差不多了。

映雪看見，便壓低聲音道：「那就好。嬤嬤們可別餓著，要想吃什麼、喝什麼，只管找人開口。這府裡，以後可是咱們姑娘當家呢。」

馬嬤嬤笑咪咪地點頭，又催映雪趕緊將衣服送過去。

這邊，寧念之剛換好衣裳，就有丫鬟拎著食盒過來了。

丫鬟一進門便行禮，笑著說道：「大少爺親自去廚房吩咐了，給大少奶奶準備了麵和小菜。大少奶奶嚐嚐，看合不合胃口。」

說著，她麻利地將飯菜端出來，擺在桌子上，規矩地退到旁邊等著。

一碗麵下肚，寧念之總算緩過來了。那丫鬟又過來收拾碗筷，行禮後，告退出門。

一晚沒睡好，這會兒吃飽喝足，外面暖融融的陽光照進來，寧念之便有些犯睏，眼皮子撐不住，身子一歪，就靠在被子上了。

聽雪趕緊過來，小心幫寧念之調整姿勢，讓她睡得舒服些。見旁邊放著小毯子，就拽過來，輕輕蓋在她身上。

等寧念之睡醒，太陽已經換了方向。她喝了杯溫水，才徹底清醒過來。

聽雪端水進來，伺候寧念之擦洗，再重新梳妝。

這邊剛弄好，原東良就回來了，拉著寧念之的手打量，又讓她轉了圈，細細看了一番，笑著點點頭。

「念之穿這身衣裳，也好看得很。妳準備好了嗎？咱們去前面認親。」

「好了。你不用換套衣服嗎？」寧念之問道。

原東良搖頭。「不用，這套就行了。走吧，不用緊張，祖父和祖母，之前妳都見過，他們很和善，不會為難妳。剩下三個叔叔和三個嬸娘，妳不用太在意他們，他們不喜歡妳，才是正常的，妳也不用喜歡他們。

「還有幾個堂弟堂妹，妳給了見面禮就好。如果他們說話不好聽了，也不用忍著，直接回嘴。咱們又不靠著他們吃喝，有我和祖母給妳撐腰呢……」

原東良牽著寧念之走出新房，一路上嘮嘮叨叨，先給她介紹原家的人口與如何應對。

寧念之心下感動，不曾打斷，只笑著聽他說，暗暗記下該當心的地方。

兩人到了正院門口，已經有婆子在等著，遠遠瞧見他們的身影，便趕緊讓丫鬟掀開門簾，先進去通報。

上首坐的，自然是原丁坤和周氏。

原丁坤是大男人家，又是長輩，肯定不會為難一個小姑娘。再者，寧家養大原東良，他感念這番恩情，自然也不會虧待寧念之。

原丁坤下首是三名中年男子，寧念之聽原東良說過，這是三個叔叔，分別是原平周、原平全、原平志，位置對應周氏下首的三個婦人。再往下，就是晚輩了。

原東良已經二十三歲，這個年紀，已經算是晚成親了。相較之下，他有兩個堂弟已娶妻生子，剩下三個堂弟還沒成親。

另外，四個堂妹，兩個嫡出，兩個庶出，年紀大些那個，已經訂了親，等著出嫁。老二則是已經說好人家，等著訂親。剩下兩個剛及笄，還沒開始議親。

人有點多啊，幸好寧念之記性好，上前一一行禮與見禮。

原丁坤和周氏最大方，給的紅包非常豐厚，尤其是周氏，更多送了一套特別珍貴的首飾。

周氏喝了寧念之敬的茶，便拉她起來，笑咪咪地說：「總算把妳給盼來了。以後，妳和東良可要和和美美地過日子，我看見你們兩口子過得好，就高興。念之，妳早點給我生個大胖重孫子，趁著祖母還能動，好幫你們照看照看。」

接著，是見過叔嬸。當然，那些人說話少不了陰陽怪氣，但有原丁坤和周氏壓著，沒有鬧得太難看。

寧念之並不在意，不喜歡就不要看，喜歡了便多多來往。人生在世，哪怕是銀子，都還有人厭惡呢，她可沒想過要讓大家所有的人都喜歡自己。

認完親，按著雲城這邊的規矩，又擺上火盆。原家給寧念之準備了辣子麵，寧念之則要把之前準備好的梅乾之類的果脯拿出來給原家人吃，鬧鬧騰騰，吃了麵和果脯，婚禮的儀式才算正式結束。

接下來，就是洞房花燭夜了。

紅燭高照，床簾微動，男人低啞的聲音和女人嬌媚的喘息交織在一起，為夜色平添了幾分曖昧。

這聲音，聽得月亮都紅了臉，趕緊躲進雲層裡……

——未完，待續，請看文創風468《福妻無雙》4（完結篇）

2016年10月出版

彩鳳迎春

文創風 459～464

喜轎抬到半路，她那病歪歪的無緣相公就蒙主寵召了，
害得她年紀輕輕就守了望門寡，受人指指點點的，
認真想想，她這也太衰了點吧？
幸好她不是默默吞忍的小媳婦，才不甘願如此過一生呢！

不求雙飛翼　願能一點通／芳菲

穿來一陣子後，趙彩鳳也算是對趙家幾口人有些瞭解了──
頂樑柱趙老爹已不在人世，由寡母獨力扶養四個子女，
想當然耳，一家子的生活能有多好？真是窮得連狗都嫌啊！
幸好她沒那麼輕易被打倒，家裡沒錢，那就想辦法賺嘍！
是說，母親與隔壁的宋家寡母似乎密謀著把她和宋家獨子湊成對？
宋家這個大她幾歲的窮秀才她是略知一二的，畢竟是鄰居嘛，
他其實長得也算斯文俊朗，是貨真價實的小鮮肉一個，
而且還真有那麼兩把刷子，不僅考上秀才頭名，舉人應該也是囊中物，
若不是他家實在窮極了，想嫁他的姑娘應該不少才是，
可姊在現代已是近三十的輕熟女了，吞下這麼嫩的鮮肉好嗎？
但擺在嘴邊的肉不吃下去也太難為她了，所以她就勉為其難地接收啦！
既然夫君有心又有才，她這個做娘子的當然要傾全力及銀兩支持，
務必要讓他在科考的路上無憂也無愁，直直往狀元奔去啊！
這賺錢養家的責任就包在她身上吧，雖說她的法醫專業如今無用武之地，
但無妨啊，窮則變，變則通嘛，棄醫從商她也是很可以的唷！

2016年10月出版

收服小蠻妻

文創風 454～455

古代的男人都那麼會記仇嗎？
不過是撞了他一下，犯得著追到她隔壁當鄰居，
還天天用眼神騷擾她，看得她心頭怦怦跳……

初心不負 細水長流／一染紅妝

別人穿越，她也穿越，可陳蕾一穿過去就被打破了頭，
再看看這家徒四壁的光景，年紀尚幼的弟妹們，她的頭更疼了！
既來之，則安之，身為長姊的陳蕾決定上市集賺錢養家去，
但意外卻是一樁接一樁沒個消停，她在街頭不小心撞上了趙明軒，
奇的是，這人渾身硬得像一堵石牆，
可憐陳蕾舊傷未好，又添新痛，還得賠錢，真正是倒楣透了。
沒想到趙明軒得了便宜還賣乖，竟然就這樣纏著她不放！
不但在她家旁邊蓋了房子當惡鄰，還時不時就投來居心不良的眼神，
陳蕾低下頭看看自己，沒胸、沒腰、沒臀，身子骨都還沒發育完全，
敢情趙明軒就是個蘿莉控啊！
但她可不是沒見過世面的小姑娘，才不會被白白吃了去……

文創風
467

福妻無雙 3

國家圖書館出版品預行編目資料

福妻無雙 / 暖日晴雲著. --
初版. -- 臺北市 : 狗屋, 2016.11
冊 ; 公分. --（文創風）
ISBN 978-986-328-656-1（第3冊：平裝）. --

857.7　　105017559

著作者	暖日晴雲
編輯	安愉
校對	黃薇霓　周貝桂
發行所	狗屋出版社有限公司
地址	台北市104中山區龍江路71巷15號1樓
電話	02-2776-5889～0
發行字號	局版台業字845號
法律顧問	蕭雄淋律師
總經銷	知遠文化事業有限公司
電話	02-2664-8800
初版	2016年11月
國際書碼	ISBN-13　978-986-328-656-1
原著書名	**《重生之改命》**，由北京晉江原創網絡科技有限公司授權出版

定價250元
狗屋劃撥帳號：19001626
網址：love.doghouse.com.tw　E-mail：love@doghouse.com.tw